IAN MORSON

Der Alchimist von Oxford

W0317881

Buch

Sein im Exil lebender Freund und Mentor Roger Bacon bittet Master Falconer, einen mysteriösen Alchimisten für ihn aufzuspüren, der ihm bei seiner Arbeit helfen soll. Doch die Hinweise auf die Identität des Gesuchten sind so verschlüsselt, daß der Gelehrte entscheidende Zeit verliert. Als er ihn endlich findet, ist dieser bereits unter dem Vorwurf des Diebstahls verhaftet und von König Henry III. sowie dessen Gefolgsmann Thomas de Cantilupe ins Gefängnis geworfen worden. Während Falconer auf eine weihnachtliche Amnestie des zu Unrecht Beschuldigten hofft, wendet er sich einem anderen Fall zu, auf den er während seiner Suche in den finsteren Straßen Oxfords gestoßen war: Dort hatte jemand versucht, den Führer einer fahrenden Truppe von Schaustellern zu ermorden, Stefano de Askeles. Zwar überlebte der von allen gehaßte Schauspieler selbst den Anschlag, doch sein Ersatzmann wurde getötet, und de Askeles fürchtet nun um das eigene Leben. Zögernd erklärt Falconer sich bereit, die Beschützerrolle zu übernehmen und nach dem Täter zu suchen. Dabei stellt er fest, daß die Geschichte des Alchimisten und die der Schauspielertruppe miteinander verknüpft sein müssen …

Autor

Mit diesem Roman legt Ian Morson bereits den dritten Fall von Master Falconer vor, dem Universitätsgelehrten mit der Leidenschaft für komplizierte Kriminalfälle. Der Autor lebt und arbeitet in Berkhamstead, England.

Außerdem bei Goldmann erschienen:

Im Namen des Falken. Roman (42856)
Im Schatten der Abtei. Roman (43382)

Ian Morson

Der Alchimist von Oxford

Roman

Aus dem Englischen
von Bruno Genzler

GOLDMANN

Umwelthinweis:
Alle bedruckten Materialien dieses Taschenbuches sind chlorfrei und umweltschonend.

Deutsche Erstveröffentlichung 8/99
Copyright © der Originalausgabe 1996
by Ian Morson
Copyright © der deutschsprachigen Ausgabe 1999
by Wilhelm Goldmann Verlag, München
in der Verlagsgruppe Bertelsmann GmbH
Umschlaggestaltung: Design Team München
Umschlagmotiv: Jacopo de Barbari
Satz: deutsch-türkischer fotosatz, Berlin
Druck: Elsnerdruck, Berlin
Verlagsnummer: 43875
Redaktion: Alexander Groß
BR · Herstellung: Sebastian Strohmaier
Printed in Germany
ISBN 3-442-43875-6

1 3 5 7 9 10 8 6 4 2

Quellenangabe

Die Verse zu Beginn jedes Kapitels sind den von Maurice Hussey in neueres Englisch übertragenen *Chester Mystery Plays* entnommen (Verlag: William Heinemann, 1957).

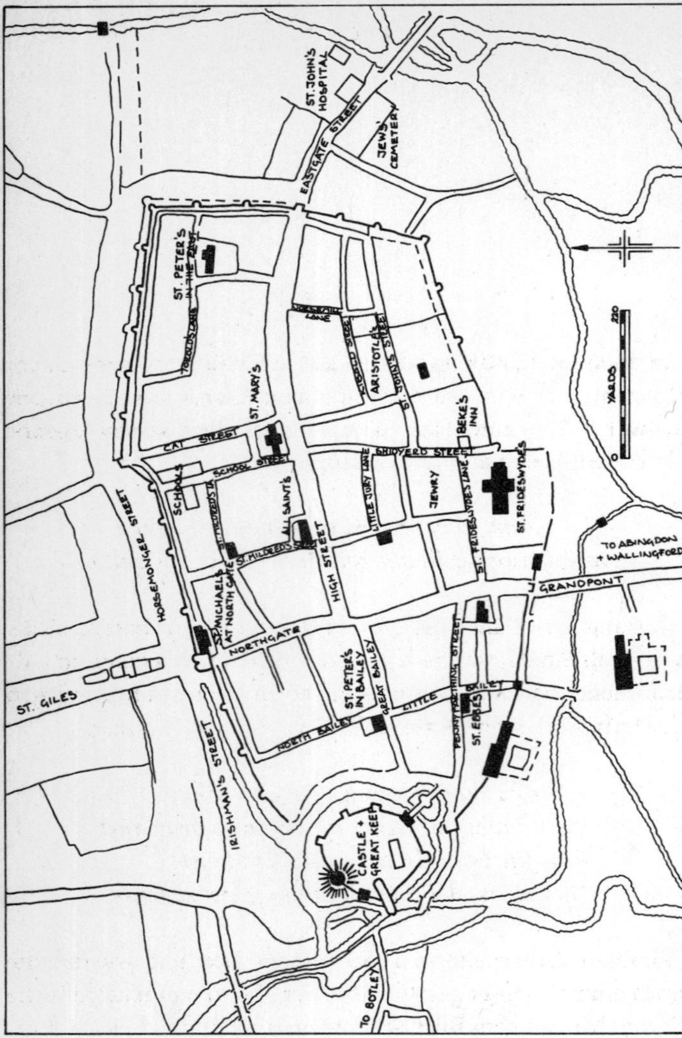

Stadtplan des historischen Oxford

Prolog

Abraham und Isaak wanderten auf den Hügel zu, der sich vor ihnen abzeichnete. Die Worte des alten Mannes verrieten, wie schwer es ihm ums Herz war, sollte er doch seinen eigenen Sohn dem Herrn als Opfer darbringen.

»Nun, Isaak, mein Sohn, so wollen wir gehen,
Dort den Berge hinan, wie der Herr es befiehlt.«

Sie standen zu Füßen des grünen Hangs, der im Grunde nichts weiter als ein dilettantisch gemalter Schatten auf einer im aufkommenden Wind flatternden Leinwand war. Ein Sturm lag in der Luft, und Isaak spürte, daß da etwas nicht stimmte.

»Erreicht haben wir des Berges Höh',
Doch Vater, sag, warum bist du so bedrückt?
Was fürchtest du, da es sein Wille ist?
Und wo ist das Tier, das wir opfern sollen?«

Abraham verhaspelte sich mit seinem Text und wiederholte noch einmal, was er gesagt hatte. Sein Sohn nahm keine Notiz davon. Mit bangem Blick schaute er zum Himmel, wo sich die Wolken bedrohlich zusammenzogen, und erklärte mit bebender Stimme:

»Vater, so bang ist's mir im Herzen,
Da ich sehe, wie du ziehst dein Schwert.
Ich fürchte, deine Hand wird sich erheben,
Um zu töten deinen gehorsamen Sohn.«

Machtlos verfolgten die Zuschauer die schaurige Szene, die sich da vor ihren Augen abspielte. Zwar hatten sie die schon zuvor viele Male gesehen, doch jedesmal schien ihnen der Ausgang wieder ungewiß. Würde Abraham tatsächlich seinen eigenen Sohn wie ein Opfertier schlachten? So rief er nun dem Himmel entgegen, der mit einem kalten Windstoß antwortete:

»Isaak, Isaak, ich muß dich töten!«

Seltsamerweise schien Isaak sein Schicksal hinzunehmen.

»Nun gut, Vater, wenn das dein Wille ist,
So vergieße denn das Blut deines eigenen Kindes.«
»Oh, mein geliebter Sohn, vergib mir,
Das Opfer wird mir abverlangt.
Der Wille des Herrn geschehe,
Und sein Tun ist immer gerecht.«

Regentropfen begannen die Holzbretter des Karrens zu besprenkeln, auf dem Gyles de Multon stand. Er entschloß sich, Isaaks Worte etwas schneller vorzutragen und die Sache zu Ende zu bringen, bevor der Regen stärker wurde und sie alle, Schauspieler wie Publikum, bis auf die Haut durchnäßte. Verstohlen hob er den Daumen zum Himmel – ein Zeichen für John Peper, das nur er sehen konnte – und fuhr fort:

»Da ich nun sterben muß,
So sei ein letzter Wunsch mir erfüllt,
Führst du aus die Tat,

So trenne mir das Haupt vom Leibe
Mit nur einem Schlag.«

John Peper, der den Abraham spielte, führte Gyles zu der Truhe, in der die Schauspieler normalerweise kleinere Requisiten aufbewahrten und die nun als Opferaltar diente. Nervös blickte er zum Rand der Bühne hinüber, wo eigentlich der Erzengel auf seinen Auftritt warten sollte. Doch der Wind wehte das Tuch, das die Bühne seitlich begrenzte, so vor den Eingang, daß ihm die Sicht versperrt war. Er sprach weiter:

»Diese Tat tut mir im Herzen so weh.
Mein Gott, nur zu dir ich fleh,
Sei seiner armen Seele gnädig,
Die immer wahrhaftig war und rein.«

Gyles legte den Kopf zurück, so daß die Regentropfen jetzt sein Gesicht trafen.

»Oh, Vater, oh, Vater, was zögerst du noch?
Schlag ab meinen Kopf und schenk Frieden mir.
Ich flehe dich an, entreiße mich meinem Schmerz,
So sei es denn, ich gehe von dir.«

John Peper hob das Schwert und hielt es über den sich ihm darbietenden Hals von Gyles de Multon. Gottes »Opferlamm« bedeutete ihm, für das Publikum nicht erkennbar, endlich zuzuschlagen. John Peper mußte ein Lachen unterdrücken, während er mit einem mächtigen Schwung ausholte und die stumpfe, jedoch immer noch tödliche Waffe niederfahren ließ, darauf vertrauend, daß ihm jemand, wie verabredet, in den Arm fallen würde. Doch der Retter ließ auf sich warten, und John Peper erbleichte, als die Klinge tief in den Hals seines Freundes eindrang. Zu Tode erschrocken zog er das Schwert zurück und starrte auf die klaffende Wunde in dem weichen, weißen Fleisch von Gyles' Hals, aus der pulsierend tiefrotes Blut zu schießen begann. Ein unterdrücktes Stöhnen entrang sich seiner Kehle, er taumelte zurück und warf das blutige Schwert krachend zu Boden.

Erstickte Schreie aus der Menge wurden laut, da jetzt für alle sichtbar das Blut in hohem Bogen aus Isaaks Wunde schoß. Fast jeder Zuschauer hatte das Stück zuvor schon gesehen und kannte es Vers für Vers auswendig. Aber das war neu. Jene in der ersten Reihe drängten entsetzt zurück, während Blutspritzer auf ihre Kleider regneten. In Feiertagsstimmung waren sie gekommen, hatten ihre besten Gewänder angelegt und sahen nun, wie sie ruiniert wurden. Auf dem Wagen, der als Hügellandschaft im Heiligen Land hergerichtet war, hatte Gyles de Multon beide Hände auf die klaffende Wunde an seinem Hals gelegt, rollte von dem provisorischen Opferaltar und kroch auf den Bühnenrand zu. Seine Lippen bewegten sich, doch kein Ton kam über sie, und mit einer Miene fassungslosen Entsetzens sackte er zu Füßen der zurückweichenden Zuschauer zusammen. Noch einmal richtete er seine weit aufgerissenen Augen zum Himmel. Dann schlossen sie sich für immer. In diesem Moment zerriß ein Blitz die Wolkendecke, der Himmel öffnete seine Pforten, und der niederprasselnde Regen wusch im Nu die Blutströme von der Bühne.

Erstes Kapitel

> God: I am Alpha and Omega,
> Foremost and noblest.
> Being my will it should be so,
> It is, it was, and shall be thus.
>
> *The Fall of Lucifer*

In der Prioratskirche St. Frideswide drängte sich das Volk. Schweiß rann über erwartungsvoll gespannte Gesichter, während sich die gut eingemummten Leiber gegeneinander preßten. Dennoch hatte es auch sein Gutes, daß der Bierbrauer Schulter an Schulter mit der Frau des Gerbers stand und die Gattin des Tuchwalkers dicht beim Schuhmacher, denn es war tiefster Winter, und leer wäre die Kirche eiskalt gewesen. Aber heute wurde die Kälte draußen von der Wärme der sich zusammendrängenden Menschen vertrieben, die um die beste Sicht auf den Altar rangelten. Sogar in den Seitenschiffen herrschte ein Gewusel von Handwerkern und Handwerksgattinnen, die sich voller Ungeduld mit den Ellbogen traktierten.

Vorne beim Hochaltar war jetzt etwas in Bewegung gekommen, ein lateinischer Vers wurde angestimmt, und, angestoßen von den hinten Stehenden, die wenig erkennen konnten und das Wunder nicht verpassen wollten, wogte die Menge vor. Auf dieses Ereignis hatten sie alle das ganze Jahr gewartet. Hatte nicht sogar vor zwei Jahren noch Seine Majestät persönlich den Schrein der Heiligen angebetet? Zugegeben, kurz darauf war er von den aufständischen Baronen unter der Führung Simon de Montforts eingekerkert worden. Aber nur für kurze Zeit – dann hatte das Volk seinen König zurückbekommen, und sein Widersacher de Montfort war auf dem Schlachtfeld niedergemetzelt worden. Zweifellos hielt die Heilige ihre schützende Hand über König Henry, der mittlerweile schon bald fünfzig Jahre auf dem Thron saß. Und nun war die große Chance, etwas von seinem Glück zu erhaschen, durch andere Kirchgänger gefährdet, die sich rücksichtslos vordrängelten. Einige hatten sich kurzerhand mit ausgefahrenen Ellbogen einen Weg nach vorn gebahnt. Die zur Seite Gestoßenen grummelten erzürnt und fragten sich, wie man es wagen konnte, sich in einem Gotteshaus so rüpelhaft zu benehmen.

Den Vorderen stockte der Atem, als jetzt die Schatulle mit den sterblichen Überresten der heiligen Frideswide von ihrem Schrein zum Hochaltar getragen wurde.

»Was ist los? Habt ihr was gesehen?«

Diejenigen, die ganz hinten standen, fragten aufgeregt jene in der Reihe vor ihnen, ob sich das Wunder ereignet habe. Diese wiederum gaben die Frage an die vor ihnen weiter, und so pflanzte sie sich murmelnd bis zur ersten Reihe des Gedränges fort, von wo die Antworten dann den gleichen Weg zurücknahmen. Einige ganz hinten waren immer noch unsicher.

»Ist das Wunder geschehen?«

»Ja, die Heilige ist erschienen.«

»Nein, nein. Aber da vorn hat jemand gesehen, daß sich das Wasser im Kelch in Wein verwandelt hat.«

»Ich habe gehört, ein Blinder hat sein Augenlicht wiedererlangt.«

Diese letzte gezischte Bemerkung verursachte ein aufgeregtes Geschnatter um den Sprecher herum, obwohl der heiligen Frideswide dieses Wunder mindestens zweimal im Jahr zugeschrieben wurde, an ihrem Festtag im Oktober und wie jetzt in der Weihnachtszeit. In der Vita der Heiligen hieß es, daß sie von einem Prinzen bedrängt wurde, ihr Keuschheitsgelübde zu brechen. Dafür wurde er vom Herrn mit Blindheit geschlagen, und erst als er seinem gotteslästerlichen Vorhaben abschwor, erlangte er sein Augenlicht wieder. Daher pilgerten nun viele

Blinde zur Kirche der Heiligen, in der Hoffnung, bald wieder sehen zu können. Und mit Erfolg – jedermann kannte einen Blinden, den die Heilige geheilt hatte, auch wenn niemand ihn hätte benennen oder auf eine entsprechende Frage hin mit dem Finger auf ihn zeigen können.

Direkt hinter dem Gedränge guter Oxforder Bürger stand Edward Petysance, der Pfarrer der Kirche St. Aldate. Mit griesgrämiger Miene kauerte er hinter dem letzten Pfeiler der mächtigen Säulenreihe, die das erhabene Deckengewölbe mit der profanen Erde verband. Obwohl das gewaltige Südwestportal wegen der Kälte geschlossen war, pfiff ein eisiger Luftzug durch die Ritzen der undichten Tür. Wie eine scharfe Klinge drang er durch Petysance' dickes wollenes Gewand und fuhr ihm, egal wie er sich bewegte, unerbittlich in die Glieder. Ein Schauer durchlief seinen Körper, und verärgert stieß er gegen die Leiber vor ihm, um einen Blick zu erhaschen, doch ohne Erfolg. Der spitze Ellbogen einer dürren Vettel bohrte sich in seinen weichen Bauch. Sie bedachte ihn nur kurz mit einem verächtlichen Blick aus einem zahnlosen Gesicht und starrte dann wieder über die Köpfe nach vorn.

Petysance gab auf, hob den schweren Riegel an und entschwand durch das Kirchenportal, das er offenstehen ließ – als Lektion in Sachen Toleranz für die häßliche Frau, deren Ellbogen er in seinen Eingeweiden gespürt hatte. Der gefrorene Schlamm knirschte unter seinen Schuhen, als er über den Hof zur Fish Street und zu seiner spartanischen Unterkunft im Schatten der Kirche St. Aldate zurückging. Die trübe Sonne, die es tagsüber in ihrem wehmütigen, kriechenden Lauf kaum geschafft hatte, die Kälte etwas zu mildern, versank bereits hinter der neuen Stadtmauer. Weihnachten war nicht mehr fern, und seine Oxforder Mitbürger bereiteten sich schon auf die Festtage vor, die eine Zäsur im eisigen Griff des Winters darstellen würden. Nur Petysance war nicht nach Feiern zumute.

Ihn verzehrte der Neid auf den Prior von St. Frideswide, der dank des Besitzes einer Handvoll Knochen ein so angenehmes Leben führte. Könige, hohe Geistliche und gemeines Volk strömten scharenweise zu seiner Kirche, um vor den Reliquien der Heiligen zu beten, während er in St. Aldate mehr und mehr zu kämpfen hatte, um das ihm anvertraute Gotteshaus überhaupt zu erhalten. Dem Prior waren solche Probleme natürlich völlig unbekannt. Seine Geldtruhen quollen über, und er konnte es sich leisten, seine Kirche Stück für Stück zu verschönern und auszubauen. Schon zehn Jahre zuvor hatte er sein Gebäude mit einem neuen Glockenturm gekrönt, eine höhnische Spitze, auf die sein Blick unweigerlich fiel, wenn er durchs Ostfenster seiner Kirche schaute.

Er schlug die Tür zu der ungerechten Welt jenseits seiner kalten Räume hinter sich zu und lehnte sich, vor Enttäuschung aufstöhnend, von innen dagegen. Besäße er doch auch eine vergleichbare Attraktion für die Pilger, die nach Oxford kamen, irgendeine Reliquie, mehr verlangte er ja gar nicht. Ein Fläschchen mit Christi Blut, ein Arm oder ein Bein eines Heiligen, ein Fingerknöchelchen zumindest – damit wäre er schon zufrieden. Doch er hatte nichts.

John Pepers Hand zitterte, als er das rot gefärbte Wasser in das Glasfläschchen auf der Bank vor ihm schüttete. Die Flüssigkeit spritzte auf das rauhe Holz, und der Krug entglitt seiner Hand und knallte auf den Wagenboden. Das falsche Blut tröpfelte durch die Ritzen zwischen den Bohlen, doch John bekam überhaupt nichts davon mit, denn er sah nur seinen Freund Gyles, der ihn in fassungslosem Schrecken anstarrte. Er keuchte und hielt seine zitternden Hände schützend vors Gesicht. Sie waren rot – von Gyles' Blut. Das plumpe, aber freundliche Gesicht einer älteren Frau schob sich durch die Lücke in dem schweren Vorhang, der das Wageninnere abschloß. Als sie sah, in welchem Zustand John Peper war, ging sie zu ihm, nahm seine Hände in ihre aufgesprungenen, aber sanften Handflächen und versuchte ihn zu trösten, wie sie es in den letzten Wochen so häufig getan hatte.

»Agnes, ich habe wieder sein Gesicht gesehen. Er muß mich hassen!«

Die Stimme der unansehnlichen Frau war überraschend weich.

»Gyles haßt dich nicht. Es war doch nicht deine Schuld.«

»Und warum verfolgt er mich dann?«

Pepers Frage klang wie das hohe Kreischen eines Feldhasen in der Falle. Agnes wischte ihm die Tränen und den Nasenschleim weg, die über sein verzerrtes Gesicht rannen.

Der aufkommende Zorn ließ ihre Stimme, während sie ihm weiter gut zuredete, härter werden.

»Eigentlich sollte Gyles nicht hinter dir her sein, sondern hinter Stefano. Das war doch alles seine Schuld. Warum mußte er auch darauf bestehen, daß du ein echtes Schwert benutzt, statt ein hölzernes wie gewöhnlich? Und warum hat er nicht eingegriffen? Er spielte doch den Erzengel Gabriel in der Vorstellung. Nein, wenn irgend jemand für Gyles' Tod verantwortlich zu machen ist, dann nur Stefano.«

Ein harter, rachsüchtiger Ausdruck schlich sich in ihr reizloses Gesicht, und sie kniff John fest in den rechten Arm. Einen Moment bekam er Angst, dann entspannten sich ihre Züge. Schniefend wandte sich John Peper wieder der Bank zu, an der er gearbeitet hatte, und begann, die verschüttete Flüssigkeit mit einem alten Lumpen aufzuwischen, der früher einmal das Gewand des Erzengels Gabriel gewesen war. Agnes ging auf die Knie und machte sich daran, die Scherben des zerbrochenen Kruges vom Fußboden einzusammeln.

»Warum läßt er dich auch ausgerechnet jetzt diese Arbeit tun, Fläschchen mit gefärbtem Wasser abfüllen, um sie dann diesen Tölpeln, die zu unseren Vorstellungen kommen, als heiliges Blut zu verkaufen! Er muß doch gemerkt haben, wie nervös du bist.«

Sie schaute zu Pepers breitem Leib hoch, der wieder zu zittern begonnen hatte, da ihn erneut der Schmerz packte; sie murmelte vor sich hin: »Es weiß ja ohnehin jeder, was er tat, anstatt auf die Bühne zu kommen.«

Stefano de Askeles war damit beschäftigt, Pläne zu schmieden, wo seine Gauklertruppe demnächst auftreten sollte. Die Geldbeutel der Gäste in den Schenken von Abingdon waren verschlossener gewesen, als er gehofft hatte. War vielleicht schon die Kunde von ihrem kleinen Mißgeschick in Winchester bis hierher gedrungen? Zunächst waren Simon Godrichs schlüpfrige Lieder in den Tavernen ja ganz gut angekommen. Und Margarets akrobatische Tänze hatten wieder mal alle Männer von den Stühlen gerissen. Wenn sie in Männerkniehosen gekleidet ihre Sprünge zeigte, ihren geschmeidigen Leib drehte und verrenkte, blieb der Phantasie ihrer Zuschauer nur wenig Raum. Was gerade recht war, da nur wenige der einfältigen Bauern, die ihre Münzen in den Hut warfen, über irgendeine Form von Vorstellungskraft verfügten. Von allen akrobatischen Tänzerinnen, die de Askeles in seinem Leben gesehen hatte, war Margaret Peper bei weitem die geschmeidigste und anmutigste. Sie war viel zu gut für ihren Ehemann John Peper, den de Askeles nur beschäftigte, um Margaret in seiner Gauklertruppe zu halten. Und geschmeidig war ihr Körper nicht nur auf der Bühne oder in den Tavernen. De Askeles grinste, als er sich die Verrenkungen in Erinnerung rief, die sie letzte Nacht exklusiv für ihn vollführt hatte, während ihr Mann seinen Auftrag ausführte und das »heilige Blut« mixte.

Doch in den letzten Tagen schien seine Truppe das Glück verlassen zu haben, und es war eindeutig an der Zeit weiterzuziehen. Da nun Weihnachten vor der Tür stand, schien es ihm ratsam, sich auf den Weg nach Oxford zu machen. Die dortigen Mönche oder Kaufmannsgilden würden sicher, wie jedes Jahr, ein Mysterienspiel auf die Beine stellen, und man durfte annehmen, daß sie sich dabei gern von echten Künstlern unterstützen ließen. Außerdem saß in einer Stadt wie Oxford, wo viele leichtlebige Studenten hausten, das Geld lockerer, und das trotz der chronischen Geldnot dieses Gesindels. Er würde dem Prior von St. Frideswide und den Oberhäuptern der Gilden eine Botschaft zukommen lassen, um sie von ihrer Ankunft zu unterrichten. Das konnte nicht schaden, um das Interesse der Leute an echter Kunst ein wenig anzustacheln. Ja, Oxford an Weihnachten, das war es. Und vielleicht hielt sich zu dieser Zeit auch der König dort auf, und dann würde das Geld erst richtig fließen.

In der Residenz des Oxforder Universitätskanzlers ging es ungewöhnlich hektisch zu. Der gegenwärtige Inhaber dieses Amtes, Henry de Cicestre, war ein gewissenhafter Mensch und wäre unter anderen Umständen mit den Vorbereitungen für das Fest sicher weiter gewesen. Doch vor wenigen Tagen hatte de Cicestre die Nachricht erhalten, daß seine alte Mutter erkrankt war. Der Kanzler hatte alles stehen und liegen lassen und war unverzüglich zu ihr nach Southampton aufgebrochen. Halegod, der erste Diener in de Cicestres Haushalt und in dem vieler Kanzler vor ihm, hatte sich daher schon auf ein ruhiges Weihnachtsfest gefreut. Kein pedantischer Herr, dem hinterherzulaufen war, keine mühevollen Vorbereitungen für ein Festmahl – bis auf sein eigenes. Und er hatte sogar schon daran gedacht, sich für dieses Fest aus der Küche des Kanzlers zu versorgen, hatte geträumt von Brachvogelbraten oder Waldschnepfen mit Austern – und als Nachtisch seine Lieblingsspeise, gekochte Feigen mit Bier, und das Wasser war ihm im Mund zusammengelaufen.

Und dann hatte plötzlich de Cantilupe vor der Tür gestanden. Als Halegod völlig arglos öffnete, war der frühere Kanzler hereingerauscht und hatte die Residenz wieder in Besitz genommen, so selbstverständlich, als hätten zwei volle Jahre und der Tod von Baron Simon de Montfort gar nicht stattgefunden. Halegod nahm wieder Befehle entgegen, und sein Traum von einem genußvollen, ruhigen Weihnachtsfest verflog. Grummelnd machte er sich daran, das Feuer im Kamin anzufachen, während sich Thomas de Cantilupe auf die Sitzgelegenheit fallen ließ, die, bevor er Oxford verlassen hatte, sein Lieblingssessel gewesen war. In den dazwischen liegenden zwei Jahren hatte er Simon de Montfort in seinem Kampf gegen Henry III. tatkräftig zur Seite gestanden und war dafür mit dem Titel eines Kanzlers von England belohnt worden. Unglücklicherweise war de Montforts raschem Aufstieg ein ebenso rascher Niedergang gefolgt, und nach nicht einmal einem Jahr hatte sich Thomas de Cantilupe auf der falschen Seite wiedergefunden. Glücklicherweise half ihm jetzt sein gutes Verhältnis zu Henrys Sohn, Prinz Edward, so daß man ihn nicht, wie viele andere aufständische Barone, all seiner Güter beraubte. Nun war ihm zu Ohren gekommen, daß der König Weihnachten in Oxford zu verbringen gedachte, und diese Gelegenheit wollte er nutzen, um sich die Gunst des Siegers der Baronenkriege zurückzuerobern.

Da der gegenwärtige Kanzler das Feld geräumt hatte, schien es ihm das Naheliegendste, dessen Residenz zu bewohnen. Schließlich war sie bis vor wenigen Jahren noch seine eigene gewesen. Und wie er sich so umschaute, stellte er fest, daß der geizige de Cicestre nicht gerade tief in seinen Geldbeutel gegriffen hatte, um das Haus instand zu halten. Die Wandbehänge waren immer noch jene, die de Cantilupe angeschafft hatte – etwas verschlissener nun, aber immer noch brauchbar. Auch die Einrichtung war noch dieselbe, mit den vertrauten Flecken und Kratzern, die er selbst darauf hinterlassen hatte. Er seufzte und mummelte seine kalten Glieder in den Pelzmantel ein, während Halegod zu seinen Füßen herumkroch und sich bemühte, dem schwachen Flackern in der Feuerstelle Leben einzuhauchen. All das sah wie ein Schritt zurück aus, doch zuweilen mußte man eben zurückweichen, um zum richtigen Zeitpunkt einen erneuten Vorstoß zu wagen. Er wußte, daß er eine kritische Zeit durchlebte und sich keinen Fehler erlauben durfte.

In einem der stattlicheren Steinhäuser der Oxforder Innenstadt brütete ein alter Mann über einer antiken Schrift. Mit seiner schmächtigen, ausgemergelten Gestalt saß er vornübergebeugt auf dem Stuhl, während sein flacher, jedoch schnell gehender Atem in dem kühlen, ungeheizten Zimmer in dichten Wolken über seine Lippen kam. Trotz der Kälte fühlte er sich fiebrig, und Schweiß rann vom Ansatz der strähnigen Haare, die an dem schütteren Schädel klebten, seine gewölbte Stirn hinunter. Auch von seinen Händen lief der Schweiß und befleckte den ohnehin schon recht abgegriffenen Band. An diesem Morgen waren ihm beim Aufwachen sogleich wieder die Bruchstücke eines Traumes in den Sinn gekommen. Ein Bienenschwarm war in sein Haus eingedrungen, doch als er zu fliehen versuchte, waren seine Beine so fest angewurzelt gewesen wie Baumstämme. Die Bienen waren über ihn hergefallen und hatten zu stechen begonnen. In diesem Moment war er aus dem Schlaf hochgefahren. Draußen war es schon hellichter Tag gewesen, und durch die Bogenfenster schien die Sonne in sein Schlafzimmer. Sein Nachthemd, das ihm am Leib klebte, war schweißdurchtränkt.

Er war aufgestanden, hatte sich rasch angezogen und war hinunter ins Erdgeschoß geeilt, wo er seine Bücher und Schriften aufbewahrte. Im Winter drang nur wenig Licht in diesen Raum, wegen der tiefstehenden Sonne und der Nähe der Nachbarhäuser, und jetzt waren auch noch die Fensterläden geschlossen. So stolperte er durch den düsteren Raum und fand in seiner Hast zunächst nicht das, was er suchte. Dann fiel sein Blick auf einige Worte eines in seiner eigenen Handschrift geschriebenen Titels auf einem Pergamenteinband, der zuunterst aus einem Bücherstapel herausragte: … *Abecedarii Danielis Prophete.*

In seiner Eile warf er den ganzen Stapel Bücher um und zog das eine, das er suchte, aus den am Boden verteilten Texten heraus – das Buch der Träume des Propheten Daniel. Beim Durchblättern fand er seine düsteren Vorahnungen schnell bestätigt. Sowohl der Bienenschwarm als auch die Unfähigkeit, einer Gefahr zu entfliehen, bedeutete schon für sich allein genommen Unglück. Daß aber nun beides zusammentraf, gab Anlaß zu den schlimmsten Befürchtungen. Und ausgerechnet für diesen Tag hatte er die nächste Stufe seiner Experimente zur Herstellung des Elixiers geplant. Vielleicht würde ihm das Ganze in den Händen explodieren, vielleicht bezog sich die Warnung aber auch auf etwas anderes, das er nicht vorhersehen konnte. Eine Vorahnung des Todes ergriff mehr und mehr Besitz von ihm. Er wußte nur noch nicht, ob es dabei um seinen eigenen oder um einen von ihm verursachten Tod ging. Da er nun alle Warnungen aus seiner Traumwelt ernst nahm, entschloß er sich, bevor er mit dem Experiment begann, zunächst Hermes Trismegistos zu befragen. So eilte er hinunter in den Keller, um rasch den Altar aufzubauen.

Mühsam kämpfte sich der Karren über die vereiste Straße, die Abingdon und Oxford verband. Der Atem der beiden Pferde kam dampfend aus ihren Nüstern und vermengte sich mit den weißen Nebelschwaden, die den Personen auf dem Wagen fast vollkommen die Sicht auf die vorüberziehende Landschaft nahmen. In sich zusammengesunken, um sich gegen das unwirtliche Wetter zu schützen, waren sie in eine erstarrte Welt eingeschlossen. John Peper saß vorne und hielt die Zügel der Pferde, die den Wagen in gleichmäßigem Trott durch den knirschenden gefrorenen Schlamm zogen. Neben ihm die beiden Frauen, Margaret und Agnes Cheke, die sich in der gespannten Atmosphäre zwischen den Eheleuten ziemlich unbehaglich fühlte. Margarets rabenschwarzes Haar steckte unter einem Wollschal, den sie fest um Hals und Kopf geschlungen hatte. Ihr schlanker Körper war eingemummt in verschiedenen Lagen von Kleidern, die äußerste der purpurne, pelzbesetzte Umhang, den Stefano gewöhnlich als Gott in ihren Vorstellungen trug.

Margaret Peper war tief in Gedanken versunken und hielt die Langeweile und das kalte, deprimierende Wetter von sich fern, indem sie ihr bisheriges Leben überdachte. Sie konnte sich an keine Zeit erinnern, da sie nicht von einem Mann abhängig gewesen war. Ihre Mutter hatte sie nie kennengelernt. Sie war gestorben, als sie ihr das Leben schenkte. Als sie sieben Jahre alt war, verkaufte ihr Vater sie an einen Akrobaten. Von ihm hatte sie alle Kunststücke gelernt und war dann mit seiner Truppe durchs Land gezogen. Er hatte sie davon überzeugt, daß sie ihm für ihr tägliches Brot zu danken habe, und diese Haltung hatte sie auch in späteren Jahren nicht in Frage gestellt, als die ganze Arbeit auf ihr lastete und er nur noch das Geld von den Leuten einsammelte, die wegen ihr gekommen waren. Seine Gelenke wurden immer steifer und seine einst muskulösen Glieder an Knien und Ellbogen immer knorriger, und obwohl er nicht mehr arbeiten konnte, beanspruchte er weiter den Löwenanteil ihrer Einkünfte für sich. Margaret wagte es nicht, sich dagegen aufzulehnen. Unablässig erinnerte er sie daran, daß er sie durchgefüttert und sie alles gelehrt hatte, als sie ihm noch keinen Penny einbrachte. Und sie bezahlte für diese Lehrzeit nicht nur, indem sie die Leute mit akrobatischen Kunststücken unterhielt, sondern auch indem sie seine Annäherungsversuche über sich ergehen ließ, und zwar schon seit einer Zeit, da sie kaum verstand, was er da von ihr wollte. Dann, eines Morgens, war sie vom Vogelgezwitscher in den Bäumen erwacht – wie üblich hatten sie unter freiem Himmel geschlafen –, und der Mann neben ihr hatte nicht auf ihre Stimme geantwortet. Sie versuchte ihn wachzurütteln, doch er war steif und kalt. Der alte Akrobat war in der Nacht gestorben. Nun hätte sie vielleicht ihre Unabhängigkeit finden können, doch das Schicksal wollte es, daß sie schon wenig später John Peper kennenlernte, der ihre Vorstellung besuchte. Und dabei war ihm nicht entgangen, daß sie nicht nur eine außergewöhnlich begabte Artistin war, sondern auch eine sehr schöne Frau. Sie selbst hatte mittlerweile erfahren müssen, wie schwer es war, alleine zu arbeiten, da niemand, während sie ihre Kunststücke vorführte, Geld von den Zuschauern einsammelte. Und wenn sie dann mit ihren akrobatischen Sprüngen und Drehungen fertig war und die Runde machen wollte, verlief sich die Menge. Geistesgegenwärtig hatte John den Hut genommen und den Lohn für sie eingesammelt. Obwohl John keine speziellen Fähigkeiten besaß, kamen sie schnell überein, fortan zusammenzuarbeiten, und hatten schließlich auch, mehr der Zweckmäßigkeit halber, geheiratet. Auch weiterhin war es schwer gewesen, irgendwie durchzukommen, bis dann eines Tages de Askeles auf sie aufmerksam wurde. Nun, da sie zu seiner Truppe gehörte, mußte Margaret zwar nicht mehr um ihren Lebensunterhalt kämpfen, war aber wieder von einem anderen Mann abhängig. Und der Zwang, neben ihrem Gatten nun auch noch de Askeles zufriedenstellen zu müssen, verlangte ihr einiges ab. Wenn sie doch nur einen der beiden hätte loswerden können. Agnes' Kopf, der auf ihre Schulter sank, brachte sie in die Wirklichkeit zurück, und sie stieß einen tiefen Seufzer aus.

Mit verschlossenen Mienen stapften der Jongleur Robert Kemp und der Vagant Simon Godrich neben den Pferden her und versuchten etwas von der Wärme, die die Flanken der Tiere abstrahlten, abzubekommen. In Gedanken waren sie bei ihrem alten Freund Gyles de Multon, der nur durch de Askeles' Unachtsamkeit gestorben war. Und beide dachten darüber nach, was jetzt zu tun war. Der Trottel Will Plome hing in den Seilen an einer Wagenseite, in ähnlicher Haltung wie der Affe in dem

Käfig, der zwischen den Wagenrädern hin und her schaukelte. Er war der einzige der Truppe, der ebensowenig über etwas nachgrübelte wie die Tiere auf den Feldern, an denen sie vorüberfuhren.

Das Wageninnere war eine magische Welt aus Sternen und Monden, blitzenden Schwertern und bunten Schellenhüten, die sich auf den zusammengerollten Bühnenbildern türmten, die mit exotischen Wäldern und dramatischen Wolkenformationen bemalt waren. Violen schlugen gegen Tamburine, und an den seitlichen Planen aufgehängte, augenlose Masken schaukelten hin und her. Sie erinnerten an eine höllische Versammlung von Ungeheuern, die ungerührt von menschlichem Flehen unerbittlich den Kopf schüttelten. Berauscht vom Wein lag Stefano de Askeles inmitten dieses magischen Chaos auf dem Thron, den er in seiner Rolle als Gott benutzte. Er schlief, und sein Schnarchen drang hinaus bis zu John Peper auf dem Bock, dem jeder Atemzug schmerzhaft in den Schädel schnitt.

In stiller Wut mahlten seine Zähne aufeinander, während sein Blick starr auf die Hinterteile der dürren Klepper, die den überladenen Wagen zogen, gerichtet war. Doch eigentlich sah er sie nicht. Vor seinem geistigen Auge hielt er Abrahams Schwert mit der in der Sonne funkelnden scharfen Klinge in der Hand. Wieder schwang er es über dem vor ihm knienden Isaak, doch diesmal war das Opfer nicht sein Freund Gyles de Multon, sondern Stefano de Askeles. Der Leiter der Truppe wand sich, um frei zu kommen, doch John hatte ihn, anders als sonst Gyles, mit echten Knoten festgebunden. Mit vor Schreck weit aufgerissenen Augen versuchte Stefano, John um Gnade anzuflehen, doch kein Ton kam über seine zitternden Lippen. John nahm die Zügel fester in die Hand und ließ in Gedanken das Schwert auf den Hals, den ihm de Askeles darbot, niederfahren. Sein Kopf, sauber abgetrennt, rollte über die Bühne, während das Blut aus dem zuckenden Rumpf spritzte.

Zweites Kapitel

Angels: We thank thee, Lord in sovereignty
That us hath made so clean and clear,
Ever in this bliss to abide with Thee.
Grant us thy grace to live ever here.

The Fall of Lucifer

»Bewertet diese Aussage: Alles, was läuft, hat Beine. Richtig?«

Die Studenten, deren Alter von pickligen fünfzehn bis zu schwierigen achtzehn reichte, nickten zustimmend. Ihre Kleidung war so verschieden wie ihr Alter. Einige trugen modische, lange, farbenfrohe Roben aus Seide oder anderen kostbaren Stoffen, während die Mehrheit mit schlichten kurzen Tunikas aus grobem braunem Baumwollflanell bekleidet war. Es wäre verlogen gewesen zu behaupten, sie wären vor den Augen der Universität alle gleich – die einen waren für hohe Ämter bestimmt, die anderen würden sich ins Zeug legen müssen, um irgendeine kleine Pfarre auf dem Land zu erhalten. Doch im Moment kam es nicht auf die Herkunft, sondern nur auf die Schnelligkeit ihres Gehirns an, und darin konnte ein Bauernbursche den Sprößling eines königlichen Kanzlers ohne weiteres ausstechen.

Es war dies der letzte Tag ihres ersten Semesters an der Universität, und die Jungen fühlten sich jetzt schon wie Magister der Logik. Als Antwort auf ihre Zustimmung nickte der grauhaarige Regent Master, während er, seine rauhen behandschuhten Hände wegen der Kälte aneinanderreibend, den Gang zwischen den erwartungsvoll auf ihn gerichteten Gesichtern auf und ab schritt.

»Dann bewertet die Aussage: Das Wasser läuft. Also …«

Ein Chor von zwanzig hohen Stimmen übertönte den Schluß seines falschen Syllogismus.

»Also hat das Wasser Beine.«

Der Scherz war alt, doch die jungen Leute brachen in Gelächter aus. An diesem letzten *dies legibilis,* Vorlesungstag also, vor den Weihnachtsferien hatte die Vorfreude auf das Fest schon um sich gegriffen. Lächelnd schüttelte der Regent Master den Kopf und stieß eine dicke Atemwolke in den kalten Klassenraum. Mit einer Handbewegung brachte er die lärmende Bande zur Ruhe und schloß die Vorlesung.

»Geht nun und lest die Feiertage die *Analytica priora* von Aristoteles. Ihr werdet sehen, daß dem Verstehen eines Syllogismus ein Erkenntnisprozeß sowohl durch die Sinne, *intellectus,* als auch durch das Wissen, *scientia,* vorausgehen muß. Nur durch eigene Erfahrung ist es möglich, einen Syllogismus zu enträtseln. Darum wird der gesamte Vorgang als ›Deduktion‹ bezeichnet.«

Deduktion. Obwohl sie erst kurz in Oxford waren, wußten alle Studenten, daß dies eine wahre Obsession ihres Regent Masters war. Von älteren Studenten hatten sie gehört, daß er seine deduktiven Fähigkeiten häufig im praxisnächsten aller syllogistischen Rätsel anwandte. Kein Mordfall, so hieß es, sei hier in Oxford mehr ungesühnt geblieben, seit der Regent Master in die Stadt gekommen war. Das flößte ihnen Ehrfurcht vor diesem großen, staksig wirkenden Mann mit den ungewöhnlichen Verhaltensweisen ein, und so saßen sie jetzt schweigend da, während der starre Blick seiner blauen Augen auf ihnen ruhte, bis einer der Studenten schließlich den Bann brach.

»Master Falconer, dürfen wir gehen?«

Falconer, auf diese Weise aus einer Traumwelt in die Wirklichkeit zurückgeholt, brummte eine Verabschiedung und winkte die Studenten mit seinen knöchernen Händen hinaus.

»Geht und genießt das Weihnachtsfest, wo immer ihr auch

sein mögt. Aber vergeßt darüber nicht, in eure Bücher zu sehen.«

Während er seine eigenen Bücher auf dem erhöhten Pult einsammelte, an dem er selten saß, weil er sich lieber auf gleichem Niveau wie seine Schüler bewegte, strömten die Jungen zur Tür. Einige wenige von ihnen würden über Weihnachten zu ihren Familien fahren, die meisten aber in Oxford bleiben. Entweder weil ihr Zuhause zu weit entfernt lag, oder weil sie einfach zu arm waren, um das Geld für die Reise aufzubringen. Jene, die zurückblieben, hatte man schon vorgewarnt, daß Weihnachten in Oxford eine turbulente Zeit war, in der viel gesungen und Geschichten erzählt wurden. Und wenn dann noch die Wahl eines »Schlechten Herrschers« einen Tag lang die vorgegebene Ordnung der Welt ins Gegenteil verkehrte, herrschte in den Halls, wo die Studenten wohnten, ein fröhliches Chaos. Bisweilen erlaubten die aufsichtführenden Master der Halls sogar, daß umherziehende Schauspieler eingelassen wurden, um ihre Stücke vorzuführen, oder sie forderten die Studenten auf, sich eigene Szenen auszudenken. Und bei all dem gab es immer mehr als genug zu trinken. Einige der jungen Burschen, die gerade Falconers Vorlesung verließen, erprobten schon ihre Singstimmen, wobei sie Liebeslieder mit Weihnachtsgesängen vermengten.

»Oh, mein Herz, Maria, schlägt nur für dich allein ...«, sang ein pickliger Junge, dem kaum zuzutrauen war, daß er in einer Frau schon irgend etwas anderes als Mutterliebe erwecken könnte. Zwei andere gaben eine wohltönende Jubelarie zum Besten, während sie die schlammige Straße hinunter entschwanden.

»Freut euch, ihr Christen, freuet euch sehr, denn es nahet der Herr ...«

Für Falconer bot die vorlesungsfreie Zeit die Gelegenheit, intensiver an den wissenschaftlichen Texten zu arbeiten, die er zu einem eigenen Werk zusammenzufassen gedachte. Er hatte sich auch bereits einen Titel überlegt – *Summa Philosophiae* –, auch wenn er ihm schon ein wenig anmaßend erschien. Bis jetzt hatte er Abhandlungen über die Natur des Lichts und der Gestirne fertiggestellt, ebenso die über Gesteine und Mineralien, in denen er viel von dem fragmentarischen Material seines engen Freundes, Bruder Roger Bacon, verwendet hatte. Seit über zehn Jahren hatte er Bacon nicht mehr gesehen. Damals hatte der Generalminister der Franziskaner, Giovanni di Fidenza, seinen Mitbruder praktisch eingesperrt, nachdem der sich mit seinen freien Ansichten zur Beschaffenheit der Welt bei seinem Orden keine Freunde gemacht hatte. Manche klagten ihn gar der Hexerei an. Für Falconer jedoch war Bacon ein überragender Denker, und er sorgte sich, daß der Welt der Reichtum seiner Gedanken verlorengehen könnte. Diese Furcht hatte ihn auch dazu ermutigt, seine eigene *Summa* zu schreiben und sich dabei ganz frei die Gedanken des eingekerkerten Mitbruders zu eigen zu machen.

Mit einem Seufzer schloß er die Tür des kleinen Vorlesungsraumes, den er im zweiten Stock des baufälligen zweistöckigen Hauses in der Schools Street gemietet hatte. Immer häufiger fragte er sich, warum er eigentlich immer noch in Oxford unterrichtete. Er war viel älter als die meisten anderen Regent Masters, die nur wenige Jahre, wie es nach Erlangung der Magisterwürde Pflicht war, Vorlesungen hielten und dann irgendwo einträgliche Pfründe fanden oder gar als Sekretär in den Dienst des Königs traten. Er hatte Jahre damit vertan, andere, kurzlebigere Ziele zu verfolgen, bevor er dann, bereits in höherem Alter, zum geregelten Studieren gekommen war. Doch hatte er diese Jahre wirklich vertan? Wußte er nicht mehr über die Welt da draußen als all seine Kollegen in ihren abgeschlossenen bequemen Gelehrtenzirkeln? Dies hatte er sich häufig gefragt und war zu den verschiedensten Antworten gekommen – von denen ihn aber keine vollkommen befriedigte. Und währenddessen ging er bald auf seine fünfte Dekade im

Dienst der Universität zu und versuchte immer noch, mit der mageren Unterstützung, die ihm der Abt von Oseney zukommen ließ, sowie den wenigen Pennies pro Student und Jahr, die ihm die Vorlesungen einbrachten, über die Runden zu kommen. Lohnte sich das alles überhaupt?

Als er vor der gerade fertiggestellten Kirche St. Mary die High Street überquerte, um in die Grope Lane abzubiegen, hörte er plötzlich, wie jemand seinen Namen rief. Verstohlen nahm er seine Linsen aus der Gürteltasche und hielt sich das v-förmige Gerät vor die Augen. Erst jetzt, als er durch die Gläser schaute, die an den Enden zweier Bügel befestigt waren, wurde die verschwommene Straße scharf. In den vielen Jahren, die er bei Kerzenlicht über unleserlichen Schriften gehockt hatte, hatten seine Augen stark gelitten, und es war ein Segen für ihn, daß er durch die Kunstfertigkeit des Juden Samson, der dieses »Sehgerät« gefertigt hatte, seine Sehkraft wenigstens zum Teil wiedererlangt hatte.

Die Gestalt, die nun in sein Blickfeld rückte, war Hugh Pett, ein Student seiner nach Aristoteles benannten Hall, der bald seine Studien abschließen und selbst Master sein würde. Sein rotes Haar, normalerweise gut frisiert, war zerzaust, und das kostbare grüne Gewand hatte er mit einer Hand gerafft, damit es ihm beim Lauf durch die matschige Straße nicht behinderte.

»Master, wartet.«

Falconer gab ihm zu verstehen, daß er ihn gesehen hatte, und steckte seine Linsen in die Tasche zurück. Als Pett schwer atmend vor ihm stand, ergriff er freundlich lächelnd seinen Arm und sagte:

»Nun, was gibt Anlaß zu dieser Eile? Hatte das nicht Zeit, bis ich zu Hause bin?«

»Eine Botschaft«, keuchte Hugh.

»Eine Botschaft, die nicht einige Stunden warten konnte?«

»Ein Bruder, ein Franziskanerbruder aus Paris ist da, mit einer Botschaft. Er sagt, sie komme von Bruder Bacon.«

Nur weil John Peper in seine Welt voller Rachegelüste versunken war, hätten die Banditen es fast geschafft, die Gaukler um ihr hart verdientes Geld – und vielleicht auch um ihr Leben – zu bringen. Als der Wagen knirschend seinen Weg durch die Dunkelheit des Bagley-Waldes nahm, war John dermaßen in seine eigenen Gedanken vertieft, daß er die verräterischen Fußspuren im gefrorenen Gras der Lichtung vor sich nicht wahrnahm. Normalerweise hätte er in einem solchen Fall die Pferde angetrieben, doch die angenehmeren Gedanken an Stefanos Kopf, der in einer Oxforder Straße durch den Matsch kullerte, lenkten ihn ab. Der schwere Wagen wurde sogar noch weiter abgebremst, da die Pferde Mühe hatten, ihn durch eine besonders schlammige, nur teilweise gefrorene Stelle zu ziehen. Robert und Simon, die genug vom Laufen hatten , saßen träge, mit baumelnden Beinen, auf der Ladeklappe und ließen mißmutig die Laute, die der betrunkene de Askeles im Wageninnern von sich gab, über sich ergehen.

Da plötzlich sprang eine stämmige Gestalt in abgerissenen Kleidern aus einem Baum auf den Wagen und landete direkt im Schoß der entgeisterten Agnes. Die Frau schrie auf, wich zurück und fiel gegen die gleichermaßen erschrockene Margaret Peper, während der Bandit seine Keule hob, um John den Schädel einzuschlagen. Der schaffte es gerade noch, schützend seinen linken Arm hochzureißen, und der gewaltige Schlag traf das Fleisch seines Oberarms und zerriß den Ärmel, während seine Schläfe jedoch nur gestreift wurde. Dennoch war er wie vom Donner gerührt, und die Pferde blieben stehen, als die Zügel kurz angezogen und dann locker gelassen wurden. Aus dem Unterholz tauchten nun weitere in Lumpen gehüllte Banditen auf, die alle mit schweren Keulen und rostigen Schwertern bewaffnet waren. Einer von ihnen, ein häßlicher Kerl mit einem Buckel und rotgeränderten hervorstechenden Augen, bekam die Zügel der Pferde zu fassen und hielt die Tiere ruhig, während seine Waffenkameraden damit begannen, den Wagen zu stürmen. Die Überrumplung war gelungen, der Widerstand der Gauklergruppe schien schon gebrochen.

Margaret lag zusammengekauert unter dem Bock, während sich zwei weitere Räuber auf das Trittbrett schwangen und Agnes einen heftigen Schlag ins Gesicht versetzten. Sie fiel zurück, fand sich im Wageninnern am Boden wieder und hielt sich die blutige Nase. Im hinteren Teil des Wagens war die Situation gleichermaßen verzweifelt. Simon und Robert waren beide von ihrem Platz zurückgestoßen worden, und als Godrich sich benommen aufsetzte, sah er neben sich den aschfahlen und bewußtlosen Robert Kemp, dem pulsierend Blut aus einer Wunde an der Schläfe floß. Das wettergegerbte, furchteinflößende Gesicht eines der Angreifer starrte gierig über den hinteren Rand des Wagens. Seine schwieligen Finger tasteten nach einem Halt, um sich in den Wagen zu stemmen, der mit den vielen kostbar wirkenden Gewändern und schweren Truhen reiche Beute verhieß. Er bedachte den wie versteinert dasitzenden Godrich mit einem höhnischen Lächeln und nahm dann seine Waffe zwischen die Zähne, um die Hände frei zu haben. Der Musiker tastete nach irgend etwas, mit dem er sich verteidigen konnte, fand jedoch nichts Besseres als eine lädierte Viola, die er beim Darauffallen zerbrochen hatte. Gegen die tückische, spitze Waffe, die der Räuber zwischen seinen Zähnen trug, würde er sich damit sicher nicht zur Wehr setzen können.

Dann wendete sich das Schicksal. Als Will Plome versuchte, von seinem Platz an der Wagenseite zu fliehen, grapschte er nach einem Halt, und was er dabei zu fassen bekam, war der Käfig, in dem der Affe saß. Seine Finger stießen die Käfigtür auf, und das verschreckte Tier sprang heraus und kletterte die Seile hoch, die Will als Hängematte gedient hatten. Und so kam es, daß der Bandit, der sich gerade daran gemacht hatte, den Bock zu erklimmen, von einem haarigen, direkt aus der Hölle kommenden Dämon, der seltsamste Laute von sich gab, angegriffen wurde. Das Ungeheuer sprang dem Bandit in den Nacken und begann, ihm das Gesicht zu zerkratzen. Aber was dann kam, war ein noch grauenvollerer Anblick.

Stefano de Askeles hatte sich im Vollrausch eine Maske aufgesetzt und war dazu übergegangen, Verse eines Stücks zu deklamieren, das er, wie er sich vorstellte, dem König vorspielen würde. Als der Wagen stehenblieb, war er nach vorn getorkelt, um John Peper wegen seiner Fahrweise ein paar Worte zu sagen. Die Maske, die er sich ausgesucht hatte, war ein grotesker Totenschädel mit tiefen, unergründlichen Augenhöhlen.

Der Bandit, der sich plötzlich dem Engel des Todes gegenübersah, schrie in panischem Schrecken auf und suchte das Weite. Währenddessen war der andere Räuber vom Wagen gesprungen und schlug mit den Armen in alle Richtungen aus, um sich von dem Dämon auf seinen Schultern zu befreien. Diesen Moment nutzte John, ergriff die Zügel und trieb die Pferde an. Der überraschte Bucklige wurde zu Boden geworfen und kam unter die Hufe. Seine Schmerzensschreie brachen ab, als auch noch ein Vorderrad über seinen Körper fuhr. Der todbringende Ruck brachte auch den rotgesichtigen Banditen, der sich über Simon Godrich hergemacht hatte, aus dem Gleichgewicht. Den häßlichen Mund vor Erstaunen weit aufgerissen, stürzte er Hals über Kopf vom Wagen, während seine Waffe klirrend über den Wagenboden schlitterte und zu Füßen seines vormaligen Opfers liegenblieb.

Obwohl die Räuber mit dem gemächlichen Tempo der Pferde, die zockelnd den Wagen zogen, hätten Schritt halten können, war ihr Vorteil dahin, und so rasch die Beine sie noch trugen, verschwanden sie im Wald. Zurück blieben der Bandit, der sich immer noch schreiend und um sich schlagend des dämonischen Affen zu erwehren versuchte, sowie der zerquetschte Körper des Buckligen, der mit dem Gesicht im aufgewühlten Schlamm lag.

Der Engel des Todes, in Gestalt des betrunkenen de Askeles,

torkelte ins Wageninnere zurück, und alles, was John von ihm hörte, waren ein paar gemurmelte Flüche über seine tollpatschige Fahrweise. Er blickte hinüber zu den beiden Frauen, die sich immer noch vor Angst fest umklammert hielten, und brach dann in schallendes Gelächter aus. Margaret kreischte auf, weil etwas mit einem dumpfen Geräusch auf die Deckenplane über ihren Köpfen fiel, und stimmte dann, als das haarige Gesicht des Affen auf sie niederblickte, in das Gelächter ein.

»Heute abend hast du dir ein Festmahl verdient, Ham!« rief John dem Affen zu, während er den Wagen vorsichtig aus dem Wald hinunter ins Tal der Themse steuerte.

Der Wintertag war ausgesprochen kurz, und wegen der grauen, tiefhängenden Wolken hatte er den Eindruck, als sei er schon fast vorüber, obwohl es erst kurz nach Sext war und der halbe Tag noch vor ihm lag. Doch das diffuse Licht vermochte die freudige Erregung von Regent Master William Falconer nicht zu dämpfen. Er schüttelte dem Mönch so heftig die Hand, daß seine gewaltige Faust die zarten Finger des frommen Mannes zu zerquetschen drohten. Dann deutete er auf die nächste Straße Richtung Südtor, wo die Gebäude der Franziskaner-Bruderschaft in Oxford lagen. Dort würde der Mönch eine vorübergehende Unterkunft finden.

Während er der schmächtigen Gestalt nachblickte, die im Dunkel verschwand, schwirrte ihm der Inhalt der Botschaft, die er gerade gehört hatte, immer noch im Kopf herum. Auf Betreiben keines Geringeren als des Papstes persönlich hatte man Roger Bacon begnadigt. Klemens IV. hatte den Franziskanermönch sogar dazu ermuntert, sein Wissen aufzuzeichnen, und Bacon arbeitete mittlerweile fast schon ein Jahr an dem Buch, das er *Opus Majus* – sein Großes Werk – nannte.

Falconer schloß die Tür der Aristotle's Hall hinter sich und überlegte dabei, welches Maß an Freiheit sein Freund nun wohl genießen mochte. Nach den Worten des schmächtigen Mönchs beschränkte sich Bacons Leben zwar nicht mehr auf die winzige Zelle, in der man ihn so lange gefangen gehalten hatte; dennoch durfte er sich wohl nur auf dem Grund und Boden des Klosters frei bewegen. Allerdings hatte er immer schon zum größten Teil in der Welt seines Geistes gelebt, und Falconer war sich sicher, daß die Einkerkerung seinen Gedanken nur neue Nahrung gegeben hatte. Eigenartigerweise fühlte sich Falconer selbst eher erdrückt von der relativen Freiheit, die er genoß. Um seine Einkünfte aufzubessern, führte er die *domus scholarum* der Aristotle's Hall, unter deren steilem Schieferdach, mit dem das zweistöckige Haus gedeckt war, rund ein Dutzend Studenten in sechs Räumen lebte. Noch fünfzig Jahre zuvor wäre dieses Haus, wie auch die Nebenhäuser, noch ganz aus Holz gewesen, doch eine Reihe verheerender Feuersbrünste hatte die reicheren Bürger der Stadt dazu veranlaßt, zumindest die unteren Stockwerke ihrer Häuser aus Stein mauern zu lassen. Falconer selbst war nicht reich, jedoch sein Vermieter, der Abt von Oseney, und diesem hatte der Regent Master die robuste Bauweise der Aristotle's Hall zu verdanken. Im Gegensatz zu vielen seiner Nachbarn nutzte Falconer den Garten hinter dem Haus nicht dazu, um dort Hühner oder ein Schwein zu halten. Weder er noch seine Studenten hatten etwas für landwirtschaftliche Tätigkeiten übrig. Dieses Haus sowie die Vorlesungsräume in der Schools Street, wo traditionell die Fakultät der Freien Künste unterrichtete, waren Falconers Welt. War sie tatsächlich so viel größer als die von Bruder Bacon?

Falconer nahm wieder den Brief zur Hand, den ihm der Bruder, zusammen mit der Nachricht von der glücklichen Wendung in Bacons Leben, überbracht hatte, und überflog noch einmal die Zeilen. Darin erbat sich der Franziskanermönch Falconers Hilfe bei der Lösung eines kniffligen Problems in der faszinierendsten der modernen Wissenschaften, der Alchimie. Mit schwärmerischen Worten verbreitete er sich über die »Erzeugung der Dinge aus ihren Elementen« und die »seltene

Kunst, Leben zu verlängern«. Dabei erwähnte er auch einen Alchimisten, der zu jener Zeit, als Bacon ihn zuletzt in Oxford gesehen hatte, eine Anzahl eigener Experimente auf diesem Gebiet durchgeführt hatte. Er bat Falconer, diesen Mann ausfindig zu machen und ihn dazu zu bringen, wieder mit ihm in Kontakt zu treten. Dem Brief an Falconer lag eine versiegelte Botschaft bei, die er dem Alchimisten aushändigen sollte. Das Problem war nur, daß Bacon lediglich einige dürftige Anhaltspunkte zur Identität des Mannes lieferte:

»Sogar jetzt«, so schrieb er, *»fürchte ich noch, daß dieser Brief von Leuten abgefangen werden könnte, denen meine wiedergewonnene Freiheit ein Dorn im Auge ist. Und eine offene namentliche Erwähnung des Kollegen könnte dazu führen, daß auch er bei jenen, deren Einfluß nur zeitweise beschnitten ist, in Ungnade fällt. Ich vertraue darauf, daß dir meine Beschreibung ausreichen wird, um ihn ausfindig zu machen.«* Bacons Brief schloß mit einer Ermahnung an Falconer: *»Denk daran, mein lieber Freund, stets guter Musik zu lauschen und schöne Dinge anzuschauen, anregende Dispute mit sympathischen Freunden zu führen, deine beste Garderobe zu tragen und mit hübschen Mädchen zu sprechen.«*

Der Regent Master lächelte über den weisen, weltlichen Ratschlag, der für seinen Freund so typisch war. Doch das Rätsel, vor das er sich bezüglich des Oxforder Alchimisten gestellt sah, bereitete ihm Kopfzerbrechen. Bacons Zuversicht zum Trotz hatte er nicht die leiseste Ahnung, um wen es sich bei dem Mann handeln könnte. Er verstaute beide Briefe in seiner Tasche und zog sich in seine Kammer im oberen Stockwerk der Aristotle's Hall zurück.

Das Ruckeln und Rumpeln der Wagenräder auf dem harten Untergrund ließ den zerzausten de Askeles aus seinem Alkoholrausch erwachen. Er stöhnte, als der Wagen durch ein tiefes Schlagloch fuhr, sich zur Seite neigte und einen stechenden

Schmerz durch seinen benebelten Schädel jagte. Er hob die Plane an, die das Wageninnere von der Bank vorne trennte, und beschimpfte John Peper, weil er so ungeschickt lenkte.

Gerade noch rechtzeitig, bevor die Tore wie jeden Abend geschlossen wurden, um die Stadt vor der gefährlichen Welt draußen zu schützen, passierten sie das Südtor der Oxforder Stadtmauer. Das flackernde Licht eines Kohlenbeckens im Torbogen erhellte die Gruppe. John Pepers Rücken war so angespannt, daß sein Kopf auf die Schultern gesunken war und de Askeles sein Gesicht nicht sehen konnte. Er wußte aber, wie sehr seine Zurechtweisung Peper wurmte, und grinste zufrieden. Dieser Mann war ja so leicht zu reizen, und solange Peper auf die Arbeit, die de Askeles ihm gab, angewiesen war, blieb ihm nichts anderes übrig, als seine gehässigen Worte zu schlucken. Und de Askeles wußte auch, daß er Peper noch weit mehr durch die Aufmerksamkeiten verletzte, mit denen er dessen Frau bedachte. Aber der Mann hatte keine andere Wahl – er mußte alles über sich ergehen lassen.

Neben Peper saß Agnes Cheke, deren unförmige Gestalt durch das Bündel Lumpen, die sie gegen die abendliche Kälte umgelegt hatte, noch plumper wirkte. Sie fuhr jetzt herum und bedachte Stefano mit einem bösen Blick aus den Schweinsäuglein in ihrem unschönen Gesicht. Es war der Blick, mit dem sie die leichtgläubigen Tölpel beeindruckte, denen sie die Zukunft vorhersagte. Doch bei Stefano funktionierte das nicht, er hatte ihn schon zu oft gesehen.

»Dein Hexenblick läßt mich kalt, Schweinsgesicht.«

Margaret beugte sich zu der Frau hinüber und wollte ihr tröstend den Arm um die Schultern legen, zögerte jedoch, als Agnes sich versteifte und wie versteinert in eine andere Richtung starrte. So wandte sie sich wieder dem Bündel in ihrem Schoß zu und gurrte, als halte sie einen Säugling in den warmen Falten ihres Rockes. De Askeles beugte sich unwirsch über die Schulter der eingeschüchterten Agnes, packte den Affen am

Schwanz und riß ihn von seinem behaglichen Platz in Margaret Pepers Schoß. Das Tier kreischte vor Schmerz, und sein grünliches Fell richtete sich auf. Starr vor Schreck beobachtete Margaret, wie de Askeles das zappelnde Tier jetzt Will Plome zuwarf, der, von Hams Gekreische alarmiert, mit besorgter Miene an der Seite des Wagens aufgetaucht war.

»Sperr ihn ein.«

Der Affe bleckte ängstlich die Zähne und sprang in die Arme des jungen Mannes, der sich regelmäßig um ihn kümmerte, während de Askeles fortfuhr, seine Truppe mit Befehlen zu schikanieren.

»Paß gefälligst besser auf den Affen auf. Ich will nicht, daß er wegläuft. Dazu ist er zuviel wert. John macht ihm heute abend noch ein Halsband. Und dann hältst du das Tier immer an der Leine.«

Als der Wagen die Fish Street hinaufrumpelte und sich de Askeles umwandte, um ins Wageninnere zurückzukehren, fiel sein Blick auf eine ausgemergelte Gestalt, die im Dunkeln unter dem Vordach einer Haustür vorbeischlich. Einen kurzen Augenblick trafen sich ihre Augen, und so etwas wie Wiedererkennen blitzte zwischen den beiden Männern auf – dem Darsteller des Todes und dem anderen, der mit seinem knöchernen Körper an den Tod selbst erinnerte. De Askeles erschauderte, schüttelte den Kopf, und die Gestalt war verschwunden. Verwirrt torkelte der Schauspieler ins Wageninnere zurück und tastete nach der Flasche zu seinen Füßen, die er während der Fahrt fast geleert hatte. So entging ihm das mörderische Flackern in Will Plomes Augen, der dem Affen auf seinem Arm beruhigend das Fell streichelte. De Askeles scherte sich nicht um den Haß, den er bei seinen Mitmenschen entfachte – ein Umstand, der sich für ihn als verhängnisvoll erweisen sollte.

Drittes Kapitel

Archangels: Here to abide God grant us grace
To please this Prince without a peer;
Him now to thank with great solace
A song now let us sing together.

The Fall of Lucifer

Lange bevor die abendliche Dunkelheit hereinbrach, begannen die Brennholzverkäufer am Südtor schon ihre Bündel in die Ställe entlang der Fish Street zu bringen und wegzuschließen. Bald schon taten es ihnen die Fischverkäufer gleich, die ihre stark riechende, salzige Ware für den folgenden Tag in die Kisten zurückpackten. Die Läden der Gerber und Handschuhmacher waren bereits verrammelt, und die ehrbaren Oxforder Bürger zogen sich hinter ihre robusten Haustüren aus Eichenholz zurück. Die Nachtwache, ein Trupp kräftig gebauter, doch schon betagter Männer, begann ihre Runde um die Stadtmauer, die dicht an die Wohnhäuser grenzte. Bei jedem Stadttor griff der Anführer zu einem großen Schlüssel an seinem Bund und schloß die Bürger sicher in ihrer Stadt ein. Gleichzeitig wurden die weniger ehrbaren Bewohner ausgeschlossen, denn Oxford war schon über seine Mauern hinausgewachsen, und in den verrufenen Vierteln außerhalb des Süd- wie des Nordtors hausten Bettler, Diebe und käufliche Frauen.

Bald schon waren die breiteren Hauptstraßen, die die Stadt in vier ungleiche Segmente unterteilten, ruhig genug für die Übernahme durch eine andere Bevölkerung: die huschenden Heerscharen von Ratten und Mäusen, die sich von den Abfällen der sich tagsüber in den Straßen drängenden Menschen ernährten. Doch noch nicht einmal diese Bewohner der Dunkelheit hatten die nächtliche Welt Oxfords für sich allein. An den langen Winterabenden verbreitete sich unter den jungen, lebenslustigen Studenten, die die zahlreichen Oxforder Halls bewohnten, die Plage der Langeweile. Darüber hinaus bedingte die Lage der Stadt am Knotenpunkt wichtiger Handelsstraßen, daß dieser Ort immer eine Anzahl reisender Handwerker, Beamter und Kaufleute beherbergte. Und so füllte eine bunt zusammengewürfelte Schar leichtlebiger junger Studenten und wohlhabender Reisender auf der Suche nach kurzweiliger Unterhaltung jeden Abend die übelsten Spelunken im Viertel St. Martin mit Lärm und Geschrei.

Für Stefano de Askeles und seine Truppe bedeutete das nur eins – Geld, und das nicht zu knapp. Nachdem sie ihren Wagen sicher im Hinterhof des Golden Ball Inn abgestellt hatten, machte sich ein Teil der Truppe auf die Suche nach der lautesten Taverne, die sie finden konnten, weil dort die betrunkensten und freigiebigsten Gäste zu erwarten waren. In der Northgate Street, wo man in fast jedem Haus sein eigenes Bier zu brauen und zu verkaufen schien, hatten sie nicht lange nach einem geeigneten Ort suchen müssen. Eine Gruppe junger Leute war betrunken aus einem Eingang gefallen und vor Margaret Pepers schönen Füßen zu Boden gegangen, gefolgt von einem vielstimmigen Gebrüll, das aus einem von zahlreichen Kerzen erhellten Raum kam. Ein elegant gekleideter Jüngling rappelte sich hoch, ergriff stürmisch Margarets Hand und bedeckte sie mit Küssen. Dann versuchte er sich an einer wackligen Verbeugung, trat dazu ein paar Schritte zurück und landete geradewegs in dem offenen Abwasserkanal in der Straßenmitte. Seine Kameraden retteten ihn aus der stinkenden Kloake und rannten dann johlend und krakeelend in die Dunkelheit davon.

De Askeles stieß seine Leute vor sich her in die namenlose Taverne und ließ seinen erfahrenen Blick über die Menge grölender Zechbrüder schweifen. Unter dem niedrigen Gewölbe drängten sich die Leiber, die mit roten, grünen oder auch purpurnen Gewändern bekleidet waren. Nur hier und dort sah man das düstere Schwarz der Akademiker, Tonsuren oder junge Gesichter, was de Askeles Anlaß zum Lächeln gab. Die Oxforder Professoren litten, ebenso wie ihre Studenten, unter chronischem Geldmangel, ganz im Gegensatz zu den reisenden Kaufleuten, die, weit weg von Weib und Heim, nicht selten spendierfreudig mit ihrem gemachten Gewinn umgingen. Einige gerötete Gesichter wandten sich neugierig den Neuankömmlingen zu, und de Askeles packte die Gelegenheit beim Schopfe.

»Freunde, wir sind gekommen, um euch Spaß zu bringen.«

Seine mächtige Stimme legte sich über das lebhaft schnatternde Stimmengewirr und ließ die Leute verstummen. Alle Augen waren nun auf ihn gerichtet. Nachdem er so die Aufmerksamkeit der Gäste auf sich gezogen hatte, fuhr er fort.

»Ich bin Stefano de Askeles und präsentiere euch eine Gruppe famoser Künstler, die schon vor Königen und Päpsten aufgetreten ist. Doch heute abend spielen wir nicht für faule Aristokraten, sondern nur für euch.«

Mit einer ausladenden Geste bezog er alle in dem verräucherten Raum mit ein. Der Schein zahlreicher Talgkerzen flackerte auf hochgereckten Gesichtern, einige skeptisch, anderen schon eingenommen von de Askeles' Zungenfertigkeit. Er hob seinen linken Arm, und der lange, geschlitzte Ärmel mit den purpurnen Streifen fiel wie ein Vorhang zurück und enthüllte die schlanke Gestalt von Margaret Peper.

»Freut euch auf die wunderbare, geschmeidige Margaret.«

Während den Gästen vor Bewunderung der Atem stockte, beugte sich Margaret weit zurück, setzte die Hände hinter den Füßen auf den Boden und vollführte einen Überschlag, der sie geradewegs im Schoß eines rotgesichtigen Mannes in elegant geschnittenen Kleidern landen ließ. Der starrte sie verwundert an und umfaßte dann mutig ihre Hüfte, wobei er seinen feixenden Kameraden lüsterne Blicke zuwarf. De Askeles wandte sich einem Grüppchen junger Leute neben der Tür zu und hob seinen rechten Arm.

»Und auf die Wundertaten des geschickten Robbio.«

Robert zauberte einen bunten Ball anscheinend aus dem Nichts hervor, dann zwei weitere aus seinem Mund und begann zu jonglieren, was die jungen Leute mit stürmischem Applaus quittierten.

»Und den absoluten Höhepunkt, die engelsgleiche Stimme von Monsignore Carmina.«

De Askeles ruderte mit den Armen, Simon Godrich trat vor und entnahm einem Beutel an seiner Seite eine schlank geformte Rebec. Er setzte sich auf einen Stuhl, hielt das Instrument an die Schulter und entlockte ihm mit dem Bogen in der anderen Hand eine melodiöse Tonkaskade.

»Er singt Lieder von Pilatus und Herodes, Klagelieder der Armut ...«

Man vernahm ärgerliches Stöhnen aus der gespannt lauschenden Menge.

»... Lieder über die Vergänglichkeit alles Irdischen und den Lohn Gottes ...«

Wieder hörte man mürrisches Stöhnen, daneben aber auch gutgelaunte Pfiffe, denn die Leute ahnten bereits, wo diese Aufzählung unweigerlich enden würde. De Askeles lächelte und tat ihnen den Gefallen.

»... aber auch Lieder übers Würfeln, Saufen und Lieben.«

Stürmischer Jubel übertönte fast den Anfang von Simons erstem Lied.

Der alte Mann bemühte sich, den Gedanken aus dem Kopf zu bekommen. Schließlich hatte er den anderen nur einen kurzen Augenblick gesehen, und seit damals, als das alles passierte, waren so viele Jahre vergangen. Sicher, ein anderer hätte die Angelegenheit damals vielleicht als kleinen Zwischenfall abgehakt, doch für ihn war es eine furchtbare Beleidigung gewesen.

Die zudem immer noch nicht gesühnt war. Erschöpft versuchte er, sich auf etwas anderes zu konzentrieren, und begann mit der Anbetung von Hermes, des antiken ägyptischen Gottes der Fruchtbarkeit. Wenn ihm irgend jemand das Geheimnis des Fünften Elements enthüllen konnte, dann nur Hermes. Es hieß, daß er seine Kenntnisse von einem Engel Gottes erhalten hatte. Doch seine Aufzeichnungen von der einzig wahren Methode, das Elixier durch Destillation zu gewinnen, waren verlorengegangen. Der Alchimist hatte viele Schriften gelesen, die für sich in Anspruch nahmen, die Worte des Propheten Hermes wiederzugeben, und immer wieder geglaubt, endlich den beiden verlockenden Zielen, ewige Jugend und die Verwandlung von einfachen Metallen in Gold, näher zu kommen. Doch jedesmal stellte sich heraus, daß die Formeln von gewöhnlichen Sterblichen stammten, und keine von ihnen funktionierte.

Er fuhr sich mit der Hand über die Augen, so als wolle er seinen Kopf von jeder materiellen Versuchung befreien. Sein Interesse an diesen Forschungen war schließlich rein wissenschaftlicher Natur. Er stand von seinem Platz vor den flackernden Kerzen auf, an dem er stets zu Hermes betete, und streckte seine schmerzenden Glieder. Er grinste, als ihm dabei durch den Kopf ging, daß die Wiederherstellung der Jugend schon eine verdammt verlockende Idee war. Er war schon im fünfzigsten Lebensjahr, und seine Knochen litten unter den feuchtkalten Oxforder Wintern. Aber bald würde der Ofen den an eine Krypta gemahnenden Keller, in dem er seine geheime Arbeit tat, aufgewärmt haben.

Durch die kleine Öffnung an der Seite des trichterförmigen Ofens begann er, in den rotglühenden Kohlen zu rühren. Der rötliche Schein warf seinen Schatten an die Wand und die niedrige Decke und erweckte den Eindruck, als kauere ein riesiger, bedrohlicher Vogel hinter seinem Rücken. Er nahm die Kerze von dem Hausaltar und hielt sie vor die Reihe seltener und teurer Destillierkolben über der Trichteröffnung. Die Flamme wurde glitzernd von der Oberfläche des Glases reflektiert und gab dem flüssigen Inhalt der größten Kugel eine sanft goldene Farbe. Der Alchimist wertete das als ein vielversprechendes Zeichen.

Allmählich wurde die Flüssigkeit so heiß, daß sie zu blubbern begann. Dieser Teil der Schaffung des Elixiers war dem Alchimisten noch wohlvertraut. Viele Male zuvor hatte er schon einen der besten Rheinweine genommen und ihn siebenmal destilliert, um jene Flüssigkeit zu erhalten, die in den Büchern »brennendes Wasser« genannt wurde. Laut Anweisung war dieses Wasser dann weitere tausendmal zu destillieren, aber es war ihm unklar, ob dies wörtlich oder im übertragenen Sinne gemeint war. Er verdrehte seine warmen braunen Augen und blickte dann in die lange Glasröhre, die von dem Destillierkolben hinunterführte. Der Dampf, der von der Oberfläche des brennenden Wassers aufstieg, kondensierte in der grünlichen Röhre, und kleine, glitzernde Tropfen fielen an ihrem Ausgang in den Behälter, den er darunter gestellt hatte, um die wertvolle Flüssigkeit aufzufangen. Ungeduldig hielt er einen gekrümmten Finger unter die Röhre und fing einen Tropfen auf. Er führte ihn zum Mund, um daran zu lecken, und lächelte zufrieden wegen des feurigen Geschmacks der Flüssigkeit. Die erste Stufe hatte begonnen.

»Bacchus loves to visit
Always without count,
The wooded slopes and hills
On top of Venus' mount.«

Simon Godrichs klare Stimme trug das Lied auf die Straße. Wie der Schaum auf dem Kamm einer Welle schien es sich auf dem rauhen Geschrei der betrunkenen Männer zu kräuseln. Peter Bullock seufzte und lehnte sich in dem Eingang gegenüber der

Taverne zurück. Wenn die Dinge weiter aus dem Ruder liefen, würde er diesen Abend noch seinen Knüppel einsetzen müssen. Diese verdammten Gaukler – machten die Leute verrückt mit ihren Liedern und akrobatischen Possen. Ein berauschendes Gebräu, das den Leuten, zusammen mit dem Bier, das William Kepeharm verkaufte, den Kopf verdrehte. Bullock selbst würde das Zeugs, das aus Kepeharms Zapfhahn floß, niemals anrühren. Er wußte, wie nahe sein Wasserzufluß der Abwasserrinne war, die auf die Straße hinausging.

»Gaudeamus igitur
Juvenes cum sumus.«

Der Chor der betrunkenen Kneipenbesucher grölte mehr, als er sang. Für die meisten von ihnen waren es die einzigen lateinischen Worte, die sie, abgesehen von den in der Kirche gehörten und nur selten verstandenen, jemals kennen würden. Bullock lehnte sich mit seinem krummen Rücken gegen den Türrahmen und fuhr sich mit den rauhen Händen durch das zerzauste graue Haar. Der Abend war kalt, und der Nieselregen ging allmählich in Schnee über. Seine Haare waren naß und klebten an der Stirn; ebenso wie seine Kleidung, die unangenehm auf der kalten Haut scheuerte. Er erinnerte sich an die Zeit, da er selbst auch in dieser oder einer ähnlichen Taverne gewesen war und mit seinen Kameraden gesoffen hatte. Damals hatte er auch nur ans nächste Bier gedacht und daran, wie er die junge Magd des Wirts zu einem ruhigeren Plätzchen bugsieren könnte. Und heute ärgerte er sich über die vergnügungssüchtigen Nachtschwärmer, die ihn um seinen wohlverdienten Schlaf brachten. Von den reicheren Bürgern dazu angestellt, in ihrem Interesse für Ruhe und Ordnung zu sorgen, wünschte er sich nichts mehr als eine friedliche, nüchterne, gesetzestreue Stadt. Doch in Oxford war dies, diesseits und jenseits der Stadtmauer, ein unmöglicher Traum.

Er nahm an, daß die Stadt in einem gewissen Sinne lediglich die chaotische Situation in ganz England widerspiegelte. Die wenigen Glücklichen, die genug Geld besaßen, hockten gemütlich zusammen und ließen es sich gutgehen, während sie Leute wie ihn selbst beschäftigten, die ihre Städte gegen die Armen und Vagabunden abriegeln sollten, mit dem Ziel, auf diese Weise Inseln der Sicherheit im allgemeinen Chaos zu schaffen. Seit der glücklichen Wende im Geschick des Königs und der unerwarteten Niederlage von Graf Simon de Montfort einige Jahre zuvor mußte sich das Land mit enteigneten Baronen und hungernden Söldnerheeren herumschlagen. Bullock war zu Ohren gekommen, daß sich in diesem Jahr eine Gruppe landloser Barone auf der Insel Ely niedergelassen hatte und die Umgebung unsicher machte. So hatten sie einige reiche Juden aus Norwich entführt und hielten sie fest, um ein Lösegeld zu erpressen. Nein, das waren alles Zustände, die ihn keineswegs optimistisch stimmten.

Doch nun mußte er sich auf die relativ einfache Aufgabe konzentrieren, dafür zu sorgen, daß die Betrunkenen nicht über die Stränge schlugen. Er bewegte seine steifen Glieder, weil ihm der scharfe Winterwind durch die verschiedenen Kleiderschichten drang und den Schneeregen ins Gesicht blies, verfluchte sein fortgeschrittenes Alter und wünschte sich, irgendwo drinnen im Warmen zu sein.

In einer warmen Ecke der Taverne sitzend, war Stefano de Askeles damit beschäftigt, aus dem vielstimmigen Geschnatter um ihn herum nützliche Informationen zu filtern. Er hatte schon erfahren, daß der Prior von St. Frideswide ganz wild darauf war, ein Mysterienspiel aufzuführen, um den Erfolg der wunderbaren Anbetung der Gebeine seiner Heiligen zu krönen. Die Botschaft, in der er ihm die Dienste seiner Truppe angeboten hatte, schien genau zum richtigen Augenblick bei ihm eingetroffen zu sein. Nun hörte de Askeles gerade von einem neidischen Pfarrer, der auf der Suche nach irgendwelchen Reliquien war, mit denen er selbst Gläubige in seine Kirche locken konnte. Der fette Kaufmann, in dessen Schoß Margaret gelandet war, versorgte ihn mit allem, was er wissen mußte.

»Petysance ist ein Narr. Ich meine, wer kennt schon St. Aldate? Was für Wunder sollen seine Gebeine schon bewirken, falls es welche geben sollte? Ja, das wäre das einzige Wunder, wenn man überhaupt welche finden würde.«

Auch während er erzählte, war sein Blick starr auf die anmutige Gestalt von Margaret Peper gerichtet, die gerade ein perfektes Rad zwischen den Tischen schlug. Seine Zechkumpane trommelten vor Begeisterung mit den Fäusten auf den zerkratzten Tisch, um den sie saßen, und das Bier spritzte aus den Krügen und ergoß sich auf den ohnehin schon schmierigen Fußboden. De Askeles lachte mit ihnen, doch hinter der fröhlichen Fassade arbeitete sein Gehirn schon an einem Plan, wie Edward Petysance mit dem zu versorgen wäre, wonach sein Herz sich offenbar so sehr sehnte. Durch seinen eigenen Werdegang hatte er genug über die Heiligen, bedeutende und unbedeutendere, erfahren, um einen Pfarrer, der scharf auf eine Reliquie war, mit Erfolg hereinlegen zu können.

Margaret hatte ihre akrobatische Vorführung beendet und ließ sich nun neben dem Leiter ihrer Truppe auf einen Stuhl fallen. Mit einem gezwungenen Lächeln fragte sie ihn, wann sie sich endlich von der lüsternen Menge verabschieden dürfe.

»Meine Oberschenkel sind schon ganz blau von dem ständigen Angrapschen. Haben diese Kerle denn noch nie Frauenbeine gesehen?«

»Nicht so schöne wie deine. Ihre Frauen haben sicher Stampfer wie Ackergäule.«

Margaret wischte sich die schmutzigen Reste der biergetränkten Binsen von den Händen und zwang sich zu einem breiten Lächeln, als ihr jetzt auch der fette Kaufmann in den Schenkel kniff. De Askeles hingegen wog zufrieden den prallgefüllten Beutel in den Händen und kam zu dem Schluß, daß sie für diesen Abend genug gearbeitet hatten. Außerdem weckte der süße Duft, der von der schwitzenden Tänzerin neben ihm ausging, auch bei ihm die Leidenschaft. Er ließ seine freie Hand über ihren vielbefummelten Oberschenkel gleiten und spürte die animalische Wärme, die er ausströmte. Aber er spürte auch, wie sich der Körper der Frau unter seiner Hand anspannte.

Margaret überlegte, ob nun der Moment gekommen war, und ihre Hand wanderte hinter ihren Rücken, um nach der Waffe zu greifen, die Godrich ihr an diesem Abend gegeben hatte. Es war jene, die der Bandit während des Überfalls verloren hatte, kein richtiges Messer, eher das Werkzeug eines Handwerkers. Sie hatte Simon Godrich gebeten, es ihr zu überlassen, damit sie sich verteidigen könne, ohne sich jedoch bis zu diesem Zeitpunkt einzugestehen, gegen wen sie es zu benutzen gedachte. Doch nun hatte sie keinen Zweifel mehr – sie würde ihn töten. Als hätte er erraten, was sie vorhatte, drängte er sich gegen sie und hielt ihre Hand hinter ihrem Rücken fest. Die Gelegenheit war verpaßt, und wieder einmal kapitulierte sie vor seinem übermächtigen Willen. Stefano lächelte. Heute nacht würde John Peper mal wieder einen dringenden Auftrag zu erledigen haben, der ihn von seiner Frau fernhielt.

Nach einer Runde durch die Stadt kehrte Peter Bullock zu Kepeharms Kneipe zurück. Es war nichts Besonderes vorgefallen; nur ein junger Bursche hatte sein karges Abendmahl auf den Misthaufen hinter der Kirche St. Aldate erbrochen. Wegen dieser noch sehr rücksichtsvollen Entleerung wollte der Wachtmeister keinen Ärger machen, und so hatte er ihn seinem Elend überlassen. Er seufzte, als er auf dem Weg zurück in Richtung Nordtor schon aus der Ferne hörte, wie das Geschrei der betrunkenen Kundschaft in der Taverne, die er für einige Zeit aus den Augen gelassen hatte, immer noch auf die Straße drang. Er hatte gehofft, daß sich während seines Kontrollgangs die Lage dort soweit beruhigt hatte, daß er nicht würde einschreiten müssen. Als er näher kam, sah er plötzlich vor sich eine Gestalt aus einer engen Gasse auftauchen. Sie schien den Constable jedoch nicht zu bemerken und schlug ohne Zögern ebenfalls den Weg in Richtung des verschlossenen Nordtores ein. Bullock blieb stehen und versuchte, seinen umfangreichen Leib im nächsten Hauseingang zu verstecken. Das Verhalten des Mannes kam ihm verdächtig vor. Vielleicht gehörte er zu den Banditen, die das Umland von Oxford unsicher machten, und hatte jetzt vor, seine Kumpane in die Stadt hineinzulassen. Als er um den verwitterten Türsturz blickte, sah er jedoch, daß der Mann vor der immer noch lauten Taverne stehengeblieben war und durch das Bogenfenster in den Schankraum blickte. Für einen Augenblick erhellte das Licht von drinnen sein mageres Gesicht unter dem schwarzen Haar. Was immer er dort auch sah, es schien ihm nicht zu gefallen, denn er schlug zornig mit der Faust gegen die rauhe verschmierte Außenmauer der Taverne und wandte den Blick ab. Rasch zog sich Bullock in die Dunkelheit des Hauseingangs zurück. Das Gesicht des Mannes hatte sich ihm zugewandt.

Verärgert, weil man ihn mit Will Plome zusammen zurücklassen wollte, um die Besitztümer und den Wagen zu bewachen, wartete John Peper, bis seine Frau, de Askeles und die anderen gegangen waren, um ein Publikum ausfindig zu machen, und erledigte dann eilig, was man ihm aufgetragen hatte. Mit seinen Gedanken war er nur bei Margaret und de Askeles, das heißt bei dem, was zwischen den beiden passieren könnte oder wahrscheinlich schon passiert war. Denn er wußte ja, daß de Askeles ihn nur deshalb beim Wagen zurückgelassen hatte, um ungestört seine Frau betatschen zu können. Aber er wußte auch, daß Margaret ihn nur geheiratet hatte, weil sie ihn gebrauchen konnte, als denjenigen, der den Leuten, die ihre Vorführung sahen, das Geld aus der Tasche zog. Doch sie war immer noch seine Frau, und auf seine Art liebte er sie. Und nun sah es so aus, als würde er sie an diesen glatten Aufschneider de Askeles verlieren. Er mußte unbedingt etwas dagegen unternehmen. Er gab Will Plome das Halsband mit der kleinen Metallschnalle, das er aus einem alten Lederwams gefertigt hatte.

»Hier, leg Ham das an. Keine Angst, es wird ihm nicht weh tun. Das Leder ist weich. Und mach dir keine Gedanken wegen Stefano. Ich bin sicher, die wilden Tiere im Dschungel werden deinem Affen mehr zugesetzt haben als Stefano heute.«

Bedrückt nahm Will das Halsband entgegen, drehte es in seinen Pranken hin und her und ging dann auf den Wagen zu. John war überzeugt, daß er den Jungen ruhigen Gewissens allein lassen konnte. Will Plome mochte nicht sehr helle sein, war aber mit Sicherheit in der Lage, ihr Hab und Gut zu bewachen. So schlang Peper sein Abendessen hinunter und machte sich dann eilig daran, das Wurzelgemüse für Hams Mahl zuzubereiten. De Askeles hatte das Tier beim Spiel gewonnen. Andernfalls hätte er auch niemals genug Geld gehabt, um dieses seltene Geschöpf zu erwerben, das, wie man ihm erzählt hatte, ein Kreuzfahrer aus den afrikanischen Ländern mitgebracht hatte. Daher rührte auch der Name des Tieres, Ham, in Erinnerung an einen der Söhne Noahs und dessen enge Beziehung zu diesem Teil der Welt. Dennoch war de Askeles ganz offensichtlich der wahre Wert des Affen nicht bewußt. Sonst hätte er ihn nicht mit dem billigsten Fraß füttern lassen.

Peper ging zum Wagen und reichte Will die Holzschüssel mit den angeschwärzten Steckrüben und verschrumpelten Äpfeln. Der warf das Futter, fast verlegen, zwischen den Stäben hindurch in Hams Käfig. Der Affe mit den schwarzen und weißen Haarbüscheln an den Backen blickte ihn aus vertrauensvoll weit geöffneten Augen an und machte sich dann glücklich gurrend, keineswegs verstimmt ob des kargen Mahls, über das Futter her, als wäre es die köstlichste Speise von der könig lichen Tafel. John wandte sich noch einmal an den einfältigen jungen Mann und trug ihm auf, Ham das Halsband, das er immer noch zögerlich in der Hand hielt, anzulegen, bevor de Askeles zurückkehrte. Nachdem er ihm noch eingeschärft hatte, auf keinen Fall den Hof zu verlassen und sich jedem in den Weg zu stellen, der sich dem Wagen näherte, war Peper endlich frei auszukundschaften, was de Askeles und seine Frau miteinander trieben.

Er verlor eine Menge Zeit, weil er bei dem Versuch, den Aufenthaltsort der übrigen Truppe herauszufinden, den Kopf vergeblich in unzählige Tavernentüren steckte. Schließlich kam ihm in einer Gasse hinter der Kirche St. Mary eine Gruppe von grölenden Studenten entgegen, die mit heiseren Stimmen und lasziven Worten von der »hübschesten Akrobatin der Christenwelt« schwärmten. Peper war sofort klar, daß nur Margaret gemeint sein konnte. Als sie, ihn anrempelnd, an ihm vorbeikamen, gelang es ihm, ihnen die Lage der Taverne zu entlocken, wo die schöne Frau und ihr Kumpan auftraten. Er überließ die Studenten ihren lüsternen Phantasien und schlich die enge Gasse hinunter, die zum nördlichen Abschnitt der High Street führte. Er wollte vermeiden, irgendeinem Wachtmeister aufzufallen, der ihn womöglich für einen Halunken auf Beutezug halten würde. Unglücklicherweise erreichte er durch sein Bemühen, nicht aufzufallen, nur das, was er eigentlich vermeiden wollte. Denn er war die mysteriöse Gestalt, die von Peter Bullock beobachtet wurde.

Vorsichtig bog er von der Gasse auf die Straße ab, die zum Nordtor führte. Das fröhliche Lärmen aus der Taverne zu seiner Rechten zog ihn geradezu magisch an, und so bemerkte er Peter Bullock nicht, der ein Stück die Straße runter mit seinem gekrümmten Rücken in der Dunkelheit eines Hauseingangs kauerte. Vorsichtig schlich er auf das erste Fenster zu und spähte durch das zerrissene Sackleinen, das vor dem unverglasten Rahmen hing. Unerbittlich wurde sein Blick angezogen von der schlanken Figur seiner Frau, deren Gesicht von der Anstrengung glühte, und der imposanten Gestalt von de Askeles neben ihr, dessen Hand überdeutlich auf ihrem Schenkel lag.

John Peper wandte den Blick ab von dem quälenden Bild und schlug mit der Faust gegen die Hauswand. Er schwor sich, den Mann zu töten, sobald sich eine Gelegenheit ergeben würde.

Viertes Kapitel

God: For I must wend a path to trace
To set this bliss in every tower
Each one of you will keep his place
And Lucifer, I make thee governor.

The Fall of Lucifer

Durch das Eintreffen des Boten in der Residenz des Kanzlers wußte Thomas de Cantilupe, daß sich sein Spiel auszuzahlen begann. Zunächst war er furchtbar ungehalten gewesen, als er durch beharrliches Ziehen am Ärmel seines Haarhemdes geweckt wurde. Am Vorabend hatte er sich beträchtliche Mengen vom besten Poitou-Wein des gegenwärtigen Kanzlers schmekken lassen und nicht damit gerechnet, so früh geweckt zu werden. Jedenfalls nicht vor Sonnenaufgang. Ein fahles Dämmerlicht kroch durch die Läden seines Schlafzimmers, und neben seinem Bett stand diese Nervensäge von Halegod, der sich bemühte, ihn wach zu bekommen. Thomas de Cantilupe zog seinen Arm in die Wärme unter der Bettdecke zurück und spürte dabei das erste mahnende Zwicken des rauhen Haarhemdes, das er Tag und Nacht als Sühne für vergangene und zukünftige Sünden und Ausschweifungen trug. Doch Halegod drängte unerbittlich weiter.

»Master, draußen wartet ein Bote, der dringend mit dem Kanzler zu sprechen wünscht.«

»Dann sag ihm, er soll nach Southampton weiterreiten und unschuldige Leute in Frieden lassen.«

De Cantilupes Antwort kam gedämpft unter den Kissen hervor, die er sich über den Kopf gezogen hatte. Nach einigen Augenblicken des Schweigens nahm er an, daß der Diener gegangen war, und warf einen verschlafenen Blick über den Rand der Bettdecke. Halegod stand noch immer neben dem Bett, sein Gesicht eingerahmt von der aufgehenden Sonne, die durch sein feines Haar schimmerte, das wie ein Heiligenschein von seinem Kopf abstand. Obwohl sein Gesicht im Schatten lag, entdeckte de Cantilupe ein selbstgefälliges Grinsen in den alten Gesichtszügen. Er stöhnte.

»Was ist denn noch?«

»Nichts, wenn Ihr darauf besteht, daß ich den Boten des Königs fortschicke.«

Mit dieser gezielten Bemerkung, die wie ein Schuß saß, verließ der alte Mann die Kammer des Ex-Kanzlers.

»Des Königs …?«

Der frühere Kanzler von Oxford und England setzte sich ruckartig auf und schwang seine nackten Beine aus dem Bett. Der König! So hatte also sein Informant vom Hof mit seiner Nachricht, daß Henry dieses Jahr das Weihnachtsfest in Oxford zu verbringen gedenke, recht gehabt. Und sein gefälschter Brief an de Cicestre, in dem etwas von einer ernsten Erkrankung von dessen Mutter stand, hatte ihm den Weg gebahnt. Er spritzte sich eiskaltes Wasser aus der Schüssel ins Gesicht, die Halegod aufmerksamerweise neben dem Bett bereitgestellt hatte, und ging dann zur Tür, um dem alten Mann zu sagen, er solle ihm die Kleider bringen. Halegod stand immer noch davor und hatte schon das angemessene Ornat für den Empfang des Kuriers parat – de Cantilupe hatte schon ganz vergessen, wie ausgesprochen gut der alte Mann seine Arbeit als Diener versah.

Ohne lange Verzögerung fand sich de Cantilupe also in eine dunkelbraune Robe mit pelzbesetztem Kragen gekleidet wieder, bereit, die Botschaft des Königs an den Kanzler in Empfang zu nehmen. Was lag näher, da er schon mal in Oxford war und sich der amtierende Kanzler Gott weiß wo herumtrieb, als den Inhalt der Botschaft als an sich gerichtet zu betrachten und dem König seine uneingeschränkte Loyalität zu beweisen?

»Als ich Himmel und Erde geschaffen,
Sah ich die Erde wüst und leer.
Auf mein Geheiß hat sich das Licht
Getrennt nun von der schwärzesten Nacht.
Zwei große Fackeln schuf ich,
Die Sonne und ebenso den Mond.
Sterne setzte ich ans Firmament,
Daß sie sollen die Erd' erhellen.
Dies alles geschah nach meinem Willen,
Tiere kriechen, fliegen, schwimmen,
Und all meine Werke sind nun getan,
Ich sehe sie mit Wohlgefallen.«

De Askeles volle Stimme entfaltete sich in der Stille der leeren Prioratskirche St. Frideswide. Wie auf Schwingen schien sie aufzusteigen zu den höchsten Sparren der gewaltigen Holzdecke, um dann von den glatten Seitenwänden des Kirchenschiffs und der Kanzel widerzuhallen. Es war dermaßen ergreifend, daß der Prior fast glaubte, es sei tatsächlich Gottes Wort, das durch den Raum schwebte. Doch so beeindruckend es war, er mußte auf den Boden der Tatsachen zurückfinden: Es war unmöglich, einer Gauklertruppe zu gestatten, in der Kirche aufzutreten. Das hatte der Bischof ausdrücklich verboten, damals, als sich einige Novizen bei einer Aufführung dazu hatten verleiten lassen, sehr weltliche, ja fast gotteslästerliche Zwischenspiele als Kontrapunkte in die erbaulichen liturgischen Inszenierungen einzubauen. Mit einem Ausdruck des Bedauerns führte der Prior den Leiter der Truppe, der so beeindruckend als Gott aufgetreten war, zu dem mächtigen Südwestportal und aus der Kirche in die kalte Morgenluft hinaus. Doch so schnell wollte de Askeles nicht aufgeben – er wußte, daß der Geistliche zu großen Zugeständnissen bereit sein würde, damit die Mysterienspiele doch stattfinden konnten. Der Innenraum der Kirche kam also nicht in Frage, und der hintere Teil ihres Wagens bot nicht genug Platz, um ein Vorhaben von dieser Größenordnung zu realisieren. Da blieb nur eine Möglichkeit, und de Askeles sprach sie an. In großen Wolken strömte der Atem aus ihren Mündern, während sie den Gedanken besprachen, eine Bühne im Freien aufzubauen und die Kirchenportale als Hintergrund zu nutzen.

»Könnte es geeignetere Himmelspforten geben?« erklärte de Askeles mit einschmeichelnder Stimme, während er, unterstützt von einer kurzen Handbewegung, seine langen blonden Locken zurückwarf. Der Prior mußte einräumen, daß der Vorschlag verlockend war, und stimmte dann, nachdem er ein wenig nachgedacht hatte, zu.

»Also gut. Aber ich muß zuvor den ganzen Text des Stückes sehen.«

»Selbstverständlich – in dieser Beziehung müßt Ihr Euch keine Gedanken machen. Ich selbst habe ihn aus dem Französischen übersetzt, wo er als *Passion des Jongleurs* bekannt ist. Ein wahrlich christliches Epos, das mit der Schöpfungsgeschichte beginnt ...«

De Askeles machte eine ausladende Geste, um an die Vorstellung zu erinnern, die er in der Kirche gegeben hatte.

»... einschließlich Luzifers Sturz und Adams Sündenfall, und mit dem Jüngsten Gericht endet. Doch im Mittelpunkt stehen natürlich Christi Leiden und Auferstehung.«

Der Prior nickte zustimmend zu de Askeles' hochtrabenden Erklärungen.

»Dennoch muß ich den Text vorher sehen.«

De Askeles verbeugte sich übertrieben tief und zog einen Stapel zusammengebundener Papiere aus dem Beutel, der um seine Taille hing. Er hatte die Bitte des Priors vorhergesehen und diese Kopien für ihn zusammengestellt. Darin war mit Sicherheit nichts zu finden, was der Geistliche beanstanden konnte. Aus einem einfachen Grund – es war nicht der ganze Text. Während der Aufführung würde der gute Mann dann keine Gelegenheit mehr haben, irgendwelche Einwände zu erheben. Der Prior nahm die Seiten entgegen und schüttelte dem Schauspieler die Hand. De Askeles wandte sich zum Gehen, drehte sich dann aber, als sei ihm ein plötzlicher Gedanke gekommen, noch einmal zu dem Prior um, wobei er ein Stirnrunzeln auf sein edles Gesicht zauberte.

»Da wäre noch die Sache mit dem Aufbau der Bühne. Sie muß sehr stabil und mit Versenkungen versehen sein, damit wir die Qualen der Hölle darstellen können …«

Er brach ab, und dem Prior wurde klar, daß es wohl an ihm sein würde, die Kosten für den Aufbau der *representatio* zu übernehmen. Nun, umsonst war nur der Tod. Und außerdem hielt sich der König in Oxford auf und mußte nur dazu gebracht werden, der Vorstellung beizuwohnen. Auf alle Fälle würde sich die Investition auszahlen, und das Bauholz würde man später sicher noch anders verwenden können.

»Ich werde mit meinem Bursarius sprechen. Er wird die nötige Summe bereitstellen und ein paar Zimmerleute aus der zuständigen Gilde beauftragen, eine Bühne zu errichten.«

De Askeles vollführte erneut eine seiner tiefen Verbeugungen und konnte so, den Blick zu Boden gerichtet, ein triumphierendes Lächeln verbergen. Auch er dachte an den Aufenthalt des Königs in Oxford. Dieses Weihnachtsfest versprach in der Tat sehr einträglich zu werden. Die Freude darüber ermutigte ihn sogar dazu, eine persönliche Sache, die aber, wie er dem Prior versicherte, von großer religiöser Bedeutung war, zur Sprache zu bringen, ein Anliegen, das mit Geisterbeschwörung zu tun hatte.

Im königlichen Palast in Beaumont huschten die Diener, hier und dort Hand anlegend, hektisch hin und her. Der König, Königin Eleanor, der päpstliche Legat und unzählige Adlige in ihrem Gefolge waren am Vorabend spät in Oxford eingetroffen. Der König war so erschöpft gewesen, daß er schnurstracks in sein Schlafgemach getaumelt war. Doch jetzt am Morgen hatte er sich zeitig erhoben und ließ jedermann wissen, wie unzufrieden er war. Trotz seines hohen Alters von fast sechzig Jahren stürmte er voller Elan durch den Palast und gab Anweisungen, wie der Inhalt des langen Gepäcktrosses, der ihm auf all seinen Reisen durchs Land folgte, in den Räumen des Palastes anzuordnen war. Die vertraute Einrichtung gab ihm das Gefühl, ungeachtet der verschiedenen Residenzen, die er bewohnte, stets zwischen denselben vier Wänden zu leben. In seinem Alter war eine vertraute Umgebung eine tröstliche Sache.

Ein müder Hofstaat war am Vorabend seinen Aufgaben nicht nachgekommen, und nun waren nervöse Diener damit beschäftigt, Tische und Stühle aus schwerem Eichenholz an die richtigen Stellen zu rücken, während kostbare Wandteppiche entrollt und in dem großen Saal und im Schlafzimmer des Königs angebracht wurden, um den gefürchteten Luftzügen vorzubeugen, für die der alternde Leib des Königs zunehmend anfällig wurde. Die ganze Hierarchie der Dienerschaft, angefangen vom Hofmarschall über die Leib- und Kammerdiener bis zu den Reitknechten, erledigte eilfertig die Aufgaben, die sie schon Hunderte Male zuvor an den verschiedensten Orten verrichtet hatten. Die Anwesenheit des Königs mit seinem immensen Haushalt war eine zu große Belastung für eine einzelne Gemeinde, so daß er nirgendwo allzulange bleiben konnte. So war das Umherziehen von Schloß zu Schloß notwendig, um den ganzen Hofstaat überhaupt unterhalten zu können. Auch jetzt würden der Hofmeister, der Kämmerer und der oberste Vorratsverwalter wieder für die Lieferung von Bergen von Lebensmitteln für das königliche Weihnachtsbankett sowie den täglichen Bedarf seines Hofes sorgen. Denn obwohl die routinemäßigen Verwaltungsaufgaben des Königreichs den Beamten in Westminster oblagen, wurden die wichtigen Entscheidungen vom König und seinem Hof unterwegs getroffen. Auch Steuern wurden vor Ort kassiert, bar oder in Naturalien, und auch dazu waren kundige Beamte vonnöten. Nach fünfzig Regierungsjahren war sich Henry jedoch schon lange nicht mehr des Fleißes seines Hofstaats bewußt, und wenn irgendeine Kleinigkeit nicht wunschgemäß lief, verlor er die Geduld.

Der Ärger, der den König heute morgen erfüllte, war allerdings auch auf die Weigerung des Grafen von Gloucester zurückzuführen, an den Weihnachtsfeierlichkeiten teilzunehmen. Der Graf war immer noch eingeschnappt wegen des Konflikts mit Roger Mortimer in der Frage der von ihren Ländereien vertriebenen Barone. Gloucester hatte vorgeschlagen, daß die Barone ihren Besitz, den sie wegen der Unterstützung de Montforts verloren hatten, gegen die Zahlung einer entsprechenden Summe an den König zurückerhalten sollten. Auf diese Weise würden die enteigneten Gutsherren, die nun, da sie nichts mehr zu verlieren hatten, plündernd durchs Land zogen, wieder unter Kontrolle gebracht werden. Doch Mortimer hatte sich gegen diesen Vorschlag ausgesprochen, nicht zuletzt deshalb, weil er persönlich von der Enteignung der Barone profitiert hatte. Er würde die Ländereien, die ihm zugefallen waren, wieder abgeben müssen. Henry hatte gehofft, die beiden Männer während des Weihnachtsbanketts miteinander versöhnen zu können, doch nun hatte Gloucester seinen Plan zunichte gemacht. Wie sollte er die Ordnung im Königreich wiederherstellen, wenn sich seine Edelleute noch nicht einmal untereinander einigen konnten?

Hinzu kam, daß er erst jetzt Kunde davon erhielt, daß die Bürger von Lynn ihn schwer enttäuscht hatten. Sie hatten ihn in einer Petition gebeten, ihnen ihre Freiheiten, die sie im Baronenkrieg verloren hatten, wiederzugeben, wenn es ihnen gelänge, die jungen Bälger de Montforts, Thomas de Crespigny und die anderen auf der Insel Ely, zu überraschen und zu schlagen. Anscheinend war die denkbar schlecht ausgerüstete Truppe von Lynn zum Narren gehalten worden. Sie hatten geglaubt, die Ritter seien geflohen, und waren so in einen Hinterhalt gelockt worden. Nun gab es noch mehr Tote zu rächen. Und Henry wußte, daß ihm schließlich nichts anderes übrigbleiben würde, als selbst mit den enteigneten Baronen zu verhandeln.

Der letzte Schlag war ihm dann gestern versetzt worden, als sich eine Bande zerlumpter Banditen erdreistet hatte, seinen Wagenzug südlich von Oxford anzugreifen. Den Wagenzug des Königs! Sicher, sie waren von seiner Leibgarde mühelos in die Flucht geschlagen worden, aber das hätte einfach nicht passieren dürfen. Noch bebend vor Zorn war er morgens aufgewacht und hatte einen verschreckten Boten nach Oxford gesandt, um den Kanzler und die bedeutendsten Bürger herbeizuzitieren. Nun wanderte er ruhelos, die Stirn seines ohnehin schon runzligen Gesichts in Falten gelegt, in dem Gemach auf und ab und spielte dabei mit beiden Händen an seinem grauen zottligen Bart, während er auf das Eintreffen der Männer wartete. Seine Diener wußten sehr genau, daß sie ihrem König besser aus dem Weg gingen, wenn er in dieser Stimmung war. Sie waren jetzt froh, lediglich Bedienstete zu sein und keine prominenten Bürger, die der König nun nach Belieben wegen tatsächlicher oder auch nur eingebildeter Verfehlungen ins Gebet nehmen würde.

De Cantilupe seinerseits wußte, welche Risiken mit der Ausübung eines hohen Amtes verbunden waren, und sonnte sich geradezu in der Gefahr, die das Anführen des Haufens mit sich brachte. Ja, er marschierte an der Spitze der zusammengewürfelten Gruppe aus Kaufleuten und Gutsherren, die der König zu sich bestellt hatte. Und während sich Besorgnis und Schrekken auf deren Gesichtern abzeichneten, war in dem seinen ein wissendes Lächeln zu sehen. Unter dem Bocardo-Gefängnis hindurch, das über dem Bogen des Nordtors untergebracht war, verließ die Gruppe die Stadt. Die königliche Residenz lag außerhalb der Stadtmauern, denn es hieß, ein Monarch, der auf eigene Verantwortung die Stadt beträte, würde sich den Zorn der Jungfrau Maria zuziehen. Nachdem Henry das letzte Mal unvorsichtigerweise durch die Tore der Stadt geritten war, hätte er beinahe sein Königreich an Simon de Montfort verloren. Doch heute war er ein besonnener Mann.

Hinter dem Nordtor lagen die baufälligen Häuser Beaumonts, die den Weg zur Residenz des Königs säumten. Die stinkenden Hütten lehnten sich so eng aneinander, als müßten sie sich gegenseitig stützen. Schweine suhlten sich ungestört vor den Häusern, und ebenso drinnen, wo sie mit ihren empfindlichen Schnauzen die mit Abfällen bedeckten Fußböden aufwühlten. Zerlumpte Kinder hockten mitten in diesem Müllhaufen, unbeaufsichtigt von ihren Müttern, die sich zweifellos noch von der nächtlichen Arbeit ausruhten. Für de Cantilupe entbehrte es nicht einer gewissen Komik, daß die königliche Residenz von den Behausungen von Dieben und Huren umgeben war. Böse Zungen behaupteten nämlich, der König umgebe sich gelegentlich selbst gerne mit dieser Sorte Frauen, wenn auch sicher von edlerer Herkunft.

Die obersten Herren der Stadt Oxford wurden in einen großen Saal geführt und dort alleine gelassen. Einigen unter ihnen war der Ort bekannt, büßte dadurch aber nichts von seinem Schrecken ein. Die hohen Deckenbalken verloren sich in einer stygischen Finsternis, aus der sich die Banner des Königs und seiner wichtigsten Adelsgeschlechter herabsenkten. Auch die Tatsache, daß eine dicke Staubschicht ihrer goldenen Pracht den Glanz nahm, änderte nichts an ihrer einschüchternden Wirkung. Sie symbolisierten die Unvergänglichkeit derer, die England regierten. In den letzten Jahren mochte sich das Glück von einigen Familien ab- und anderen zugewandt haben; dennoch wurde das Zepter der Macht stets im gleichen engen Zirkel weitergereicht.

In der Sicherheit ihres eigenen Heimes mochten die anwesenden Stadtherren gegen das Chaos draußen im Königreich wettern, eine zu schwache Regierung beklagen und sich im vertrauten Kreis ihrer Zunftbrüder vorstellen, daß im Grunde ihre eigenen Entscheidungen die tatsächliche Lage in England bestimmten. Doch von Angesicht zu Angesicht mit der puren Macht schlotterten ihnen die Knie, nicht anders als dem ungehobelsten Bauer.

De Cantilupe nicht – schließlich hatte er zu seiner Zeit als Kanzler das gleiche Spiel oft genug mit den Bittstellern bei Hofe gespielt. Er wußte, daß sich der König mit seinem Erscheinen lange Zeit lassen würde. Erst wenn den Stadtherren ordentlich die Hände schwitzten, würde er durch die massive Flügeltür dort vorne in den Saal gerauscht kommen. Der Ex-Kanzler löste sich aus der Schar der Männer und bewegte sich eben dorthin, um hier in einem Strahl der Morgensonne, der die Dunkelheit durchstieß, zu warten. Hier war er sicher, daß der König ihn erblicken und wiedererkennen würde.

Die Zeit verging. Als de Cantilupe schon ernsthaft daran dachte, daß der König sie vergessen habe, wurde die Tür, neben der er stand, tatsächlich genau so, wie er es sich vorgestellt hatte, krachend aufgestoßen, und Henry erschien. Dank seiner Position am Ende zweier Stufen überragte er die Schar der Bürger, obwohl seine Gestalt schmächtig und vom Alter gebeugt war. Er stand unter dem Türbogen, die knorrigen Hände in Handschuhen aus weichstem römischen Leder und die Daumen unter den Gürtel geschoben, und blickte auf die versammelten Stadtherren hinab, als habe er unartige Kinder vor sich. Während sein Blick über die Männer schweifte, schien ein kurzes Zucken anzudeuten, daß er de Cantilupe erkannt hatte. Sicher sein konnte sich der vormalige Kanzler jedoch nicht, hing doch das linke königliche Augenlid auffällig herab, so daß zuweilen der falsche Eindruck entstand, der König würde seinem Gegenüber zuzwinkern.

Henry erhob nun seine trotz des Alters kraftvolle Stimme.

»Uns war bereits zu Ohren gekommen, daß, was die Verübung solcher Verbrechen wie Raub und Mord angeht, keine

Region unseres Reiches verrufener als die Eure ist. Doch anscheinend war es mit diesen Taten noch nicht genug. Nein, unser eigener Wagenzug wurde überfallen, und mehrere Weinfässer wurden entwendet. Die Person des Königs selbst geriet gestern abend in höchste Gefahr.«

Empörtes Gemurmel erhob sich aus dem Kreis der Oxforder Bürger, doch die schneidende, vor Zorn bebende Stimme des Königs ließ sie augenblicklich verstummen.

»Wir glauben, daß es eine Verbindung zwischen den Banditen und einigen von uns selbst ernannten Justitiaren gibt. Unter den gegebenen Umständen handelt es sich dabei um Hochverrat.«

Das letzte Wort ging wie ein Hammerschlag auf die bereits eingezogenen Häupter der Versammelten nieder. Ihre Gesichter wurden kreideweiß – einige unter ihnen waren in der Tat vom König ernannte Justitiare –, doch Unschuldsbeteuerungen erstickten in trockenen Kehlen. De Cantilupe wußte, daß er sich rasch etwas einfallen lassen mußte, sonst würde der König auch ihn nicht von seinem blinden Zorn ausnehmen. Er verfluchte seinen morgendlichen Eifer, der ihn dazu getrieben hatte, persönlich beim König vorstellig zu werden.

Stefano de Askeles war mit dem Fortgang der Vorbereitungen für ihren Auftritt sehr zufrieden. Zur Terz erst hatte er mit dem Prior von St. Frideswide gesprochen und ihn von der Notwendigkeit überzeugt, eine Bühne zu bauen, und jetzt um die Mittagszeit herrschte auf dem Platz vor den mächtigen Kirchenportalen schon hektische Betriebsamkeit. Zimmerleute liefen mit dicken Holzbalken hin und her, und die Luft hallte von den Schlägen wider, mit denen Nägel und Stifte in massives Buchen- und Eichenholz getrieben wurden. Nachdem er den Leuten erklärt hatte, wo die Falltür für den Sturz in die Hölle angebracht werden sollte, überließ er es John Peper, den Bau des Gerüsts im hinteren Teil der Bühne anzuleiten, von dem ihre kostbaren Bühnenbilder mit den Darstellungen Nazareths, des Tempels von Jerusalem und des Paradieses herabhängen würden. Er selbst stolzierte mit seiner Lieblingsmaske, der des Teufels, vor dem Gesicht auf der Bühne hin und her. Zwei mächtige gebogene Hörner wanden sich von der Stirn der schwarzbemalten Maske in die Höhe. Rot unterlaufene Augen starrten aus riesigen weißen Höhlen, und die Nase darunter wirkte nicht größer als ein Knopf zwischen diesen stechenden Augen und dem immensen Schlund, dem Mund des Satans, der weit offenstand und den Blick freigab auf ausgezackte Reihen häßlicher, nadelförmiger Zähne. Dazwischen ragte eine lange, spitze Zunge hervor, die zuckte, wenn de Askeles den Kopf schüttelte. Seine goldenen Locken waren vollkommen unter der schweren Maske verborgen, die wie ein Helm saß und mit Schnüren befestigt war. Er trug sie, weil sie ihm ein Gefühl von Macht gab.

John Peper war ihm gegenüber schon den ganzen Morgen sehr kurz angebunden gewesen, doch er hatte keine Lust verspürt, den Kerl wieder einmal zusammenzustauchen. Dazu war noch genügend Zeit, wenn er mit dem Pfarrer von St. Aldate, Edward Petysance, gesprochen hatte. Und Peper sollte sich jetzt lieber darum kümmern, daß die Zimmerleute die Ärmel hochkrempelten, denn die Zeit drängte. Als er sich bückte, um von der entstehenden Bühne herunterzuspringen, fiel sein Blick auf einen Mann, der gerade seine Werkzeuge zur Seite legte und einen Krug vom Boden aufhob. Auf diesen Zimmermann war de Askeles bereits aufmerksam geworden, weil er immer wieder die Arbeit unterbrach, um mit seinen Kameraden zu flachsen. Er fiel auf durch seinen roten Haarschopf und ebenso durch sein provozierendes Benehmen, wie er da seelenruhig mit den Händen in den Hüften zwischen den anderen Männern stand. De Askeles hatte gehört, wie jemand seinen Namen, Ralph, quer über den Platz gerufen hatte, und so gedachte er nun, sich diesen Ralph mal richtig vorzunehmen, als Mahnung an die anderen, die Arbeit nicht schleifen zu lassen.

Ralph war mittlerweile unterhalb der Bühne in die Hocke gegangen, hatte den Kopf zurückgelegt und trank gierig aus dem Krug. Mit großen Schritten überquerte de Askeles die Bühne, holte mit seinem gestiefelten Fuß mächtig aus und trat dem durstigen Mann das Gefäß von den Lippen. Ralph schrie auf und schaute entgeistert dem Bierkrug nach, der aus seinen Händen geflogen war und krachend an einem Stapel Balken zerbrach. Als er sich umdrehte und zu dem Übeltäter hochschaute, sah er sich plötzlich dem Leibhaftigen gegenüber, der drohend auf ihn herabstarrte. Einen Moment war er vor Schreck wie gelähmt, dann hob die Gestalt über ihm die Maske an, und das wutverzerrte, von goldenen Locken umrahmte Gesicht des Leiters der Gauklertruppe kam zum Vorschein. Ralph ballte die Fäuste, wehrte sich jedoch nicht, als der Mann nun begann, ihn wegen seiner angeblichen Faulheit vor allen anderen wüst zu beschimpfen. Als er endlich fertig war und mit Riesenschritten über die Bühne davonstürmte, sah Ralph ihm lange nach und schwor sich, die Sache nicht auf sich beruhen zu lassen. Er würde es dem Mann heimzahlen.

De Askeles war sich nicht bewußt, welchen Zorn er da entfacht hatte, und sah auch nicht die geballte, drohend auf ihn gerichtete Faust. In Gedanken war er bereits bei Edward Petysance und dessen Sehnsucht nach einer brauchbaren Reliquie. Und er hatte auch schon eine Idee, wie er dem Mann das Gewünschte besorgen könnte. Um mit den Gebeinen von St. Frideswide mithalten zu können, mußte nicht weniger als das Skelett eines Heiligen her.

Fünftes Kapitel

Lucifer: Distress! I command you now to cease
And see the beauty I bear;
All Heaven shines through me alone
God himself shines never so clear.

The Fall of Lucifer

Das Judenviertel mit seinen massiven Steinhäusern im Herzen Oxfords, sicher eingezwängt zwischen den Grenzen der Pfarreien St. Frideswide, All Saints und St. Mary an der Hauptverkehrsader der Stadt, war ein Gewirr aus schmalen Gassen und sich eng aneinanderdrängenden Bauten, die den Juden Oxfords einen gewissen Schutz boten. Geduldet wurden sie in England nur wegen ihres Gewerbes, des einzigen, das ihnen überhaupt erlaubt war – der Wucherei. Christen hingegen war es untersagt, mit dem Verleihen von Geld Geschäfte zu machen, und das, obwohl die christlichen Fürsten ihre Herrschaft sicherten, indem sie sich Geld liehen, wann immer sie es nötig hatten. Der König allein hatte das Privileg, bei Bedarf Steuern zu erheben. Die Barone waren auf geliehenes Geld angewiesen.

Falconer war jedoch aus einem anderen Grund im Judenviertel unterwegs. Er kannte und respektierte die Oxforder Juden nicht als Geldverleiher, sondern ihrer Gelehrsamkeit wegen. Sein ältester Freund unter den Juden war Rabbi Jehozadok, der inmitten seiner unzähligen Bücher in der Scola Judaeorum lebte. In letzter Zeit hatte sich ein milchig weißer Schleier über die Augen des Alten gelegt und seinen zuvor außerordentlich scharfen Blick verdüstert. Und so hatte es sich Falconer zur Gewohnheit gemacht, den alten weisen Mann hin und wieder in den Abendstunden zu besuchen und ihm laut aus seinen eigenen Büchern vorzulesen. Auf diese Weise hielt er Jehozadok in Kontakt mit dem, was ihn am Leben hielt: Wissen.

Heute nun war Falconer schon tagsüber eilig zu ihm unterwegs, denn es war ihm unmöglich, seine Neugier bis zu seinem üblichen Abendbesuch zu zügeln. Trotz seiner partiellen Blindheit war Jehozadok über die Dinge, die um ihn herum passierten, außergewöhnlich gut unterrichtet. Ja, wahrscheinlich förderte sein Gebrechen noch sein Wissen über die Vorgänge in der Universitätsstadt, denn viele Leute schauten regelmäßig bei dem alten Mann vorbei, um sicherzustellen, daß er durch sein schwaches Augenlicht nicht von der Welt draußen abgeschnitten wurde. Und alle brachten sie ihm Neuigkeiten, wie emsige Stare, die ihre Brut füttern, indem sie zwischen der Welt draußen und dem sicheren Nest hin und her flattern. So speicherte Jehozadok, ohne die Scola zu verlassen, mehr Informationen als jeder seiner gesunden Zuträger. Und Falconer gedachte nun, auf seiner Suche nach dem Alchimisten, den Bruder Bacon in seinem Brief erwähnt hatte, diese Fundgrube des Wissens für sich zu nutzen.

Schon bevor die Kirche St. Frideswide in Sicht kam, vernahm er die Geräusche geschäftigen Treibens. Hammerschläge und das Ächzen von Sägen kündeten von den Vorbereitungen für das jährliche Weihnachtssingspiel. Als er an der Westseite der Kirche vorbeikam, erblickte er die mächtige Plattform, auf der emsige Handwerker wie Ameisen um das Nest der Königin herumwuselten. Es hatte den Anschein, als sollte es dieses Jahr etwas Besonderes geben. Ihm war schon zu Ohren gekommen, daß sich einige fahrende Schauspieler in Oxford aufhielten. Vielleicht würden sie die Qualität der Aufführung, die bisher von der laienhaften Begeisterung von Mönchen, Handwerkern und Priestern getragen worden war, dieses Jahr auf ein tatsächlich sehenswertes Niveau heben.

Zwei Männer mühten sich damit ab, eine bemalte Leinwand an einer Reihe hoher Pfähle zu befestigen, und in der kalten

Luft kam ihr keuchender Atem in Dampfwolken über ihre Lippen. Falconer erhaschte einen Blick auf gemalte, für die Jahreszeit unpassend grüne Bäume, die ein in Goldfarben dargestelltes Gebäude umstanden. Die ebenfalls goldene Einfassung der Leinwand funkelte in der milchigen Sonne; dann wurde das Bild von ihm weg- und dem Kirchplatz zugedreht. Die Rückseite der Leinwand zeigte ein verwirrendes, farbloses Spiegelbild dessen, was seine Aufmerksamkeit zuvor erregt hatte. Falconer überlegte, ob das Gebäude, das er gesehen hatte, vielleicht den Tempel von Jerusalem darstellen sollte. Er würde daran denken müssen, seine Sehgläser einzustecken, wenn er sich zur Vorstellung aufmachte. Vorsichtig über den gefrorenen Matsch in der Gasse gehend, machte er sich wieder auf den Weg zur jüdischen Scola.

Mit allen möglichen Beschwerden kamen die Leute zu dem Alchimisten, weil sich dessen außergewöhnliche Kenntnisse auf dem Gebiet der angewandten Astronomie, die manche auch Astrologie nannten, herumgesprochen hatten. Der Alchimist bevorzugte allerdings die erste Bezeichnung und verbannte das Wort Astrologie auf das rein spekulative Studium der Sterne. Spekulative Astrologie roch nach Magie und manipulierter Weissagung der Zukunft. Ein wahrer Astronom war mit Vorhersagen sehr zurückhaltend und glaubte an die Freiheit des Menschen, den Lauf der Ereignisse selbst zu bestimmen. Natürlich waren die einzigen Menschen, die er seiner Unterweisungen für würdig erachtete, jene, die über einigen Einfluß in der Stadt verfügten. Die anderen, Arme und Kranke, konnten den gewöhnlichen Apothekern und Blutsaugern überlassen werden, von denen es in Oxford ja genügend gab.

Der nervöse Mann, der jetzt vor ihm stand, war ein Bürger aus der Kaufmannsgilde, der seltsamerweise sein Angebot, Platz zu nehmen, strikt abgelehnt hatte. Von einem tadellos beschuhten Fuß auf den anderen tretend, beobachtete er den Alchimisten, der nun einen schweren, in Leder gebundenen Band aus einem Regal nahm, auf den Tisch zwischen sich und den nervösen Patienten legte und bei einer schon stark abgegriffenen Seite aufschlug. Darauf war die Zeichnung eines nackten Menschen mit langen Haaren und einem Vollbart zu sehen, von zahlreichen kleingeschriebenen Erläuterungen eingerahmt, zu denen sich der Alchimist nun tief hinabbeugte, um ihre Bedeutung zu entschlüsseln.

»Ihr seid also im Zeichen des Skorpions geboren?«

»So ist es.«

»Dann ist es wohl die Blase, die Euch Sorgen bereitet?«

Der dürre Kaufmann staunte, daß sein Gegenüber das Problem so rasch erkannt hatte. Der Alchimist tat jedoch seine Bewunderung mit einer Handbewegung ab.

»Ein Mann der Heilkunst muß notwendigerweise die Eigenschaften und Konjunktionen der Sterne kennen, und aus dieser Darstellung hier« – er deutete auf die Zeichnung des nackten Mannes auf dem Tisch – »geht klar hervor, daß sich ein Skorpion in acht nehmen muß vor Verstopfung und Blasenbeschwerden.«

»Und gibt es ein Mittel dagegen?« fragte der Kaufmann, der sich schon nervös nach einem Ort umschaute, wo er sich erleichtern könnte.

»Ja, es gibt ein Mittel, das mein alter Freund Bruder Bacon empfiehlt. Es wird aus einer wertvollen Perle hergestellt, die acht Tage und Nächte dem Einfluß Eurer Sterne ausgesetzt wurde.«

Er hielt inne.

»Es ist aber nicht ganz billig. Überlegt es Euch.«

Ohne zu zögern, griff der nervöse Kaufmann, der sich in der Tat recht unbehaglich fühlte, zu seinem Geldbeutel. Der Druck war groß, und außerdem würde es ihm nicht schwerfallen, das Loch in seiner Kasse wieder aufzufüllen. Mit schlurfenden Schritten verließ der Alchimist den Raum und kehrte kurz darauf mit einem winzigen, verstöpselten Fläschchen zurück. Ehrfürchtig hielt er es dem Kaufmann hin, dessen gierige Augen sich an der glitzernden Flüssigkeit in dem Behälter weideten. Eilig ließ er die Münzen in die ausgestreckte Hand des Alchimisten gleiten und nahm das Fläschchen entgegen. Dieser drängte ihn nun rasch hinaus und schloß die Tür hinter seinen nicht enden wollenden Dankesbekundungen. Dann kehrte er an den Tisch zurück und schob achtlos das Buch zur Seite, mit dem er seinen Patienten so beeindruckt hatte.

Und in der Tat bedeutete es ihm wenig, im Gegensatz zu dem, was er in einer kleinen Truhe unter dem Tisch verborgen hielt. Mit bebenden Händen beugte er sich hinab und steckte einen Schlüssel in das Schloß. Er ließ sich leicht drehen, weil er in seinem Streben nach Erkenntnis so häufig auf den Inhalt der Truhe zurückgriff. Er hob den mit Eisenbändern verstärkten Deckel an, holte ein in Leinen eingeschlagenes Bündel hervor, legte es behutsam auf den Tisch und öffnete es. Wie oft schon hatte er den Inhalt des Bündels bloßgelegt, und doch ergriff ihn immer wieder eine stumme Begeisterung. Es handelte sich um ein Buch mit vergilbten, brüchigen Seiten. Vorsichtig öffnete er es an der Stelle, an der er beim letzten Mal ein rotes Band als Lesezeichen eingelegt hatte, und begann zu lesen.

Während Falconer mit der Suche nach dem Freund Bruder Bacons beschäftigt war, sann Thomas de Cantilupe darüber nach, wie er sich aus der Klemme befreien könnte. Der König hatte seinen früheren Kanzler wiedererkannt und ihm vorerst, anders als den Oxforder Bürgern in seiner Begleitung, den Kerker erspart. De Cantilupe war sich nicht im klaren darüber, ob Henry tatsächlich glaubte, daß diesen ehrbaren Männern die Banditen, die seinen Zug angegriffen hatten, bekannt waren oder daß sie gar mit ihnen unter einer Decke steckten. Unstrittig war jedoch, daß der König damit gedroht hatte, die eingekerkerten Oxforder Stadtherren, einschließlich de Cantilupe, zu hängen. Und der frühere Kanzler war lediglich auf freiem Fuß, um einige Zeugen zusammenzutrommeln, die die Namen der Verschwörer möglicherweise kannten. Sein Problem war nur, noch mehr Bürger dazu zu bewegen, sich in die Höhle des alten Löwen zu wagen, wo sie möglicherweise das gleiche Schicksal wie die erste Delegation ereilen würde.

De Cantilupe schauderte und schlang seine Gewänder enger um seinen Körper. Es war kalt in den Räumen des Kanzlers, und der faule Diener Halegod hatte kein Feuer entzündet. Vielleicht war er davon ausgegangen, daß sich de Cantilupe in der Gunst des Königs würde wärmen können. Es war tatsächlich noch nicht lange her, da ihm dies vergönnt gewesen war, doch die Zeiten hatten sich geändert, und Henry war mißtrauischer geworden. Er steckte den Kopf in den eiskalten Flur hinaus, der zu den Räumen der Dienerschaft führte, und rief den Namen des alten Mannes. Keine Antwort, noch nicht einmal das Schlurfen der weichen Schuhe, die der Mann gewöhnlich trug. Entweder war der Kerl taub oder so dreist, den früheren Kanzler zu ignorieren. Vor einigen Jahren wäre so etwas noch undenkbar gewesen. Das war die Zeit, als er den Höhepunkt seiner Macht erreicht hatte.

Erneut rief er nach Halegod, doch die einzige Antwort war das Echo seiner eigenen Stimme. Er war allein im Haus. Er hatte nicht wenig Lust, dem König zu erzählen, daß der alte Mann der Mittelsmann der Banditen sei und dafür sorgte, daß man in der Stadt nichts gegen die Missetaten der Verbrecher unternahm. Das wäre die richtige Strafe für sein aufmüpfiges Betragen gewesen. Er stapfte zurück in Henry de Cicestres Hauptgemach und trat wütend in die kalte Asche im Kamin. Da plötzlich erblühte aus dem Gedanken, Halegod büßen zu lassen, die Lösung seines Problems. Die meisten Kaufleute hatten Konkurrenten, auf die sie nicht gut zu sprechen waren, irgendwen, der sie vielleicht bei einem profitablen Geschäft aus dem Feld geschlagen oder ihnen gar Hörner aufgesetzt hatte. Auch der Prior von St. Frideswide konnte ihm möglicherweise mit einem Namen aushelfen. Er mußte die Leute nur dazu bringen, ihn zur Residenz des Königs zu begleiten. Dort konnten sie dann verleumden, wen immer sie wollten. Und der König würde diese dann, unter dem Vorwand, die Gegend von Banditen säubern zu wollen, ganz einfach aus dem Weg räumen lassen. Natürlich stand für ihn selbst im Vordergrund, daß er auf diese Weise seinen eigenen Hals würde retten können. Aber warum sollte er nicht auch gleichzeitig ein paar alte Rechnungen begleichen? Wie hieß noch mal dieser Regent Master, der ihm in all den Jahren als Universitätskanzler immer ein Dorn im Auge gewesen war? Hatte sein Name nicht etwas mit einem Vogel zu tun? Und plötzlich kam er ihm über die Lippen.

»William Falconer.«

»William, alter Freund, komm und setz dich zu mir.«

Mit einer knorrigen Hand bedeutete der alte Mann dem Regent Master, nicht so feierlich dazustehen, sondern sich zu ihm an den Kamin zu setzen, in dem ein warmes Feuer knisterte. Jehozadoks andere, ein wenig zitternde Hand blieb auf dem geöffneten Buch liegen, so als tue es ihm gut, die weiche Oberfläche der Seiten und die rauhen Spuren der Schreibfeder darauf zu spüren. Seine trüben Augen hefteten sich auf die Gestalt des schwergewichtigen Regent Masters, der nun auf ihn zutrat. Falconer wußte, daß Jehozadok mittlerweile nicht mehr als die Umrisse seiner Besucher erkennen konnte, und wunderte sich immer wieder über dessen Fähigkeit, jeden einzelnen mit Namen zu begrüßen. Er erschauderte bei dem Gedanken daran, daß sein eigener Verstand zunehmend Gefangener eines alternden, widerspenstigen Körpers wurde.

»Deine Sinne täuschen dich aber auch nie, lieber Jehozadok.« Seine fröhliche Bemerkung täuschte über seine wahren Gefühle hinweg.

»Meine Augen mögen nicht mehr die besten sein, doch der

muffige Geruch deiner Kleider könnte meiner Nase schwerlich entgehen. Im Ernst, William, du solltest wirklich etwas mehr auf dich achten.«

Falconer errötete; er hatte die schwarze Robe übergeworfen, die er gewöhnlich wochenlang trug. Doch aus welchem Grund sollte er Wert auf sein Äußeres legen? Für einen Moment wanderten seine Gedanken zurück zu der Frau, die ihm vor einiger Zeit die Tage versüßt hatte. Er hatte sie kennengelernt, als er, wie so häufig, mit der Aufklärung eines Mordfalls beschäftigt war. Ihr Mann war unter den Hauptverdächtigen gewesen. Durch streng deduktives Vorgehen und mit Hilfe der aristotelischen Logik war es ihm schließlich gelungen, ihn zu entlasten und den wahren Schuldigen zu finden. Doch die ganze Zeit der Ermittlungen über hatte er sich nach dieser Frau verzehrt. Dumm, wie er war, hatte er seinem Nebenbuhler das Leben gerettet. Und nun wagte er es nicht einmal mehr, den Namen der Frau zu erwähnen, aus Angst, sein Entschluß, ihr aus dem Weg zu gehen, könnte ins Wanken geraten. Eine Liaison mit ihr war doppelt unmöglich: Zum einen war sie verheiratet, und zum anderen war es für seine Stellung als Regent Master der Universität unverzichtbar, daß er ledig blieb. Gegen diese logischen Zusammenhänge gab es keine Einwände, und er seufzte resigniert.

»Du bist sicher nicht gekommen, um mir so früh am Morgen etwas vorzulesen. Ich sehe doch, daß dich etwas beschäftigt. Und wahrscheinlich sogar mehrere Dinge.«

Wieder einmal strafte der Scharfsinn des alten Mannes die offensichtliche Gebrechlichkeit seines Körpers Lügen. Falconer ließ den Blick durch den Raum schweifen und versuchte seine Gedanken zu ordnen. Jehozadok war umringt von den sichtbaren Zeichen seiner Gelehrsamkeit – auf jedem Regal, jedem Tisch, ja auf jeder freien Fläche stapelten sich Bücher, Papiere und Schriftrollen. Das Licht, das durch die geöffneten Fensterläden fiel, beschien wie ein Leuchtfeuer diese verschwenderische Fülle des Wissens. Auf den Staubflocken, die die Stapel bedeckten, tanzte das Sonnenlicht – ein Anblick, den Falconer immer mit seinem alten Freund verband. Kein Text blieb allerdings so lange liegen, daß sich eine richtige Staubschicht bilden konnte, denn Jehozadok hatte sie alle in Gebrauch.

»Ich sehe am besten, wenn die Sonne scheint.«

Die Bemerkung des Rabbi war doppeldeutig, und Falconer bemühte sich, bis zu den Gedanken hinter den trüben Augen vorzudringen. Es war ihm nie gelungen, Tiefe und Umfang der Weisheit des alten Mannes voll und ganz zu ergründen. Und jetzt war er hier, um sich erneut daran zu versuchen.

»Ich suche einen Alchimisten.«

Wie ein großes Insekt saß der Alchimist und Wissenschaftler über seinem Schatz, die langen dürren Glieder ineinander verschlungen, und starrte aus nächster Nähe auf die Worte vor seinen Augen. Es hieß, daß Aristoteles in seiner Schrift *Secretum Secretorum* geheime Bedeutungen eingebaut habe, und der alte Mann war wild entschlossen, sie zu enträtseln. Sein alter Freund, Roger Bacon, hatte ihm diese Abschrift des Textes, bei dem es sich um eine direkte Übersetzung aus dem Arabischen von Philipp von Tripoli handelte, noch rasch zukommen lassen, als er von seiner bevorstehenden Einkerkerung in Frankreich Wind bekam. Wie oft hatte sich der Alchimist gewünscht, Bacon könne ihn bei seinen Forschungen unterstützen, denn einige Dinge blieben ihm rätselhaft, und er hatte festgestellt, daß der Text unvollständig war. Das Geheimnis der Geheimnisse zielte auf eine universale Wissenschaft ab, in der alle dem Menschen bisher bekannten Disziplinen – Astronomie, Astrologie, Mathematik, Medizin, einfach alles – zusammengefaßt waren.

Er wußte, warum der Bruder so großen Wert auf den Unterschied zwischen rein spekulativer und praktischer, experimenteller Alchimie legte. Schließlich hatte sich Bacon seinen Ruf als Magier dadurch eingehandelt, daß er damals in Oxford in seiner Kammer fast jede Nacht seltsamste Geräusche, grelles Licht und Explosionen produziert hatte. Und der Alchimist wußte auch, daß er mit Methoden experimentierte, um Rohmetalle nicht in Gold, sondern in sehr viel nützlichere Stoffe umzuwandeln. Der Bruder hatte an einem Weg gearbeitet, Eisen so hart zu machen, daß sich jeder Waffenschmied darum reißen würde. Leider hatte er sich bei all dem nicht um den gefährlichen Ruf gekümmert, den ihm sein Treiben einbrachte und der es schließlich unvermeidlich machte, daß ihn sein Orden aus England verbannte und ihm die Ausübung seiner schwarzen Magie untersagte. Der Alchimist war entschlossen, nicht den gleichen Fehler zu begehen, und tat alles, um zu verhindern, daß jemand von seinen Experimenten, speziell zur Herstellung des Elixiers, erfuhr. Sein guter Ruf als Arzt war schon einmal durch den Verdacht, Geisterbeschwörung zu betreiben, befleckt worden, und er wollte nicht, daß dies erneut passierte.

Ungeduldig wandte er seine müden Augen von der Aristotelesschrift ab, legte sie zur Seite und zog einen ihm vertrauteren Text zu sich heran. Es handelte sich um Bacons Abhandlung *De retardatione accidentum senectutis* – über Wege gegen das vorzeitige Altern und für den Erhalt der Jugend. Er war sich sicher, daß die Herstellung des Elixiers das entscheidende Ziel seiner Experimente auf diesem Gebiet sein mußte, und seine schmerzenden Glieder drängten ihn, das Rätsel zu lösen, solange in seinem Körper noch etwas Jugend übrig war, die erhalten werden konnte.

Als sich der Abend niedersenkte, war die lange Haupttribüne vor der Kirche St. Frideswide fast fertiggestellt, doch das rasche Näherrücken des Weihnachtsfestes verlangte es, daß die Schauspieltruppe jeden Augenblick nutzte. Ein Zimmermannslehrling kehrte bereits mit seinem Besen aus Haselnußreisig die Späne fort, als Stefano de Askeles noch auf den blanken Bohlen hin und her lief und die Prioratsnovizen im Schein einiger Fackeln in ihre Aufgaben einwies. Die flackernden Flammen warfen ein magisches Licht auf das Bühnenbild und verwandelten die zweidimensionale Szene in etwas, das sich zwischen Himmel und Hölle bewegte. Am liebsten hätte de Askeles all seine Stücke in diesem irrealen Licht aufgeführt, doch die Tradition verlangte es, daß die Vorstellungen zumindest bei Tageslicht begannen. Sei's drum, immerhin konnte er bei der heutigen Probe seiner Phantasie freien Lauf lassen.

Er strich über die gleichmäßigen Falten seines weißen Gewandes mit der bunten Borte, das er in seiner Hauptrolle trug, und starrte gebieterisch in die zunehmende Dunkelheit vor der Bühne, wo sich noch einige Zimmerleute, Novizen und Müßiggänger herumtrieben, die die Schauspieler in Aktion sehen wollten, ohne dafür bezahlen zu müssen. De Askeles hatte nichts dagegen. Solche Gaffer waren meist leicht zu beeindrucken, und so würde sich rasch die Nachricht verbreiten, daß die Aufführung sehenswert war. Das Geräusch scharrender Füße hinter ihm erinnerte ihn an das, was jetzt vor ihm lag, eine Aufgabe, die er immer schon gehaßt hatte. Er drehte sich um und sah sich einer Gruppe nervöser Mönche und Handwerker gegenüber, die sich, freiwillig oder gezwungen, dazu gemeldet hatten, die Statistenrollen in der Aufführung zu übernehmen. Unter ihnen war ein älterer Mönch, Bruder Adam, eine servile, doch neugierige Seele, die der Prior, wie de Askeles annahm, als seinen Beobachter eingeschleust hatte. Doch egal, er brauchte sie alle. Wurden für die Erschaffung des Menschen nur Adam und Eva, Gott und Teufel verlangt, benötigte er für die Tötung der unschuldigen Kinder von Bethlehem schon Soldaten, Frauen und Kinder, und für die Leidensgeschichte und Auferstehung Christi waren Juden und Engel in sehr viel größerer Zahl vonnöten, als de Askeles' kleine Truppe sie bereitstellen konnte. Er war auf Laien angewiesen.

So fügte er sich in sein Schicksal und bedeutete John Peper, die Blätter zu verteilen. Einige, auf denen lediglich Anweisungen bezüglich der Aufstellung standen, waren für die Handwerker bestimmt, die kein Wort würden sagen müssen. Die anderen Blätter enthielten ein paar Verszeilen und gingen an die Mönche, von denen man ja immerhin erwarten konnte, daß sie imstande waren, fehlerfrei abzulesen. Mit einigen knappen Worten und Handbewegungen wählte de Askeles die älteren Handwerker für die Rollen der Soldaten aus. Die jüngeren, sowie ein Novize mit weichen Gesichtszügen, wurden, sehr zum Gaudium der anderen, zu Frauen bestimmt. Pfiffe und Geschrei wurden laut, als ein junger Kerl, wie eine Straßenhure aus Beaumont zurechtgemacht, über die Bühne wackelte. De Askeles wußte nicht, wie lange es dauern würde, bis er die Geduld verlor. Aber er hatte ja noch etwas mit Bruder Adam vor.

Falconers Besuch bei Jehozadok war wenig erfolgreich gewesen. Der alte Mann hatte alles erwogen, was er über die Gemeinschaft der Gelehrten in Oxford wußte, und diese Kenntnisse mit dem Regent Master besprochen. Beide kannten sie den kleinen Tutor, der in seinem Bestreben, die Geheimnisse des menschlichen Körpers zu ergründen, Leichenöffnungen vornahm. Und beide wußten auch, warum diese Beschäftigung unter allen Umständen ein Geheimnis bleiben mußte. Verschiedene Päpste hatten in der Vergangenheit solche Verstümmelungen des menschlichen Leibes immer wieder verurteilt und streng verboten. Doch der Mann kam nicht in Frage. Er war kein Alchimist. Auch in Jehozadoks Gemeinde gab es verschiedene medizinische Fachleute mit umfangreichen Kenntnissen von den Eigenschaften und Anwendungsweisen von Kräutern und anderen Naturheilmitteln. Aber keiner von ihnen stand auch nur im Verdacht, sich mit esoterischen oder, schlimmer noch, »satanischen« Wissenschaften zu beschäftigen. Die ohnehin schon runzlige Stirn des Rabbi war jetzt noch faltiger geworden, so sehr bedauerte er es, daß er seinem Freund bei seiner Suche keine Hilfe sein konnte.

Falconer nahm die Briefe aus seiner Gürteltasche, entfaltete jenen, der an ihn selbst gerichtet war, und las, den versiegelten Brief dabei wie eine heiße Kohle in der Hand haltend, noch einmal den rätselhaften Hinweis:

»*Um diesen Mann zu finden, mußt du nicht nach Deutschland wandern. Suche seinen Namen einfach zwischen Omega und Alpha.* Was kann das bedeuten?«

Jehozadok schüttelte den Kopf.

»Vielleicht solltest du deine Freunde etwas näher in Augenschein nehmen – oder die Mitbrüder des Franziskaners. Häufig sind es gerade jene, die uns nahestehen, die uns mit ihren tiefsten Geheimnissen am meisten überraschen. Ich selbst kann dir im Moment leider nicht weiterhelfen. Aber ich werde weiter darüber nachdenken und mich bei meinen Besuchern ein wenig umhören.«

Falconer schüttelte die schwache, zittrige Hand, die sich ihm entgegenstreckte, und wandte sich zum Gehen. Der Abend war kalt, und die morastigen Furchen in der Gasse hatten sich in tückische Eisrinnen verwandelt, die Falconer dazu zwangen, sich von einem Fuß auf den anderen hüpfend vorwärtszubewegen, während die feuchte Kälte durch sein dünnes Schuhwerk drang. Als er gegenüber der Kirche St. Frideswide die Gasse verließ, wurde er von dem warmen Schein der Fackeln angezogen, die auf dem Kirchplatz brannten. Einige Zeit stand er hinter der Leinwand, die zwischen ihm und der Bühne hing, und beobachtete die menschlichen Schatten, die von der anderen Seite auf das Tuch geworfen wurden. Er lauschte den dröhnenden Stimmen der Schauspieler und verfolgte die Bewegungen der verzerrten Umrisse auf der Leinwand, manchmal klein und nichtig, manchmal übergroß und bedrohlich. Es schien passend, daß sie die Tötung der unschuldigen Kinder spielten.

Ein Schatten fuchtelte nun mit einem Gegenstand in der

Luft herum, der Falconer ein Schwert zu sein schien. Davor kniete die schmächtigere Gestalt einer Frau, die um das Leben ihres Kindes flehte, allerdings mit einer Männerstimme, die höher als gewöhnlich sprach. Das Schwert fuhr nieder, und in den Aufschrei der Frau fielen die etwas zögerlicheren Schreie der anderen jungen Männer, in Frauenrollen, ein. Falconer lächelte und lauschte der weichen Stimme der Frau, die Herodes, dessen Schatten sich nun auf der Leinwand abzeichnete, die schreckliche Wahrheit erzählte, daß er gerade seinen eigenen Sohn hatte töten lassen. Daraufhin warf der Schauspieler, der den Part des Herodes übernommen hatte, seine Krone zu Boden und stellte sich in Positur, um seinen dramatischen Monolog zu halten.

»So sei ich denn verdammt,
Mein Leib, meine Glieder gebrochen,
Dämonen der Hölle kommen in Schwärmen über mich,
Da soviel Leid durch meine Hand geschah,
Zur Sühne sei mir aufgelegt,
Dem Satan nun zu folgen.
Ich sterbe, ich sterbe, weh mir, weh mir.«

Nun betrat eine furchterregende Gestalt von der rechten Seite kommend die Bühne. Falconer kam sie größer als die anderen vor, obwohl dies auch am Einfallswinkel der Lichtquelle liegen konnte, die ihren Schatten auf die Leinwand warf. Unleugbar waren jedoch die mächtigen Hörner, die sich aus dem Kopf des Wesens wanden. Einen Moment lang schien es so, als würde die Gestalt die ganze Bühne einnehmen, dann wankte sie vorwärts und wurde kleiner. Falconer hätte schwören können, daß sich nun eine andere, menschlicher wirkende Gestalt von dem teuflischen Geschöpf löste und im Halbdunkel neben der Bühne verschwand. Es war ein seltsamer Ablauf von Vorgängen, die ihm nicht zu einem Mysterienspiel zu passen schienen.

Während Falconer sich noch darüber wunderte, erhoben sich plötzlich Schreie von der anderen Seite der Leinwand, während aufgeregte Schatten hin und her huschten. Das Teufelswesen aber lag reglos mit dem Gesicht nach unten auf den Brettern. Aus seinem Rücken ragte ein seltsames, längliches Gerät senkrecht hervor.

Sechstes Kapitel

Lucifer: Here will I sit now in his stead,
To exalt myself, not bend the knee;
Behold my body, my hands and head,
The might of God is marked in me.

The Fall of Lucifer

Die reale Szene, die sich Falconer bot, als er nun hastig um die Plane, die ihn von den Schauspielern getrennt hatte, herumkam, wirkte verglichen mit dem Schattenspiel ernüchternd banal, die Personen auf der Bühne kleiner und das Bühnenbild flach und unecht. Zwei Soldaten standen mit ihren Holzschwerten in der Hand neben der reglosen Gestalt. Eine Frau mit einem unförmigen Haarnetz und einer leinenen Haube auf dem Kopf hatte sich kniend über den in der Mitte der Bühne liegenden Körper gebeugt und machte gerade Anstalten, das Tatwerkzeug zu berühren, das in seinem Rücken steckte.

»Nicht anfassen!« rief Falconer.

Als die Frau überrascht aufblickte, schaute Falconer in das verstörte Gesicht eines Mannes, der ihn unter seinem Kopfschmuck hervor anstarrte. Ein grotesker Anblick, der zu all den anderen merkwürdigen Szenen und Vorgängen paßte.

»Aber das ist Stefano. Jemand hat ihn ermordet.«

Der als Frau gekleidete Mann lehnte sich zurück, während Falconer neben der Teufelsgestalt niederkniete und den Körper behutsam auf die Seite drehte. Er löste die Schnüre, mit denen die alles umhüllende Maske befestigt war, und zog sie über den Kopf des toten Teufels. Den Schauspielern stockte der Atem, als jetzt die Tonsur eines Mönchs zum Vorschein kam. Offensichtlich hatten sie das kantige Gesicht und die blonden Locken von Stefano de Askeles zu sehen erwartet. Doch das Gesicht dieses Mannes zeigte die sanften, glatten Züge eines Mönchs.

»Verdammt, was ist denn hier los? Ich brauche euch nur mal ein paar Minuten allein zu lassen, und schon legt ihr die Hände in den Schoß.«

Die tönende Stimme des totgeglaubten Mannes hallte vom Kirchplatz wider. Falconer blickte hoch und sah einen großen, kräftig gebauten Mann auf den Lichtkreis zustreben, den die Fackeln auf die Bühne warfen. Er war in ein langes, fließendes Gewand gekleidet, das dem des Toten ähnlich war, doch unter dem Arm trug er eine goldene Maske, die wenig mit dem Teufelsgesicht gemein hatte, das Falconer gerade dem Toten abgenommen hatte. Sein langes blondes Haar harmonierte mit den goldenen Zügen der Maske. In großen Schritten überquerte er den Platz und stand nun am Rand der Bühne, das Gesicht auf gleicher Höhe mit dem kauernden Regent Master. Die goldene Maske, die er auf den Brettern ablegte, funkelte im Fackellicht, und die leeren Augenhöhlen, von geschnitzten Sonnenstrahlen umrandet, schienen in die Seelen aller Anwesenden zu blicken – es war tatsächlich das Antlitz Gottes. Die Augen des Mannes hingegen waren auf den Regent Master gerichtet.

»Darf man vielleicht erfahren, wer Ihr seid?«

Falconer ging nicht darauf ein, sondern beugte sich wieder über die Leiche, die er immer noch im Arm hielt, und begann sich die Mordwaffe näher anzusehen. Von der anderen Leinwandseite aus hatte ihr Schatten nicht kürzer als ein Speer gewirkt. Tatsächlich aber hatte sie einen kurzen hölzernen Griff, nicht länger als die Spanne einer Männerhand. Die Klinge steckte im Rücken des Mönchs, doch ein Stück des Metalls war noch zu erkennen und zeigte, daß die Schneide ungewöhnlich dick war, keinem Messer ähnlich, das Falconer bisher gesehen hatte. Bevor er seine Neugier befriedigte und die Waffe herauszog, warf er noch einen Blick auf den Winkel, mit dem sie in den Körper des Mönchs hineingestoßen worden war. Es war eindeutig ein Stich aufwärts gewesen und nicht von oben nach unten.

Währenddessen hatte auch der Leiter der Schauspieltruppe den Ernst der Lage erkannt und war auf die Bühne gesprungen. Er stand über Falconer und die leblose Teufelsgestalt gebeugt, neben ihr der zweite Kopf mit den Hörnern und den leeren, zum Himmel hinaufstarrenden Augenhöhlen.

»Mein Gott! Wer war das?«

Falconer zog am Griff der Waffe. Mit einem schmatzenden Geräusch löste sie sich aus dem Körper, gefolgt von einem Strom hellen Blutes.

»Ich weiß es nicht. Doch die Mordwaffe ist ein Zimmermannsbeitel.«

Der König legte es darauf an, de Cantilupe wegen seiner Verbindung zu den Kaufleuten und Bürgern, die nach Meinung Seiner Majestät mit den Banditen unter einer Decke steckten, zu demütigen. Der Abend dämmerte schon, als der frühere Kanzler zur königlichen Residenz in Beaumont zurückkehrte. Es war schon erniedrigend genug, daß er dazu gezwungen war, bei den billigen Huren, die ihrem Gewerbe praktisch direkt vor der Haustür des Königs nachgingen, Spießruten zu laufen. Aber als er dann das Tor erreichte, das in den Hauptinnenhof des Schlosses führte, wurde er auch noch grob von einer Wache aufgehalten.

In seinen besseren Tagen wäre er schnurstracks, an einem unterwürfig knienden Wächter vorbei, durch das Tor gestürmt. Doch nun besaß dieser Mann, ein stämmiger Kerl mit einem rötlichen, wettergegerbten Gesicht, die Dreistigkeit, sich dem Ex-Kanzler in den Weg zu stellen. Er legte seine mächtige Pranke auf de Cantilupes Schulter und zwang ihn, wie ein armer Bittsteller vor dem Tor zu warten. Dann schickte er jemanden los, um bei einem Hofbeamten nachzufragen, ob der König tatsächlich zu solch später Stunde gestört werden dürfe.

Währenddessen stellte er einen Hocker mitten auf den Weg und nahm darauf Platz. So wie er dasaß, mit beiden Füßen fest am Boden und weit gespreizten Knien, auf denen die fleischigen Hände ruhten, erinnerte er an einen Baumstumpf, der fest in der Erde verwurzelt war. De Cantilupe blieb nichts anderes übrig, als innerlich kochend vor ihm auf und ab zu wandern.

Es dauerte einige Zeit, bevor sein Gehilfe zurückkam, gefolgt von einem schmächtigen, gekrümmt wirkenden Mann, den de Cantilupe noch nie gesehen hatte. In gedämpftem Ton wechselte er einige Worte mit dem Wächter und trat dann auf den wartenden Ex-Kanzler zu.

»Was wollt Ihr?«

In seiner näselnden Stimme fehlte jede Spur von Unterwürfigkeit.

»Und wer seid Ihr?«

»Ich bin der Kammerdiener des Königs«, antwortete der Mann, sich aufplusternd. De Cantilupe war schockiert. In der Hierarchie des Hofes war dieses bucklige Männlein nicht mehr als Henrys Ankleider. Man legte es offensichtlich darauf an, ihn zu beleidigen. Doch er schluckte seinen Ärger hinunter, denn er wußte, daß er einen kühlen Kopf bewahren mußte. Sein Leben hing davon ab. Geduldig erklärte er also dem niederen Hofbeamten, der König habe ihn gebeten herauszufinden, wer mit den plündernd umherziehenden Banditen gemeinsame Sache mache, und er habe dazu wichtige Informationen zu überbringen. Der kleine Mann drehte sich abrupt um und ließ de Cantilupe stehen, ohne eine dessen Rang gebührende Verbeugung auch nur anzudeuten. Erneut war de Cantilupe mit dem trägen, baumartigen Wächter allein.

Diesmal dauerte es noch länger, bis de Cantilupe endlich eine ihm vertrautere Gestalt den Hof überqueren sah. An seinem steifen Gang erkannte er den königlichen Hofmarschall, der ihn auch am Morgen zum König geführt hatte. Er entschuldigte sich für das »Mißverständnis« und daß man ihn hatte warten lassen. De Cantilupe begriff, daß er seine Strafe verbüßt hatte, und sammelte sich, um den König mit den von ihm gewünschten Informationen zu versorgen. Er hatte mit verschiedenen Bürgern in der Stadt gesprochen, und die meisten waren bereit, als Zeugen aufzutreten, um auf diese Weise alte Rechnungen zu begleichen. Einige waren sogar ganz wild darauf gewesen. Auch der Prior hatte ihm weitergeholfen, mit einem Namen, den er verächtlich ausstieß. Und was ihn selbst betraf, wußte er schon, wen er opfern würde, wenn der König ihn fragte. Wahrheit und Gerechtigkeit waren nur Zofen am Hofe der Zweckdienlichkeit.

Der Prior von St. Frideswide war fassungslos. Er konnte einfach nicht verstehen, wie jemand dem guten Bruder Adam nach dem Leben hatte trachten können. Der Mönch war ein harmloser Geistlicher, der zwar als Einzelgänger galt, jedoch klaglos und fleißig all seinen Pflichten nachgekommen war. Seine Beteiligung an der Aufführung ging auf das Betreiben des Priors zurück, der auf diese Weise zu kontrollieren gedachte, daß an dem Text des Stücks nichts verändert wurde. Als Antwort auf die unausgesprochene Frage des Priors versicherte ihm Peter Bullock, der ihn befragte, er glaube nicht daran, daß dies ein hinreichender Grund für einen Mord sei, und daß der Prior sich nicht vorwerfen müsse, das Leben des Mönchs in Gefahr gebracht zu haben. Dennoch fühlte sich der Kirchenmann offensichtlich für seinen Tod verantwortlich und eilte davon, um eine Andacht für den unglücklichen Bruder Adam vorzubereiten. Zurück blieb Peter Bullock, der sich den Kopf darüber zerbrach, warum man Bruder Adam getötet hatte. Er war erleichtert, daß auch Falconer schon am Tatort war – so würde es ihm erspart bleiben, ihn später um seine Unterstützung bitten zu müssen. Noch bevor er selbst die Sache zur Sprache bringen konnte, riß ihn Falconers erregte Stimme aus seinen Gedanken.

»Ich glaube, ich habe den Mörder gesehen.«

Der Constable wandte sich um und blickte in die stechenden blauen Augen des Regent Masters. Es hatte ihn nicht überrascht, William Falconer schon am Schauplatz des Geschehens vorzufinden, als er, von einem Augenzeugen herbeigeholt, dort eingetroffen war. Der Regent Master schien die Gabe zu haben, immer in der Nähe zu sein, wenn ein Mord passierte. Bullock führte das auf so etwas wie einen sechsten Sinn zurück, wie er ihn selbst als Soldat auf vielen Schlachtfeldern erlebt hatte. Dort waren ihm viele alte Haudegen begegnet, die genau spürten, wann sie eine Hellebarde zu treffen drohte. Und er hatte beobachtet, wie tödliche Schläge instinktiv pariert wurden, obwohl der Soldat ihn mit den Augen nicht hatte kommen sehen können. So ähnlich mußte es auch bei William Falconer sein. Der spürte, wo der fatale Stoß geführt wurde, noch bevor er tatsächlich erfolgte. Als er dem Regent Master einmal von dieser Theorie erzählte, hatte Falconer laut aufgelacht und den Gedanken spöttisch verworfen. Er hielt seinen Hang zu Mordfällen eher für das Ergebnis einer Kombination aus Zufall und unstillbarer Neugier. Dennoch war er bisher einem Mord noch nie so nahe gewesen, daß er den Mörder tatsächlich mit eigenen Augen gesehen hatte.

Zögernd, weil er zu den wenigen gehörte, die wußten, daß Falconers Augen nicht zu den besten zählten, fragte ihn Bullock, ob er den Mann erkannt habe. Falconer legte die Stirn in Falten.

»Schwer zu sagen. Es war nur ein Schatten. Und ich weiß noch nicht einmal, ob das, was ich gesehen habe, nicht vielleicht eine Täuschung war.«

Der Constable war überrascht von der schwammigen Antwort des gewöhnlich so präzisen Regent Masters und drängte seinen Freund, etwas deutlicher zu werden.

»Ich stand auf der anderen Seite der Leinwand. Was ich gesehen habe, waren daher nur die Schatten, die von Fackeln auf die Fläche geworfen wurden.«

»Schade. Aber was glaubst du denn, gesehen zu haben?«

Falconer schloß die Augen. »Ich werde nur das beschreiben, was ich tatsächlich gesehen habe, und daraus erst später meine Schlüsse ziehen, wenn wir mit allen Beteiligten gesprochen haben.«

Bullock kannte Falconer gut genug, um zu wissen, daß der Regent Master auch in diesem Fall nach seiner strengen Logik vorzugehen gedachte.

»Ich sah den Teufel von der rechten Seite auftreten, eine unheimliche Gestalt, die fast die ganze Leinwand einnahm. Einen Moment stand er reglos da, dann taumelte er vorwärts. In diesem Moment sah es so aus, als würde seine Seele seinen Körper verlassen, denn ich beobachtete, wie sich eine andere Gestalt von den Umrissen des Teufels löste und verschwand.«

Bullock war verblüfft. Solch eine blühende Phantasie hätte er seinem Freund gar nicht zugetraut. Glaubte Falconer tatsächlich, die sich lösende Seele des sterbenden Mönchs gesehen zu haben? Die Augen des Regent Masters funkelten, als er bemerkte, welche Wirkung seine Worte bei seinem alten Freund hervorgerufen hatten. Doch er war sich seiner Sache sicher und alles, was er beschrieb, stimmte. Bevor er daraus jedoch einen Verdacht ableiten konnte, mußte er hören, was die Schauspieler und andere Augenzeugen gesehen hatten.

Die beiden Freunde gingen zur anderen Bühnenseite hinüber, wo die Mitglieder der Truppe frierend in ihren bunten Kostümen zusammenstanden. Augenblicklich verstummte ihr Gespräch, als die beiden auf sie zutraten; ihr Anführer, de Askeles, wirkte erhitzt, trotz der abendlichen Kälte. Die anderen, drei Männer und zwei Frauen, blickten mißtrauisch auf den Constable und seinen Begleiter, den sie nicht einschätzen konnten. Ein wenig abseits von ihnen standen einige Männer, teilweise in den Kostümen von Juden oder Soldaten, teilweise auch in normaler Kleidung. Einer von ihnen war der Zuschauer, der den Constable herbeigeholt hatte, und die anderen waren, wie Falconer annahm, brave Oxforder Bürger, die entweder auf der Bühne mitgespielt oder aber dem Ablauf einer Tragödie bloß zugeschaut hatten, die spannender war, als sie ursprünglich hatten erwarten können. Ansonsten war die Bühne leer, denn einige Mönche hatten die Leiche ihres Mitbruders schon fortgeschafft. Die Fackeln flackerten in einem letzten Versuch, die Finsternis zu vertreiben, und vom Kirchturm darüber läutete klagend eine Glocke. De Askeles brach das bedrückende Schweigen.

»Wir sind alle hungrig und müde und würden gern so rasch wie möglich in unsere Herberge zurückkehren. Könnt Ihr nicht morgen mit uns sprechen?«

Seine Worte waren an Peter Bullock gerichtet, doch es war Falconer, der antwortete.

»Es wird nicht lange dauern. Ich würde Euch nur gerne ein paar Fragen stellen, solange Eure Erinnerung noch ganz frisch ist. Morgen könntet Ihr etwas Entscheidendes schon vergessen haben.«

Er fügte nicht hinzu, daß der Täter sich bis dahin schon eine passende Geschichte zurechtgelegt haben könnte. De Askeles schien wenig erfreut.

»Wer seid Ihr, daß Ihr uns hierbehalten könnt?«

»Das ist William Falconer, ein angesehener Universitätslehrer, und ich schätze seine kluge Unterstützung bei der Aufklärung ungewöhnlicher Todesfälle. Er ist dem König bekannt.«

Bei der letzten Bemerkung seines Freundes mußte Falconer schmunzeln. Wenn er tatsächlich dem König bekannt war, dann wahrscheinlich als ein Mann, der sich regelmäßig in Dinge einmischte, die ihn nichts angingen. Doch die Erwähnung des Königs erfüllte ihren Zweck. Die Anwesenden waren beeindruckt, und de Askeles bekundete das mit einer fast übertrieben tiefen Verbeugung.

Falconer bat Bullock, die Oxforder Bürger zu vernehmen,

sowohl die Statisten als auch die einfachen Schaulustigen, und wandte sich dann wieder den fahrenden Troubadouren zu und erklärte ihnen, daß er mit jedem einzeln zu sprechen wünsche.

»Und mit Euch möchte ich anfangen, Sir.«

Er deutete auf den Mann in Frauenkleidern, der nun seine hübschen Locken in der Hand hielt, und führte ihn zur anderen Bühnenseite.

»Zunächst Euren Namen, bitte.«

»Simon Godrich. Ich singe und spiele die Frauenrollen in unseren Stücken.« Er kicherte nervös, und seine Finger umklammerten das falsche Haar in dem Haarnetz.

»Erzählt mir bitte, was Ihr gesehen habt.«

»Es tut mir leid, aber ich habe gar nichts gesehen, bis zu dem Moment, als der Teufel – der Mönch – zu meinen Füßen niederfiel. Ich hatte die Augen gesenkt, so wie meine Rolle es verlangte. Ich spielte nämlich die Mutter eines Kindes, das gerade getötet wurde. Und der Teufel erschien nicht mir, sondern Herodes.«

»Und wer spielte den Herodes?«

»Robert. Der dort drüben in dem purpurnen Gewand. Obwohl er eigentlich eine kleinere Rolle als ich spielen müßte. Er ist zwar ein ganz guter Jongleur, aber als Schauspieler …«

Falconer bedeutete Godrich, daß er gehen könne, hielt ihn dann aber für eine letzte Frage zurück.

»Bevor ich dem Opfer die Teufelsmaske abnahm, sagtet Ihr, daß der Tote Stefano sei. Wie kamt Ihr darauf?«

»Normalerweise spielt Stefano zwei Rollen, Gott und den Teufel – das schmeichelt seiner Eitelkeit.«

»Und Ihr wußtet nicht, daß er heute abend Bruder Adam gebeten hatte, den Teufel zu spielen?«

Simon schüttelte den Kopf.

»Und auch nicht, warum er das tat und was er selbst vorhatte?«

Der Mann zögerte, und Falconer bemerkte den ängstlichen

Ausdruck in seinen Augen, als er kurz zu dem Grüppchen seiner wartenden Kollegen hinüberblickte. Es hätte Falconer sicher weitergeholfen, wenn er den Grund gewußt hätte, warum Godrich zögerte, auf die Frage zu antworten. Der Schauspieler war sich nämlich sicher, daß de Askeles mit Margaret Peper zusammen war, und diese Peinlichkeit wollte er ihr ersparen. So antwortete er nur: »Nein, das weiß ich nicht.«

»Ich danke Euch. Und bittet doch Robert Kemp, zu mir zu kommen.«

Nachdenklich beobachtete Falconer, wie Simon Godrich die Bühne überquerte und dann mit einem Mann sprach, der ein buntes orientalisches Kostüm und einen gegabelten schwarzen Bart trug. Sie schienen keine Freundlichkeiten auszutauschen, und dieser Herodes bedachte Godrich mit einem langen, bösen Blick, bevor er dann verstohlen zu Falconer hinübersah. Er wirkte schon nervös, als er schließlich mit bedächtigen Schritten auf den Regent Master zukam, doch als er dann vor ihm stand, verunsicherte ihn Falconer noch mehr, indem er recht barsch nach seinem Namen fragte.

»Robert. Robert Kemp«, stammelte er.

»Und was habt Ihr gesehen, Robert Kemp?«

»Nichts.«

Falconer blickte ihn skeptisch an. »Nichts, obwohl Euer Blick direkt auf den Teufel gerichtet war? Das war es doch, was Eure Rolle von Euch verlangte? Oder seid Ihr vielleicht kein so guter Schauspieler, wie Ihr glauben möchtet?«

»Sicher, ich habe ihn angesehen. Aber daß da etwas nicht stimmte, merkte ich erst, als er der Länge nach hinfiel. Und auch da dachte ich zunächst noch, er sei über den Saum seines Gewandes gestolpert. Der Teufel trägt nämlich ein besonders langes Gewand, damit er größer wirkt als ein Mensch. Deswegen habe ich auch nichts gesehen – er hatte ja seine erhobenen Arme ausgebreitet. Und wenn jemand hinter ihm war, so hat der Stoff ihn verdeckt.«

»Erzählt weiter.«

»Nun, als er dann fiel, wurde mir klar, daß er nicht gestolpert sein konnte. Jemand hatte ihn gestoßen – heftig gestoßen.«

»Und Ihr habt niemanden gesehen?«

Kemp schien unsicher, was er antworten sollte. »Ich weiß es nicht genau, aber ich glaube, da war jemand, der dann in der Dunkelheit abseits der Bühne verschwand.«

Dies war für Falconer die Bestätigung, daß die Schattenseele, die er gesehen hatte, tatsächlich existierte, daß sie aber auch eher menschlicher als himmlischer Natur war. Jetzt brauchte er nur noch festzustellen, ob Robert Kemp ebenfalls Stefano de Askeles unter der Teufelsmaske erwartet hatte. Die Antwort stellte ihn zufrieden, denn allmählich begannen sich die Fakten zusammenzufügen. Auf seine Frage nach dem Aufenthaltsort von de Askeles während des Vorfalls erntete er jedoch erneut nur ein nervöses Kopfschütteln. Allerdings verriet der Mann dann doch ein interessantes Detail über Margaret Peper und de Askeles. Und genau in diesem Moment stürmte der Leiter der Gauklertruppe über die Bühne und verlangte von Falconer, seine Truppe endlich in Ruhe zu lassen.

»Was sollen wir denn mit dem Tod eines Oxforder Mönchs zu tun haben? Schließlich sind wir erst seit kurzem in der Stadt.«

Falconer lächelte. »Oh, ich bezweifle, daß der Mönch als Opfer vorgesehen war.«

»Nicht? Und wer dann?« wollte de Askeles wissen.

»Ihr natürlich.«

Siebtes Kapitel

Dominations: Go to your places or run from hence
You have begun a perilous play
And shall soon know the consequence;
This dance will bring you a woeful way.

The Fall of Lucifer

William Falconer stand vor einem Dilemma. Wie immer in solchen Fällen ließ ihm auch der rätselhafte Tod des Mönchs keine Ruhe, und es juckte ihn in den Fingern, seine deduktiven Fähigkeiten an dem Fall zu erproben. Allerdings hatte er auch noch die Sache mit Bruder Bacons mysteriösem Alchimisten zu erledigen. Zudem oblag ihm, obwohl er so kurz vor Weihnachten keine Lehrverpflichtungen mehr hatte, die Aufsicht über die ärmeren Studenten, die über die Feiertage in der Aristotle's Hall geblieben waren. Wobei Aufsicht in diesem Fall eigentlich nicht das passende Wort war. Es war nämlich Tradition, einen sogenannten »Lord of Misrule« zu wählen, meist den jüngsten und unbedarftesten Studenten, der dann in einer spaßig gemeinten Umkehrung der etablierten Ordnung für einen Tag die Herrschaft über die älteren Semester ausüben durfte. Und ähnlich ging es in den Prioraten und Abteien zu. Dort wurden »Boy-bishops« gewählt, die mit einer Mitra aus goldenem Stoff gekrönt, einem Bischofsgewand bekleidet und einem Bischofsring geschmückt wurden. Der Lord of Misrule seiner Hall würde nicht so prachtvoll ausgestattet werden. Für solche Extravaganzen fehlte Falconer das nötige Kleingeld, und was er erübrigen konnte, würde er lieber für Wein und ein gutes Essen ausgeben, Dinge also, die das Jahr über auf seinem Tisch nur selten zu entdecken waren. Nein, der »Schlechte Herrscher« der Aristotle's Hall würde sich mit einer Papierkrone begnügen (wobei Papier für den Regent Master so kostbar war wie Gold für den König) und auf ein Herrschergewand wahrscheinlich ganz verzichten müssen, denn Falconers eigene Garderobe war zu knapp bemessen, um daraus ein neues Kostüm zu schneidern. Dennoch würde der junge Mann einen Tag lang über jene regieren dürfen, deren Herrschaft er sich das restliche Jahr über zu fügen hatte. Falconer hoffte, daß einige seiner Studenten auf diesem Wege etwas Demut lernen würden. Doch seine erste Sorge war zu entscheiden, welches der beiden Rätsel für ihn Vorrang haben sollte. Wieder ging ihm Bacons Botschaft durch den Kopf.

»Um diesen Mann zu finden, mußt du nicht nach Deutschland wandern. Suche seinen Namen einfach zwischen Omega und Alpha.«

Nicht nach Deutschland wandern? Hieß das vielleicht: aber nach Frankreich oder in ein anderes Land? Nein, das war zu ungenau, Gott sei Dank, denn der Regent Master hätte sich keine Reise, egal wohin, leisten können. Aber das mußte dem Franziskaner eigentlich bekannt sein, und so konnte der Hinweis nur bedeuten: Sieh dich zu Hause in England um. Was allerdings auch nicht sehr hilfreich war, denn Falconer war ohnehin davon ausgegangen, daß sich der Alchimist in Oxford aufhielt oder sich zumindest dort aufgehalten hatte, als auch Bacon noch dort wohnte. Es lag nun zehn Jahre zurück, daß man den Bruder in seine einsame Zelle in Frankreich verbannt und von jedem Kontakt zur Außenwelt abgeschnitten hatte. Er konnte also gar nicht wissen, wo sich der Alchimist, den er suchte, zum jetzigen Zeitpunkt aufhielt und ob er immer noch in Oxford wohnte. Und der zweite Satz war sogar noch verwirrender. Wieso waren der erste und der letzte Buchstabe des griechischen Alphabets vertauscht? Sollte er zum Anfang zurückgehen, um den Mann zu finden? Wenn ja, zu welchem Anfang? Es war hoffnungslos.

Nein, Kriminalfälle waren da schon weitaus einfacher zu lösen, obwohl Falconer, seiner selbstsicheren Behauptung am Vorabend zum Trotz, in diesem Fall nicht vollkommen sicher war, ob wirklich de Askeles oder vielleicht doch der Mönch getötet werden sollte. Er brauchte nähere Informationen darüber, wo sich de Askeles aufgehalten hatte und weshalb sowohl er selbst als auch seine Kollegen in dieser Frage so merkwürdig einsilbig gewesen waren. Nein, die Ermittlungen würden einige Zeit in Anspruch nehmen, und das, obwohl er diesmal das Verbrechen mit eigenen Augen beobachtet hatte.

Was sollte er also tun? Seinen Verpflichtungen gegenüber seinem Freund Bacon nachkommen oder seinen alten Freund Bullock bei der Suche nach dem Mörder unterstützen? Die Sache war alles andere als entschieden, als Peter Bullock plötzlich in seiner kleinen Kammer stand. Es war der Morgen nach dem Mord, und der Constable, der seit seiner Soldatenzeit ein Frühaufsteher war, hatte wohl erwartet, auch Falconer schon frisch und munter vorzufinden. Der lag allerdings noch ausgestreckt auf seinem Bett, eine rauhe Decke auf seinem vollständig bekleideten Leib.

»Du bist doch nicht etwa krank?«

»Was? Nein, nein. Ich liege hier nur und grüble. Aber anscheinend habe ich gestern abend vergessen, mich auszuziehen. Und da es unter der Decke so schön warm und im Zimmer so kalt ist, habe ich mich entschlossen, heute morgen das Nachdenken vom behaglichen Bett aus zu betreiben.«

Bullock sah sich im Zimmer um. »Man sieht, daß dir einiges durch den Kopf geht.« Mit dem Gerümpel, in dem Falconer lebte, war der Wachtmeister vertraut, doch gewöhnlich war darin noch eine gewisse Ordnung zu erkennen. Heute aber lag alles kreuz und quer verstreut. Ein paar von Falconers kostbaren Gläsern mit Kräutern und Aromastoffen waren umgefallen und verbreiteten einen süßlichen Geruch, der schwer im Raum hing. Bücher lagen über den Tisch verstreut, die meisten geöffnet, die Seiten niedergehalten von dem, was der Regent Master gerade zur Hand gehabt hatte. Mal ein aufgeschnittener Stein mit seltsamer Musterung, mal ein Glasgefäß mit einer gräulichen, undefinierbaren Masse darin. Von der Mitte des Tisches starrte ein Tierschädel, wahrscheinlich von einem Hirsch, den Wachtmeister aus augenlosen Höhlen an. Falconer bemerkte Bullocks besorgten Blick.

»Keine Angst. Ich bin nicht krank – und verrückt auch nicht. Ich bin ... war gerade dabei, einige der wissenschaftlichen Erkenntnisse zu Papier zu bringen, die ich in den Jahren, seit Roger Bacon uns verlassen hat, gewonnen habe. Ich dachte, ich würde ihn nie mehr wiedersehen, und so entschloß ich mich, all das aufzuzeichnen, was ich von ihm gelernt habe und seitdem weiterentwickeln konnte. Und gerade, als ich damit beginne, taucht er plötzlich wieder auf.«

»Was, ist er zurück? Wo ist er denn?«

Bullock wußte, welche Verehrung Falconer dem kauzigen, rechthaberischen Franziskaner entgegenbrachte, wunderte sich jedoch, daß der Mann plötzlich wieder in Oxford sein sollte.

»Nein, nein, nicht persönlich. Das wäre zu einfach. Nein, er hat mir eine Botschaft zukommen lassen, die so verzwickt ist wie seine Gedanken zur Flugmaschine. Und ich soll dahinterkommen, was damit gemeint ist und dann den Laufburschen für ihn spielen.« Er verzog das Gesicht. »Ich weiß nicht, ob ich überhaupt Zeit habe, mich mit dem rätselhaften Tod des Teufels zu beschäftigen.«

Ein triumphierendes Lächeln huschte über Bullocks rauhes Gesicht. »Das macht nichts. Ich habe den Fall bereits gelöst.«

Margaret Peper war damit beschäftigt, das Teufelsgewand in Ordnung zu bringen. Zunächst bemühte sie sich, das Blut vom Rückenteil des kostbaren Kostüms abzuwaschen, und wollte sich dann daran machen, den zerrissenen Stoff zu stopfen. Sie saß unten zwischen den Wagenrädern, weil sie sich von de Askeles fernhalten wollte, der wieder mal seine Wut an jedem ausließ, der das Pech hatte, ihm über den Weg zu laufen. Für ihn war der Tod des Mönchs nichts als eine weitere ärgerliche Störung bei den Vorbereitungen für ihre Aufführung. Er war immer gereizt, wenn er es mit Laien zu tun hatte, und nun sperrten sich diese Leute auch noch offen dagegen, an einer weiteren Probe teilzunehmen, aus Angst, es könnte erneut zu einer Tragödie kommen. Aber auch Margarets eigene Kollegen waren an diesem Morgen ein mürrischer Haufen, in dem jeder den anderen mißtrauisch beäugte. Vielleicht waren sie auch nur verärgert, weil der Mörder die Sache versiebt und es versäumt hatte, den Mann, der über ihr Leben bestimmte und sie täglich schikanierte, aus dem Weg zu räumen. Sie alle hatten einen Grund, de Askeles zu hassen – sie selbst und natürlich ihr Mann John, dann Will wegen des Affen und auch Agnes wegen seiner ständigen gehässigen Bemerkungen über ihr derbes Aussehen.

Margaret erschauderte, als sie an den Blick des Regent Masters dachte, der sie alle gestern abend vernommen hatte. Unter dem Blick seiner starren blauen Augen, der bis zum Innersten ihrer Seele vorzudringen schien, hatte sie sich wie bei der Beichte gefühlt. Sicher wußte er jetzt schon, wer der Täter war. Während sie sich mit sauberen, flinken Stichen an die Ausbesserung des Gewandes machte, versuchte sie, den Gedanken an Falconers Augen aus dem Kopf zu bekommen. Da hörte sie, wie sich über ihr im Wagen jemand bewegte und anscheinend etwas Schweres hin und her schleppte. Dann ein Schlag, gefolgt von einem Fluch – es war Stefanos Stimme. Er hatte wohl etwas fallen lassen und sich dabei weh getan. Gerade als das Rumpeln wieder anhob, geriet der Wagen ins Schaukeln, weil jemand von hinten aufstieg. Die gedämpften Stimmen erregten ihre Neugier, besonders da sie hörte, wie de Askeles dem Neuankömmling etwas entgegenknurrte, das sich wie eine Warnung anhörte. Sie rappelte sich hoch und spähte durch einen Riß in der seitlichen Abdeckung ins Wageninnere. Zwar konnte sie zunächst nur Stefano sehen, doch als auch der andere zu sprechen begann, erkannte sie die Stimme ihres Mannes. Und das beunruhigte sie.

»Ich muß ihnen davon erzählen, sonst komme ich selbst in Schwierigkeiten.«

»Warum denn? Die haben doch nicht die leiseste Ahnung, wer den Mönch niedergestochen hat. Und sie werden es auch nicht herausbekommen, weil es niemand genau gesehen hat. Außerdem werden in ein paar Tagen alle zu betrunken sein, um die Angelegenheit weiter zu verfolgen, und die ganze Sache gerät in Vergessenheit.«

»Aber man hat uns doch gesehen.«

»Auch dieses Problem läßt sich lösen.«

De Askeles Stimme klang überzeugt, doch Peper packte den Ärmel seines Wamses und begann zu jammern: »Ich habe Angst. Man wird mich hängen.«

De Askeles knurrte irgend etwas und machte sich ungeduldig los. Dann brachte er sein Gesicht ganz nahe an das von Peper heran und zischte, während die Adern an seinen Schläfen pochten.

»Du wirst dich nur selbst belasten, egal, was du ihnen erzählst. Also halt lieber den Mund. Zu deinem eigenen Vorteil.«

Er wandte sich ab und verließ den Wagen, indem er von der rückwärtigen Ladeklappe auf die Holzbühne sprang, auf der das Stück aufgeführt werden sollte. Rasch ließ sich Margaret auf ihren Platz zwischen den Wagenrädern zurücksinken. Sie wollte auf keinen Fall gesehen werden. Über ihr machte John seinem mit Furcht vermischten Ärger Luft, indem er den Thron Gottes vom Wagen auf die Bühne warf, wo er mit einem dumpfen Schlag landete.

Die Aufregung hatte von Edward Petysance vollkommen Besitz ergriffen. Dieser Mann hatte ihm geschworen, zu wissen, wo sich die Überreste des Heiligen befanden, und sie ihm heute vorbeizubringen. Mit einer Reliquie, die es mit der von St. Frideswide aufnehmen konnte, waren ihm lukrative Einkünfte von Seiten der Pilger so gut wie sicher. Und er freute sich schon auf das dumme Gesicht des hochmütigen Priors, wenn die Leute fortan dessen Schrein links liegen ließen und sich dem von St. Aldate zuwandten. Der Gaukler hatte darauf bestanden, ihn Punkt Sext in der Kirche zu treffen, und der Pfarrer eilte nun ungeduldig von seiner nahen Unterkunft zur Kirche St. Aldate hinüber. Als er das Südportal öffnete, sah er, daß das Hauptschiff im Dunkeln lag. Er verfluchte seinen faulen Küster, der offensichtlich an diesem Morgen die Kerzen nicht angezündet hatte. Mit großen Schritten strebte er durch den Mittelgang auf den Altar zu und erblickte dort plötzlich im Licht, das durch die Fenster der Apsis in den Raum fiel, eine mächtige Gestalt. Er nahm die Hand vor die Augen, und für einen Moment wirkten die blonden Locken des Mannes wie von einem Heiligenschein umrahmt; dann kam er die Altarstufen herunter und ging auf den Pfarrer zu. Es war der Troubadour de Askeles.

»Ehrwürdiger Vater, ich habe gute Neuigkeiten.«

Petysance konnte sich nicht beherrschen und zog sein Gegenüber aufgeregt am Gewand.

»Ihr habt tatsächlich die Reliquie?« fragte er atemlos.

De Askeles' Gesicht wirkte feierlich, doch aus seinen Augen sprach tiefe Sorge. »Leider habe ich nicht das ganze Skelett.«

Die Gesichtszüge des Pfarrers sackten zusammen – alle Aussichten auf eine blendende Zukunft schienen zerschmettert. Doch de Askeles lächelte.

»Aber ich bin in Besitz von Arm und Hand des Heiligen. Es ist jene Hand, die die Gläubigen zu seinen Lebzeiten segnete. Kommt – ich zeige sie Euch.«

Er legte dem Pfarrer einen Arm um die Schulter und führte ihn zum Altar.

»Bedenkt nur – mehr als siebenhundert Jahre sind seit dem Tod des heiligen Bischofs vergangen, und hier liegt sein Arm. Ihr könnt Euch wirklich glücklich schätzen, daß wir zu Beginn des Jahres durch Deorham kamen und der dortige Pfarrer bereit war, sich von einer solchen Rarität zu trennen. Sicher, ohne meine edlen Vorfahren …«

Petysance war zu Ohren gekommen, daß dieser Gaukler der uneheliche Abkömmling eines Kardinals war, vielleicht sogar eines Papstes. Und der Mann kannte den heiligen Eldad und die Stadt, wo er getötet worden war. War ersteres vielleicht nur ein Gerücht, so reichte letzteres aus, um den Pfarrer zu überzeugen. Gespannt blickte er über die Schulter des Mannes. Auf dem Altar lag eine schmale Holzkiste von der Länge eines menschlichen Arms. Und daneben standen ein Zinnkrug und zwei Pokale. Durch das Fenster fiel ein Lichtstrahl auf die alte zerschlissene Kiste, deren Deckel Petysance jetzt mit zitternden Händen anhob. Ein modriger Gestank schlug ihm entgegen, doch der Pfarrer störte sich nicht daran. Da lagen auf einem violetten Tuch die Armknochen eines Mannes, wobei die Hand- und Fingerknochen mit Draht am Unterarm befestigt waren und so gespreizt dalagen wie zu den Zeiten, als sie noch mit Fleisch bedeckt gewesen waren. An einem Finger steckte sogar noch ein Ring aus mattem Gold, in den ein grüner Stein eingelegt war. Die selige Hand von Sankt Eldad. Die Augen des Pfarrers funkelten vor Ehrfurcht und Freude, und der Gaukler lächelte.

»Ich dachte, wir sollten auf das freudige Ereignis anstoßen. Natürlich habe ich nur Wasser da.«

De Askeles nahm den Zinnkrug und goß etwas Wasser in den Pokal, der ihm am nächsten stand. Die kristallklare Flüssigkeit glitzerte im Licht. Dann reichte er Petysance den leeren Pokal und beugte sich vor, um ihn zu füllen, wobei er den Krug über die Kiste mit der Reliquie führte. Fassungslos beobachtete der Pfarrer, wie die Flüssigkeit aus dem Krug floß: Sie hatte die schöne rubinrote Farbe eines guten Guyenne-Weins.

»Sch-schaut«, stammelte er, während er de Askeles den Pokal mit zitternder Hand vor die Nase hielt. Als der Troubadour nach dem Gefäß greifen wollte, fiel es hin, und Tropfen spritzten auf die graue Steinoberfläche des Altars und hinterließen rote Flecken, während der Knall des auf dem Boden aufschlagenden Pokals durch die düstere Kirche hallte. De Askeles stand wie versteinert da und starrte zunächst auf den Fleck und dann auf den Krug in seiner Hand. Er stellte das Gefäß sorgfältig ab und ließ dann vorsichtig seinen Blick zu den schäbigen, grauen Knochen in der Kiste wandern. Der Priester, der ebenso erstarrt war, fand als erster die Sprache wieder.

»Ist das nicht unglaublich? Der Erzbischof Sewal von York soll ja kurz vor seinem Tod Wasser in Wein verwandelt haben. Aber würde ich es jetzt nicht mit eigenen Augen sehen ...«

Bevor de Askeles etwas antworten konnte, ertönte ein seltsames ätherisches Geräusch aus der Tiefe der Kirche. Ein eisiger Schauer lief Edward Petysance über den Rücken, und er wagte es kaum, vom Altar aufzusehen. De Askeles blickte mit weit aufgerissenen Augen über die Schulter des Priesters. Der durchdringende Laut hielt an, und ganz langsam zwang Petysance seinen Blick in die Richtung, aus der er kam, das heißt in die Dunkelheit am anderen Ende des Mittelgangs, wo die schwere, mit Eisenbändern verstärkte Truhe stand, in der das sakrale Gerät der Kirche aufbewahrt wurde. Als entstiege sie dem Innern dieser Truhe, erhob sich eine schlanke Gestalt und schien darüber in der Luft zu schweben. In der Dunkelheit erstrahlte das zarte, blasse Gesicht in innerer Schönheit, und der Pfarrer hatte keinen Zweifel, um wen es sich bei der Erscheinung handelte.

»Die Jungfrau Maria.«

Er fiel auf die Knie und schlug, die Augen fest geschlossen, die Hände zum Gebet zusammen. Plötzlich verstummte das Geräusch, und Petysance öffnete die Augen. Die Erscheinung war fort. Er rappelte sich hoch und hastete, von Zweifel gepackt, den Gang hinunter, dorthin, wo er die Erscheinung gesehen hatte. Um die Truhe herum war nichts, wo sich eine erwachsene Person hätte verstecken können, und der Kasten selbst war sicher verschlossen, mit dem einzigen Schlüssel, den es gab und den er an seinem Gürtel trug. Als de Askeles zu ihm trat, zitterte der Priester am ganzen Leib. Der Arm des heiligen Eldad war wahrlich eine machtvolle Reliquie.

De Askeles räusperte sich. »Wegen der Bezahlung ...«

Bullock war in Fahrt gekommen und fuchtelte mit seinem halbvollen Bierkrug in der Luft herum, während er von seinen Ermittlungen berichtete. Nervös zog Falconer ihn ein wenig von dem Tisch fort, auf dem einige seiner wertvollsten Bücher aufgeschlagen lagen, um sie vor Bierspritzern zu bewahren. Unempfänglich für die Sorge seines Freundes versuchte Peter Bullock, seine Theorie so klar wie möglich darzulegen. Schließlich wußte er, daß Falconer noch die kleinste Ungereimtheit, falls es sie gab, gnadenlos aufdecken würde. Er hatte mit allen Oxforder Bürgern gesprochen, die Augenzeugen der Tat gewesen waren, angefangen bei den Handwerkern, die als Statisten mitgewirkt hatten, bis zu Leuten, die irgendwann der Probe auf dem Kirchplatz zugesehen hatten.

»Selbst den alten Juden Salomon habe ich befragt. Der ist auf dem Weg zu seiner Arbeit an der Kirche vorbeigekommen. Aber die Mühe hätte ich mir sparen können. Es wird schwerlich jemand zu finden sein, der seinem Namen so wenig Ehre macht. Der arme Alte ist nicht weiser als ein Säugling.«

Bullock war zu dem Schluß gekommen, daß niemand ein Motiv hatte, Bruder Adam nach dem Leben zu trachten. Allerdings war unter den Oxforder Bürgern auch schwerlich ein Grund zu finden, de Askeles aus dem Weg zu räumen. Schließlich war er erst vor wenigen Tagen in der Stadt eingetroffen.

»Aber es gibt jemanden in seiner Truppe, der ihn haßt. Ich selbst sah ihn vor einer Taverne, wo de Askeles und ein paar seiner Leute an ihrem ersten Abend in Oxford eine Vorstellung gaben. Der Mann war furchtbar aufgebracht, und ich sah, wie er de Askeles heimlich durch ein Fenster beobachtete. Als die Gaukler aus der Taverne kamen, versteckte er sich und blickte de Askeles nach, der diese schöne Akrobatin begrabschte. Wie ich erfahren habe, ist sie seine Frau. Der Mann heißt John Peper, und er hat wirklich Grund genug, seinen Anführer am liebsten im Grab zu sehen. Als du sagtest, daß vermutlich de Askeles der Anschlag galt, ging mir ein Licht auf.«

Falconer war noch nicht überzeugt. »Hast du herausgefunden, wem der Zimmermannsbeitel gehört?«

Bullocks Miene verdüsterte sich. Daran hatte er nicht gedacht, und das ärgerte ihn.

»Offen gesagt, nein. Aber wer sagt denn, daß der Besitzer der Tatwaffe auch der Mörder ist? Vielleicht geht er nur unachtsam mit seinem Werkzeug um. Jeder könnte es gestohlen haben. Auf dem Platz ging es den ganzen Tag über hoch her.«

»Hast du festgestellt, wo der Rest der Truppe war, als der Mord geschah? Robert Kemp oder Simon Godrich kommen als Täter nicht in Frage – die waren im entscheidenden Moment auf der Bühne, vor aller Augen. Und de Askeles scheidet wohl auch aus, wenn es stimmt, daß er getötet werden sollte. Bleiben Will Plome, John Peper und die beiden Frauen – Margaret Peper und Agnes Cheke.«

»Du glaubst doch nicht, daß es eine der Frauen war! Hast du nicht selbst gesagt, daß der Schatten, den du gesehen hast, weder ein langes Gewand noch einen Rock, sondern Beinkleider trug?«

»Und wie war die Akrobatin gekleidet, die du aus der Taverne kommen sahst?«

»Warum? Wie ein Mann ...«

Bullock wurde sich bewußt, daß er seinen Einwand selbst entkräftet hatte, und errötete. Aber so leicht gab er sich nicht geschlagen.

»Dieser de Askeles hat doch mehr Feinde als Kaiser Friedrich persönlich. Warum behauptest du nicht gleich, daß es der Affe war?«

Falconer dachte ernsthaft darüber nach. »Nein, die Größe des Schattens hätte mich zwar verwirren können, doch ein Affe hätte nicht die Kraft, mit dem Beitel so tief zuzustechen.«

Bullock schnaubte verächtlich angesichts Falconers anscheinend ernst gemeinter Erwägung der Täterschaft eines Affen. Doch der Regent Master ließ sich nicht beirren und folgte weiter der Spur seiner Gedanken, wobei er im Kopf jeden möglichen Weg markierte.

»Ich ärgere mich, daß ich gestern abend so schludrig war. Ich hätte unbedingt genauer nachprüfen müssen, wo jeder einzelne sich befand, als der Mord geschah. Auch, woher de Askeles kam, als er zu uns stieß. Und ich würde immer noch gerne wissen, wem das Werkzeug gehört, das im Rücken des Teufels gelandet ist.«

Der Constable stieß einen tiefen Seufzer aus und bereitete sich innerlich auf lange Ermittlungen vor.

Warum zog er nur immer wieder Falconer zu Rate, obwohl er doch wußte, daß dieser unweigerlich einen ganz banalen Mordfall in ein verzwicktes Rätsel verwandelte, mit dessen Lösung er Wochen beschäftigt sein würde? Wahrscheinlich, weil Falconer zum Schluß immer die richtige Antwort fand. Und in diesem Fall würde es wohl nicht anders sein, überlegte er. Daher war er um so überraschter, als Falconer jetzt bemerkte:

»Doch du mußt tun, was du für angebracht hältst. Schließlich hast du die entscheidende Tatsache herausgefunden, die mir durch eigene Nachlässigkeit entgangen war. Wenn du sagst, daß John Peper der Täter ist, dann ist er es auch. Ich habe viel zuviel zu tun, um mich weiter um die Angelegenheit zu kümmern, und ich vertraue deinem Urteil.«

Bullock jedoch traute seinen Ohren nicht – Regent Master Falconer hatte vor, sich die Aufklärung eines Mordes entgehen zu lassen, eines Mordes, bei dem er obendrein auch noch Augenzeuge war.

»Wenn du erlaubst, würde ich mich nun gerne wieder an meine Arbeit machen.«

Er setzte sich an seinen Tisch und zog einen schweren Band zu sich heran. Während er sich aufmerksam der winzigen Schrift zuwandte, die die Seiten füllte, legte er seine Hände gefaltet auf einem versiegelten Brief, so als wolle er dessen Inhalt huldigen. Kurz darauf schien er Bullock vollkommen vergessen zu haben, und er blickte auch nicht auf, als der verwunderte Constable die Kammer verließ. Leise schloß Bullock die Tür hinter sich; da hörte er doch noch Falconers Stimme, die ihm nachrief:

»Aber denk dran, den Zimmermann ausfindig zu machen.«

Achtes Kapitel

> Lucifer: I tell you all, do me reverence,
> For I am full of heavenly grace.
> If God comes back, I will not from thence,
> But sit still here before his face.
>
> *The Fall of Lucifer*

Thomas de Cantilupe war mit sich zufrieden – sein Plan war aufgegangen. Er stand spät auf und machte sich nicht die Mühe, sich anzukleiden, sondern band nur das schwere Gewand, das er gewöhnlich im Schlafzimmer trug, enger in der Taille zusammen. Dann zog er seinen Lieblingsstuhl, auf den, wie er zufrieden feststellte, auch de Cicestre nicht hatte verzichten wollen, näher an die restliche Glut vom gestrigen Abend und rief nach Halegod. Der Diener würde fortan nicht mehr auf diese nachlässige Art mit ihm umgehen können, die er seit der unerwarteten Ankunft des früheren Kanzlers an den Tag legte. De Cantilupe hatte sich wieder einmal die Gunst des Königs zurückerobert und ihr brüchiges Vertrauensverhältnis wiederhergestellt. Er ließ sich auf die glatte Sitzfläche aus Eichenholz fallen, die verschiedene Kanzlerhintern abgeschliffen hatten, und umfaßte die Armlehnen in herrschaftlicher Pose. Selbstzufrieden lächelnd ließ er die Ereignisse des gestrigen Abends noch einmal Revue passieren.

Mit wachsender Zuversicht, vorbei an den armseligen Hütten, die die Residenz des Königs in Beaumont umgaben, war er zum Schloß zurückgekehrt, an der Spitze einer buntgemischten Gruppe Oxforder Kaufleute, die alle zu schwören bereit waren, daß überraschenderweise geachtete Bürger der Stadt mit den Banditen, die plündernd durch das Umland Oxfords zogen, in Kontakt standen. Die Tatsache, daß alle, deren Namen genannt werden würden, Konkurrenten der Männer aus de Cantilupes Gruppe waren oder diese irgendwie irgendwann einmal beleidigt hatten, störte Thomas in keiner Weise. Und es würde auch den König nicht stören. Der war es gewohnt, daß man ihm Beweise für alle möglichen Missetaten vorlegte, von denen er glaubte, daß sie begangen worden seien. Nicht, daß Henry unbedingt ein besonders selbstherrlicher König gewesen wäre – in mancher Hinsicht war er sogar ein frommer und bescheidener Mann. Doch wie jeder Herrscher war auch er von einem Heer von Speichelleckern umgeben, deren Existenz davon abhing, dem König jede »Wahrheit«, die ihm angenehm sein mußte, zu bestätigen. De Cantilupe war Realist und Überlebenskünstler und daher mit diesem ewigen Gesetz bestens vertraut. Er würde das tun, was für seine eigene Sicherheit notwendig war, und sein Gewissen mit dem Gedanken beruhigen, daß er auf diese Weise für die Freilassung jener Bürger sorgte, die der König an jenem verhängnisvollen Tag hatte einkerkern lassen. Und außerdem hatte wohl jeder der Männer, die dafür geopfert werden würden, irgend etwas auf dem Kerbholz. Andernfalls hätten sie sich nicht den Haß jener zugezogen, die er nun zum Schloß brachte.

In Anwesenheit des Königs wurde eine lange Liste mit Namen verlesen.

»Thomas Burewald, Edmund Inge, Walter Felde, Andrew Bodin …«

Mit jedem Namen wurde Henrys Miene ernster, und ein gerechter Zorn ergriff mehr und mehr Besitz von ihm. Waren das nicht alles Männer, denen er vertraut und verantwortungsvolle Positionen mit beträchtlichen Einkünften verschafft hatte? Er zuzelte an den Enden seines langen Bartes und lauschte in fassungslosem Schweigen.

»… John Doket, Peter Stockwell sowie die Juden Cresselin und Zerach.«

Die Auflistung der Übeltäter war zu Ende, und Henry wandte sich an de Cantilupe. »Ich danke Euch, Thomas. Ich wußte doch, daß ich Euch vertrauen kann. Diese Treue soll nicht unbelohnt bleiben.«

De Cantilupe räkelte sich auf dem bequemen Stuhl in seiner Residenz und überlegte, welche Belohnung er sich vom König erhoffen durfte. Ein diskretes Hüsteln brachte ihn in die Wirklichkeit zurück. Vor ihm erblickte er die gedrungene Gestalt von Halegod, der geduldig auf seine Anweisungen wartete. Es war geradezu unheimlich zu sehen, wie dieser Mann den neuen Rang des ehemaligen Kanzlers spürte – die Mißbilligung seiner Anwesenheit, die der Diener bis zu diesem Morgen fast offen zur Schau getragen hatte, war vollkommen verschwunden. Endlich hatten beide wieder zu ihren angestammten Rollen zurückgefunden. Und de Cantilupe war ein großmütiger Herr.

»Da ich anläßlich der Weihnachtsfeierlichkeiten zum Hofe des Königs gehören werde, stehen dir die nächsten Tage zur freien Verfügung.«

Der alte Mann ließ es zu, daß ein feines Lächeln sein ansonsten griesgrämiges Gesicht überflog. Vielleicht konnte er das Fest doch noch so feiern, wie er es sich eigentlich vorgestellt hatte.

»Sorge nur dafür, daß die Feuer in den Kaminen nicht erlöschen.«

Die Hitze in dem Raum wurde fast unerträglich, und der Schweiß rann von seiner Stirn. Er hatte die Glut im Schmelzofen solange geschürt, bis die Flamme in der Mitte fast weiß schien, und schob jetzt den tönernen Schmelztiegel, den er wegen der enormen Hitze nur mit einer langen Zange bewegen konnte, auf die obere Öffnung des Ofens. Es dauerte nicht lange, bis die Chemikalien zu schmelzen begannen.

Er hastete zu der Bank im hinteren Teil des Raumes, auf der wild durcheinander Glaskolben und Metallmörser um die

Texte herumlagen, die er nun konsultierte. Aristoteles' Theorie der vier Elemente – Erde, Wasser, Feuer und Luft – war ihm vertraut, ebenso wie die der vier Eigenschaften von Körpern – heiß und feucht, kalt und trocken. Es war offensichtlich, daß kaltes Wasser, das feucht war, in heiße Luft umgewandelt werden konnte, die immer noch feucht war. Die Frage aber war, ob natürliche Stoffe auch in den qualitätslosen Zustand der Urmaterie zurückverwandelt werden konnten, um ihnen dann neue, gewünschte Eigenschaften zu geben. Er schob die Aristotelesübersetzung, die er schon einige Jahre besaß, zur Seite, und griff zu dem losen Bündel von Blättern, die er sich erst kürzlich besorgt hatte. Auch jetzt, da er zu lesen begann, ergriff ihn wieder die gleiche Erregung wie in dem Moment, als er ihren Wert erkannt hatte.

Er war zu Besuch bei einem seiner Kollegen gewesen, als er die Blätter, nur mit einer Schnur zusammengebunden, auf dem Schreibtisch des Mannes entdeckt hatte. Schon ein Blick auf die erste Seite reichte ihm, um zu begreifen, was er da vor sich hatte. Seine Ungeduld zügelnd, erkundigte er sich, wem sie gehörten – dem Mann, in dessen Zimmer sie lagen, sicher nicht, denn der war ein Dummkopf, der kaum etwas mit den Gesetzen des Talmud anfangen konnte. Er erfuhr, daß ein Master der Universität sie als Pfand gegen eine Leihgabe von einigen Shilling zurückgelassen hatte. Und es fiel ihm auch nicht schwer, seinen beschränkten Freund dazu zu bewegen, ihm die Blätter gegen einen kleinen Aufpreis zu überlassen. Auf dem Nachhauseweg hielt er die Seiten fest umklammert – diese kostbare alchimistische Schrift würde er nie mehr hergeben.

Nun ging er noch einmal die Anweisungen durch, um mit seinem Experiment weiterzukommen. Der geheimnisvolle Alchimist, von dem der Text stammte, hatte alles verschlüsselt, doch er kannte sich in dieser Terminologie aus und übersetzte, während er las. Weiße Königin bedeutete Quecksilber, und Grauer Wolf war Antimon, ein wirkungsvolles Reinigungsmittel. Vorsichtig entnahm er den Gläsern, die sich in dem Regal vor ihm kunterbunt aneinanderreihten, die benötigten Mengen und kehrte dann an den glühenden Schmelzofen zurück.

Zunächst versuchte er, das stürmische Pochen an seiner Haustür zu ignorieren, doch als es anhielt, so heftig, als wolle jemand die Tür einschlagen, fluchte er und entschloß sich nachzusehen. Wenn irgend jemand ungebeten hereinkam und ihn bei seinem gegenwärtigen Tun entdeckte, könnte das recht unerfreuliche Konsequenzen für ihn haben. Die kostbaren Blätter wickelte er rasch in ein Tuch ein und versteckte die Rolle hinter einem losen Stein in der Kellerwand. Dann ging er zum Schmelzofen hinüber und griff widerwillig zu der Zange, um den Tiegel vom Feuer zu nehmen. Er hielt inne – vielleicht würde die Unterbrechung nicht lange dauern, und wenn er die Chemikalien jetzt vom Feuer nahm, waren sie später nicht mehr zu gebrauchen. So ließ er sie stehen und eilte die Steintreppe seines Labors hinauf. Oben angekommen, schlug er die Kellertür hinter sich zu und drehte den Schlüssel in dem massiven Schloß. Sich Pulverreste von den Kleidern klopfend, durchquerte er den Flur und öffnete die Vordertür. Drei kräftige Männer standen davor, hinter ihnen einige Schaulustige, die begierig darauf warteten, wieder einmal einen Juden in Schwierigkeiten zu sehen. Der Mann in der Mitte richtete das Wort an ihn.

»Seid Ihr Zerach?«

Zerach, der Doktor, Naturheiler und heimliche Alchimist, nickte resigniert und ließ die Schultern hängen.

»Im Namen des Königs, Ihr seid verhaftet.«

Die Nachricht von Jehozadok schien dringend, und Falconer stürmte durch die Gassen südlich der High Street, während sich die Leute, an denen er vorbeilief und die er gar nicht bemerkte, gegen die mit billigem Gips verputzten Häuserwände drückten. Über die Jewry Lane und die Fish Street gelangte er zu den beiden Häusern, die den Oxforder Juden als Scola und Versammlungsort dienten und wo auch der Rabbi Jehozadok wohnte. Er blieb kurz stehen, um zu Atem zu kommen, und lief dann aufgeregt durch die Tür und über die Treppe zu dem Raum, in dem sich der weise alte Mann, umgeben von seinen Büchern, gewöhnlich aufhielt. Jehozadoks besorgte Miene machte einem erleichterten Lächeln Platz, als er den Gast erkannte.

»Ah, William, hab ich's mir doch gedacht, daß du es bist. Alle anderen behandeln mich mit Hochachtung. Und das irritiert mich. So als würde ich schon in himmlischen Sphären schweben und als würden sie nur darauf warten, daß auch mein Leib diese irdische Welt verläßt. Du hingegen ...« Er bedeutete Falconer, Platz zu nehmen. »Du hingegen gehst so ungezwungen mit mir um, wie es ein alter Freund tun sollte. Aber du wirst wissen wollen, warum ich dich kommen ließ. Ich habe den Alchimisten gefunden.«

Neugierig beugte sich Falconer in dem niedrigen Stuhl so weit vor, daß seine Knie fast die Brust berührten. Der Rabbi fuhr fort: »Nachdem ich dir gesagt hatte, du solltest in deinem eigenen Bekanntenkreis nach dem Mann, den Bruder Bacon sucht, Ausschau halten, dachte ich, daß ich das gleiche eigentlich auch tun könnte. So hörte ich mich unter meinen vielen Besuchern um und erfuhr heute morgen, daß einer aus unserer Gemeinde in letzter Zeit eine Reihe von Substanzen mit eigenartigen Namen erworben hat, so etwa Roter König oder Weiße Königin.«

Falconer nickte – dies waren alchimistische Bezeichnungen für Schwefel und Quecksilber. Das Ganze hörte sich vielversprechend an, und er lauschte aufmerksam, als Jehozadok weitererzählte.

»Ich hätte mir nichts dabei gedacht, denn der Mann ist Arzt und verwendet alle möglichen speziellen Heilmittel. Viele helfen, manche aber auch nicht, und ich entsinne mich, daß er vor einigen Jahren eine Auseinandersetzung mit einem Studenten hatte, der mit seiner Behandlung sehr unzufrieden war. Auch damals munkelte man schon, der Arzt betreibe Geisterbeschwörung. Dieser Mann bringt uns in Verruf. Die Zeiten sind ohnehin schon schwer genug für uns, da die Cahorsiner jetzt auch Wechselgeschäfte betreiben. Unsere Existenz ist an die Verachtung von euch Christen, mit Zinsen Geld zu verdienen, geknüpft, verbunden mit eurem Bedarf an geliehenem Geld. Ich erinnere mich noch, wie der Beschluß des Laterankonzils, keine christliche Seele dürfe mit uns sprechen oder uns auch nur Nahrungsmittel verkaufen, sich beinahe hier durchgesetzt hätte. Das waren schwere Wochen für uns, gezeichnet von Hunger und Angst ...«

Der alte Mann war dabei, sich in seinen Erinnerungen zu verlieren, und Falconer, der es nicht erwarten konnte, Bacons Alchimist auf die Spur zu kommen, brachte ihn behutsam in die Wirklichkeit zurück. »Wieso weißt du so genau, daß das der Mann ist, den ich suche?«

Jehozadok sammelte sich einen Moment und blickte den Regent Master dann aus seinen halb blinden Augen triumphierend an. »Weil die Hinweise, die der Bruder dir gegeben hat, sehr genau auf ihn passen.«

»Und wie heißt der Mann?«

»Ach, habe ich das noch nicht gesagt? Sein Name ist Zerach de Alemmania, und er wohnt in der Pennyfarthing Street.«

Trotz seiner Überzeugung, mit John Peper den Täter bereits gefunden zu haben, war Peter Bullock dabei, mehr der Form halber, auch noch in andere Richtungen zu ermitteln. Er glaubte nicht daran, daß William Falconer sich lange von dem Fall würde fernhalten können. Es war schon erstaunlich genug, daß ihn überhaupt etwas davon abgehalten hatte, die Ermittlungen aufzunehmen. Auf alle Fälle würde sein Freund früher oder später damit beginnen, ihm Fragen zu stellen, und dafür wollte Bullock gewappnet sein. Er würde Falconer schon beweisen, daß auch er die deduktive aristotelische Logik anzuwenden verstand, obwohl er keine Schule, geschweige denn eine Universität besucht hatte.

Als sich die trübe Sonne mühsam über die gelb leuchtenden Stadtmauern erhob und tiefe Schatten in die engen Gassen warf, machte er sich auf den Weg zur Kirche St. Frideswide, wo der Wagen der Troubadoure jetzt neben der provisorischen Bühne stand. Er hatte sich entschlossen, die Gaukler nicht in der Herberge, wo sie untergebracht waren, aufzusuchen, weil er richtigerweise annahm, daß Stefano de Askeles um diese Tageszeit noch in den Federn lag. Es kam ihm darauf an, mit jedem Mitglied der Truppe allein zu sprechen, ohne Beeinflussung durch den Anführer, und ihre Aussagen später miteinander zu vergleichen.

Als er den stillen Hof vor der breiten Kirchentreppe betrat, erblickte er einen Mann vor dem Wagen der Gaukler, den er an seiner Glatze als den Trottel Will Plome erkannte. Er trug ein gelbgrün gemustertes Narrenkostüm, die Schellenkappe am Gürtel festgesteckt, und schien Selbstgespräche zu führen. Bullock seufzte, weil er das Kostüm für den Mann so passend fand. Erst als er den Platz überquerte, vernahm er ein leises Geschnatter, das auf Wills Worte antwortete. Dann entfernte sich der Narr herumtollend vom Wagen, während eine kleine, an einen Menschen erinnernde Gestalt auf seiner Schulter herumhüpfte. Erst jetzt ging Bullock auf, daß Plome mit dem Affen geredet hatte. In der Mitte des Hofes stehend, beobachtete er nun, wie Mensch und Affe ausgelassen einen improvisierten Tanz zur Aufführung brachten. Will hatte ein pelzbesetztes Gewand in der Hand, das er eine Zeitlang fröhlich durch die Luft schwang. Dann nahm er plötzlich einen langen, dünnen Gegenstand von seinem Gürtel und stach damit auf das Gewand ein. Er schnatterte vor Vergnügen, als er das Kleidungsstück zu Boden fallen ließ, und die Stimme des Affen, der in sein Geschnatter einstimmte, verdoppelte seinen Jubel. Als Will merkte, daß er beobachtet wurde, hielt er sofort in seiner Aufführung inne, und sein strahlendes Lächeln erlosch. Er nahm den zappelnden Affen fest an seine Brust, ließ die Waffe fallen und stand nun, während Bullock auf ihn zukam, reglos und mit niedergeschlagenen Augen da, wie jemand, den man beim Stehlen erwischt hatte.

Der Constable lächelte ihn freundlich an, um ihm zu verstehen zu geben, daß er nichts zu befürchten habe, und überlegte dabei, ob Will vielleicht die Ermordung von Bruder Adam nachgespielt hatte. Doch hatte er auch die Hauptrolle gespielt? Der Constable kam sogleich zur Sache.

»Will Plome, kannst du mir sagen, wo du gestern warst, als der Mönch getötet wurde?«

Der kahlrasierte Narr schüttelte den Kopf.

»Nirgendwo.«

»Was heißt nirgendwo? Irgendwo mußt du doch gewesen sein. Gott ist überall, aber wir Sterblichen müssen immer an irgendeinem bestimmten Ort sein.«

Der Affe kletterte über Plomes Schulter, wobei sein langer Schwanz als dritter Arm fungierte, legte seine Arme um den Kopf des Trottels und ließ sein Kinn auf der glatten Schädeldecke ruhen. Für Bullock sah er aus wie eine bizarre lebende Kopfbedeckung. Zwei Augenpaare waren auf den Constable gerichtet, die unteren klar und flehend.

»Ich … ich war auf der Seite der Bühne, wo der Teufel rauskommt. Aber ich hab nichts gesehen.«

»Das kann doch nicht sein. Der Mörder muß an dir vorbeigegangen sein, als er die Bühne betrat, und ebenso, als er zurückkam. Du denkst doch nicht, ich würde das glauben. Du mußt etwas gesehen haben. Oder bist du vielleicht der Mörder?«

Will Plome begann laut aufzuheulen, und der Affe stimmte

ein, sprang von seinen Schultern, rannte über den Hof und verschwand im hinteren Teil des Wagens. Der Narr wollte ihm nach, doch Bullock packte seinen Arm.

»Du hast ihn doch nicht getötet, oder?«

»Ich wollte, ja!« schrie der verängstigte Mann, sein Gesicht tiefrot bis zur kahlen Schädeldecke. »Er hat Ham weh getan.«

»Ham? Wer ist das denn?«

»Mein Affe.« Er deutete auf den Wagen. »Er hat Ham am Schwanz gepackt und durch die Luft geschleudert. Er hat ihm weh getan. Und ich wollte ihm auch weh tun. Er hätte sterben sollen.«

Plome entwand sich dem Griff des Constable, und mit einem Gang, der dem des Affen verblüffend ähnlich war, folgte er dem Tier in den Wagen. Gleich darauf kam sein Kopf noch einmal zum Vorschein, und er rief dem verdutzten Bullock zu: »Erzählt Stefano nicht, daß ich hier war. Er meint, ich darf Ham nicht aus dem Käfig nehmen. Er meint, er ist zu wertvoll und könnte weglaufen.«

Als der Constable stehenblieb, um die Waffe aufzuheben, die Will hatte fallen lassen und die sich als harmloser Zweig herausstellte, fuhr ihn plötzlich eine Frauenstimme an.

»Was habt Ihr mit dem armen Will gemacht?«

Er drehte sich um und sah sich der sauertöpfisch dreinblickenden Agnes Cheke gegenüber. Sie hatte die Hände in die Hüften gestemmt, und ihre unförmige, massige Gestalt schien aus der festgetrampelten Erde gewachsen zu sein, auf der sie stand.

»Wie kommt Ihr darauf, daß ich dem ›armen Will‹ etwas getan habe?«

»Ich habe ihn schreien hören – und Ihr habt den Affen erschreckt. Das habe ich auch gehört.«

Bullock gefiel diese häßliche Frau, die sich für jene, die sich ihrer Ansicht nach nicht selbst wehren konnten, in die Bresche warf. Unter anderen Umständen hätte er sich vielleicht bemüht, sie ins Bett zu bekommen. Er liebte starke Frauen, und ihr Aussehen war ihm gleich – schließlich war er selbst kein bildschöner Mann, mit seinem Buckel und dem rauhen, faltigen Gesicht. Doch jetzt war er im Dienst und hatte Agnes zu fragen, wo sie sich gestern aufgehalten hatte. Die andere Sache würde er vielleicht danach noch in Angriff nehmen können.

»Seid unbesorgt. Die beiden haben sich nur erschrocken. Aber eigentlich wollte ich mit Euch sprechen.«

»So? Und worüber?«

»Sagt mir, wo Ihr gestern wart, als jemand einem armen Mönch einen Zimmermannsbeitel ins Herz stieß.«

Falconer verabschiedete sich eilig von Jehozadok und ließ die Ruhe der Scola hinter sich, um sich wieder in das geschäftige Treiben in der Fish Street zu stürzen. Läden von Fleischern und Messerschmieden nahmen die unteren Geschosse der Häuser ein, die die Ostseite der Straße säumten, obwohl viele dieser Gebäude eigentlich jüdischen Familien gehörten. Die Straße selbst war breit genug, um einem Karren bequem die Durchfahrt zu gestatten, doch zu dieser Tageszeit war der Weg mühsam wegen der unzähligen baufälligen Stände, die Fisch- und Gemüsehändler beiderseits der Straße aufgebaut hatten. In der Mitte der Straße verlief der stinkende Kanal, der den Unrat aus den Häusern und vom Markt aufnahm und zum Fluß hinunterspülte. Auf der Westseite herrschte das gleiche Gedränge wie auf der Ostseite, nur waren hier die meisten Läden Weinhandlungen.

Falconer kämpfte sich durch das Getümmel und bog schließlich in die enge Gasse ein, in der Zerach de Alemmanias Haus stand, direkt neben einer Hall, die von Studenten des Zivilrechts bewohnt wurde. Er ging am Eingang der Hall vorbei und blieb beim nächsten Gebäude stehen, einem robusten, zweistöckigen Steinhaus mit einer massiven Tür aus Eichenholz.

Sie stand offen. Da konnte etwas nicht stimmen – kein Jude in England, der tagtäglich in Furcht vor den Christen um ihn herum leben mußte, würde sein Haus ungesichert lassen. Vorsichtig steckte Falconer den Kopf in den dunklen Flur und rief Zerachs Namen. Keine Antwort.

Als er den Fuß über die Schwelle setzte, trat er auf einen harten, kantigen Gegenstand, der im Schatten hinter der halbgeöffneten Tür verborgen lag. Als er sich bückte, um ihn aufzuheben, stellte er fest, daß es sich um einen oft benutzten, langen Schlüssel handelte, dessen Oberfläche zerkratzt und eingekerbt war. Während er die Haustür abzuschließen versuchte, fragte er sich, ob Zerach wohl etwas passiert war, doch als er den Schlüssel umdrehen wollte, stellte er fest, daß er nicht paßte. Er stieß eine der Türen auf, die vom Flur abgingen, und blickte in einen großen finsteren Raum. Die Läden vor dem einzigen Fenster zur Pennyfarthing Street waren fest verschlossen, und nur eine einzige Kerze gab ein wenig Licht. Im Schein der matten Flamme erkannte er einen hohen Bücherstapel am Ende eines großen Tisches, der die Mitte des Raumes einnahm. Andere Bücher und Blätter lagen über den Tisch verstreut herum. Er durchquerte den Raum, um sich das Durcheinander anzusehen. Auf einer Seite lag die Abhandlung *Abecedarii Danielis Prophete* – das »Buch der Träume« –, und auf der anderen befanden sich einige Schriften von Aristoteles, die Falconer recht vertraut waren. In der Mitte, und eindeutig der Text, der Zerachs Geist zuletzt beschäftigt hatte, lagen verschiedene, mit krakeligen Notizen versehene einzelne Blätter. Falconer brauchte nur einen Blick darauf zu werfen, um zu wissen, daß sie zum *Secretum Secretorum* von Aristoteles gehörten, von dem Bacon ihm eine Abschrift hatte zukommen lassen. Dieses seltene Dokument war seinem Freund besonders teuer, und es hier in diesem Haus zu finden, bestätigte Falconers Vermutung, daß der Jude Zerach der gesuchte Alchimist war. Nun brauchte er nur noch den Mann zu finden. Vielleicht würde es ihm weiterhelfen, wenn er zunächst einmal das Schloß fand, zu dem der Schlüssel paßte.

Zurück im Flur, erblickte er eine weitere Tür am hinteren Ende. Obwohl die Tür im Haus lag, war sie mit einem schweren Eisenschloß versehen, und er war sich sicher, daß sie die richtige Tür zu dem Schlüssel war, den er in Händen hielt. Und tatsächlich, er paßte und ließ sich butterweich umdrehen. Als er die Tür aufstieß, kam ihm ein Hitzeschwall entgegen, und sogleich bemerkte er einen rötlichen Lichtschein von unterhalb der Treppe, auf deren oberster Stufe er stand. Für einen kurzen Moment fühlte er sich daran erinnert, wie er einmal bei einem anderen Fall nach der versehentlichen Einnahme einer berauschenden Substanz in einen solchen Keller hinabgestiegen war, fest überzeugt, sich ins Reich der Hölle hinabzuwagen. Zum Glück war er diesmal Herr seiner Sinne, nahm aber dennoch die Stufen mit äußerster Vorsicht, für den Fall, daß irgend jemand wenig erfreut auf seinen Besuch reagierte.

Aber der Raum mit der niedrigen Gewölbedecke war leer, und die Quelle von Hitze und infernalischer Glut stellte sich als Schmelzofen heraus, der in vollem Betrieb war, obwohl kein Mensch ihn beaufsichtigte. Über dem Trichter des Feuers war ein flaches Gefäß angebracht, das mit den verbrannten Resten einiger Chemikalien gefüllt war. Welches Experiment auch immer hier versucht worden war, es war gescheitert, weil der Experimentator unterbrochen worden und nicht mehr zu seiner Arbeit zurückgekehrt war. Falconer ging zu der Bank an der Wand hinüber, auf der eine bemerkenswerte Sammlung von Gläsern und Krügen stand. Jedes einzelne Gefäß war sorgfältig beschriftet, die Inhalte waren in einer klaren, deutlichen Handschrift angegeben. Falconer warf einen Blick auf die Schilder: Quecksilber … Vitriol … Salmiaksalz … Salpeter.

Dies war eindeutig die Materialiensammlung eines Alchimisten. Doch wo war Zerach? Jemand, der so penibel war, alle Gläser fein säuberlich zu beschriften und die Kellertür abzuschließen, würde ein noch nicht zu Ende geführtes Experiment wohl nicht freiwillig aufgeben. Neben dem Ofen fand er einen Krug mit Wasser, das er auf die glühenden Kohlen goß, um einem Brand vorzubeugen. Ein paar Augenblicke zischten und knisterten sie gefährlich wie eine Horde Dämonen aus der Hölle, dann waren sie nur noch eine schwarze, hilflos dampfende Masse.

Falconer schloß die Geheimnisse des Kellers sorgsam weg und versteckte den Schlüssel in Daniels »Buch der Träume« auf Zerachs Tisch. Zurück auf der Straße, warf er auch die Haustür fest hinter sich ins Schloß und überlegte, wie er nun weiter vorgehen sollte.

Salomon verriegelte die schäbige Behausung, die ihm Nacht für Nacht als Wachhäuschen diente, und klemmte die Tür mit einem schweren Stein fest. Der Stein war die abgebrochene Ecke eines größeren Gedenksteins. Alte Schriftzeichen waren darauf eingraviert, doch hatten sie für Salomon keinerlei Bedeutung – was er brauchte, war das beruhigende Gewicht des Steins. Glücklich, seine bescheidene Habe sicher in der Wachhütte verschlossen zu haben, mummelte er sich in seine Lumpen ein und machte sich auf den Weg Richtung Osttor. Er verschwendete keinen Gedanken daran, daß seine Bruchbude nur aus schwachem Lehm bestand, so daß jemand, der es auf seine Habe abgesehen hatte, mit Leichtigkeit durch die Seitenwand hätte eindringen können. Und es kam ihm auch nicht in den Sinn, daß ohnehin niemand seine Besitztümer hätte stehlen wollen, bei denen es sich lediglich um eine billige Hammelfett-Lampe und eine alte Decke handelte, die so zerlumpt war wie seine Kleidung. Alles was er wußte, war, daß man in dieser Welt den Christen nicht trauen durfte, und Christen waren sie alle, in deren Mitte er lebte.

Die Straße, die durchs Osttor führte, war durchfurcht und schlammig, denn die Sonne stand jetzt so hoch, daß sie den

Nachtfrost weggeschmolzen hatte. Ohne von dem Dreck Notiz zu nehmen, der sich durch sein zerschlissenes, ausgetretenes Schuhwerk drückte, trottete Salomon den Straßenrand entlang und dachte nur an sein Bett im Haus seiner Schwester. Saphira hatte sich, seit seiner von Krankheit gezeichneten Kindheit an, immer um ihn gekümmert. Das war ihrer Ehe nicht bekommen, denn ihr Ehemann, dieser Rohling Covele, hatte ihre Fürsorge für den Bruder nur widerwillig hingenommen. Als er starb, hatte Salomon innerlich gejubelt, und seine Schwester war Witwe geblieben. So waren er und Saphira zusammen alt geworden und teilten miteinander, mal recht, mal schlecht, einen eingespielten Alltag. Und das war es, was er brauchte – ungewöhnliche Vorkommnisse ängstigten ihn.

Das war auch der Grund, warum ihm die Ereignisse des gestrigen Abends nicht aus dem Kopf gingen. Oh, er sah viele Dinge von seinem nächtlichen Posten aus, von dem er die ganze Ausfallstraße vom Osttor überblicken konnte. Es war überraschend, wie viele Leute sich auf dieser Straße, außerhalb der sicheren Stadtmauer, geheime Stelldicheins gaben. Mönche aller Orden hatte er gesehen, die sich dort mit Frauen trafen. Und erst kürzlich hatte er jemanden aus der Stadt beobachtet, der auf der Straße mit einem blutrünstig aussehenden Mann verabredet war, der wohl zu der Räuberbande gehörte, die, wie Saphira sagte, plündernd durchs Land zog. Er hatte diesen Oxforder Bürger tags darauf wiedergesehen, und zwar auf der Bühne, die für das große Schauspiel vor der Kirche gezimmert wurde, und herausgefunden, daß sein Name Ralph lautete. Nicht, daß er jemandem erzählt hätte, was er gesehen hatte – in England hielten Juden ihren Mund, wenn sie wußten, was gut für sie war. Das hatte ihm schon sein Vater eingetrichtert, als er noch ein kleiner Junge war. Manchmal dachte er heute noch darüber nach, was wohl aus seinem Vater geworden war, der so plötzlich verschwand, noch bevor seine Familie von ihrer Heimatstadt Lincoln nach Oxford zog.

Er hatte es sich angewöhnt, gleich hinter dem Osttor links in die kleine Gasse abzubiegen, die längs der Stadtmauer verlief – es gab zu viele Leute, die ihn verspotteten, wenn er sich auf der Hauptstraße sehen ließ. Doch heute bog direkt hinter ihm noch jemand in die Gasse ab, und Salomon beschleunigte instinktiv seine Schritte.

Die Szene, deren Zeuge er in der vorletzten Nacht geworden war, hatte er noch lebhaft im Gedächtnis. Er hatte ein seltsames Geräusch gehört und aus seinem Wachhäuschen geschaut. Da war ein Mann, der nur wenige Schritte entfernt ein Loch grub. Die Tür seiner Hütte quietschte, als er sie noch weiter öffnete, und die Gestalt hob den Kopf und blickte ihn an. Er war vor Schreck wie versteinert, als er den Mann erkannte. Und auch jetzt erschrak er wieder bei dem Gedanken daran und überhörte so die eilenden Schritte hinter ihm. Erst als ihm ein entsetzlicher Schmerz in den Kopf fuhr, drehte er sich ein wenig um und blickte in das verzerrte, über ihn gebeugte Gesicht. Erneut hob sein Peiniger die Waffe und ließ sie noch einmal auf Salomons schon zerschmetterten Schädel niederfahren. Der Jude sackte in sich zusammen und blieb reglos in der dunkelsten Ecke der Gasse liegen, seine geöffneten, nicht mehr sehenden Augen auf die Waffe gerichtet, die der Angreifer zu Boden geworfen hatte. Es war der Stein mit den seltsamen Gravierungen, der eigentlich seine Hütte hatte sichern sollen.

Neuntes Kapitel

> God: Say, what array do I find here?
> Who is your prince and principal?
> I made thee, O Angel Lucifer,
> And here thou wouldst be lord over all!
>
> *The Fall of Lucifer*

Für Peter Bullock nahm der Tag keinen guten Verlauf. Seine Befragung von Agnes Cheke hatte ergeben, daß sie zur Tatzeit alleine und mit dem Reinigen irgendwelcher Kostüme beschäftigt gewesen war. Und daher konnte niemand schwören, daß sie nicht die Mörderin war. Und ebenso kam ans Tageslicht, daß auch sie zu den Menschen zählte, die de Askeles haßten. Ohne eine Miene zu verziehen, hatte sie es dem Constable gegenüber eingeräumt.

»Ob ich den Mönch umgebracht habe? Nun, das müßt Ihr schon selbst herausfinden. Ob ich de Askeles gerne tot sehen würde? Aber ja! Er kann's einfach nicht lassen, versteht Ihr? Er schikaniert seine Leute, wo er nur kann.«

»Euch auch?«

»Sicher. Ich weiß selbst, daß ich nicht die Schönste bin. Aber muß er mich wirklich den ganzen Tag daran erinnern?«

»Warum bleibt Ihr dann bei der Truppe?«

Das plumpe Gesicht der Frau verzog sich zu einem Lächeln. Der Grund war einfach der, daß sie hier mehr verdiente als jemals zuvor in ihrem Leben. Sie war schon so vielen verschiedenen Arbeiten nachgegangen, daß sie sie gar nicht mehr alle hätte aufzählen können. Näherin, Köchin, Haushälterin – sie hatte alles versucht.

Sie war ein sehr unansehnliches Mädchen gewesen, das zu

einer noch unansehnlicheren Frau heranwuchs. Das war an sich noch kein Problem für sie, denn sie wußte, daß sie alle Tugenden besaß, die ein gutes Weib auszeichneten. Das Problem war, einen guten Mann zu finden. Der Mann, den sie schließlich heiratete, ein Müller, erwartete von ihr, daß sie sich von ihm demütigen ließ, nur weil ihrem Gesicht jeder Liebreiz fehlte.

»Dich nimmt keiner mehr, wenn du mich verläßt.«

Das war seine übliche Litanei. Er wußte ja nicht, daß es ihr mittlerweile egal war, ob ein anderer sie noch wollte. Als er eines Tages, wieder mal betrunken, die Hand gegen sie erhob, griff sie zu dem schweren Topf, der vor ihr auf dem Herd stand. Der Schlag saß, und wie ein nasser Sack fiel er in sich zusammen. Sie kümmerte sich nicht darum, ob er noch lebte oder schon tot war, nahm ihn beim Wort und verließ ihn, mit nichts als einem Bündel Kleider. So glücklich wie an diesem Tag hatte sie sich noch nie gefühlt. Um durchzukommen, konnte sie sich nur auf die eigenen Kräfte verlassen und entdeckte bald, daß schwere Arbeit nicht schwer zu finden war. Und Wäscherin, Näherin oder Köchin wäre sie auch geblieben, hätte sie nicht eines Tages, mehr im Spaß, ihre spärlichen Kenntnisse im Handlesen, die ihr die Großmutter beigebracht hatte, bei einer Frau angewandt, mit der sie arbeitete. Bald schon kamen andere Frauen zu ihr, die ihre Zukunft wissen wollten, und es dauerte nicht lange, bis sie ihre anstrengende Arbeit aufgab und sich ihren Lebensunterhalt dadurch verdiente, daß sie ihre nun wachsenden Kenntnisse im Handlesen dazu nutzte, um den Leuten das zu weissagen, was sie gerne hörten – oder was sie ihrer Ansicht nach hören sollten. De Askeles lief ihr zufällig auf einem Jahrmarkt in der Nähe von Canterbury über den Weg und machte ihr das Angebot, sich seiner Gauklertruppe, die sich gerade einen Namen zu machen begann, anzuschließen, wobei sie heute öfter darüber nachdachte, daß ihre Fähigkeiten als Näherin ihn wahrscheinlich mehr angezogen hatten als die im Handlesen. Aber es stimmte schon, Geld war der Grund, warum sie de Askeles ertrug.

»Stefano ist ein Meister darin, pralle Geldsäcke ausfindig zu machen. Und außerdem braucht mich Will. Ich muß ihn beschützen. Ohne mich würde er sicher eine Dummheit begehen.«

»Dummheit – was meint Ihr damit? Hat er sich nicht unter Kontrolle?«

Agnes merkte, daß sie schon zuviel gesagt hatte. »Wußtet Ihr, daß ich aus der Hand lese? Soll ich es mal bei Euch versuchen?« Sie ergriff eine von Bullocks schwieligen Fäusten und öffnete sie sanft.

»Die linke Hand eignet sich meist besser, weil sie nicht so mitgenommen ist von schwerer Arbeit. Seht Ihr diese Linie hier?« Mit einem Finger fuhr sie über seine Handfläche bis zu dem schwieligen Ballen am Rand. »Das ist Eure Lebenslinie. Aber keine Angst. Sie ist ziemlich lang.«

Bullock schnaubte. »Das war wohl nicht schwer herauszufinden. Ich weiß selbst, daß ich nicht mehr der Jüngste bin.«

Agnes ging nicht darauf ein und fuhr weiter mit dem Zeigefinger die Linien in seiner Handfläche nach. Dann legte sie die Stirn in Falten und erklärte in ernstem Ton: »Ich muß euch leider sagen, daß diese Linie hier ...«, sie deutete auf eine Schwiele zwischen Ring- und Mittelfinger, »... Tod durch ein Schwert bedeutet.«

»Gott sei Dank. So muß ich wenigstens nicht als blinder, lahmer Greis im eigenen Bett sterben«, erwiderte Bullock mit einem schallenden Lachen und versuchte dabei, seine Hand dem Griff der Frau zu entziehen. Doch sie hielt seinen kleinen Finger fest und betrachtete die Schwielen darauf.

»Hier kann ich sehen, wie viele Frauen Ihr haben werdet.«

»Das will ich gar nicht wissen.« Er ballte die Faust und wandte verlegen den Blick von Agnes ab. »Wo kann ich Margaret Peper finden?«

»Bei ihrem Mann. Wo sonst? Ich muß jetzt auch gehen. Ich habe noch unseren Wagen umzuräumen, damit wir ihn als Umkleideraum nutzen können.«

Agnes' Gesicht wirkte plötzlich hart und undurchdringlich. Mit raschen Schritten entfernte sie sich von dem Constable und ging zu dem Wagen hinüber, in dem Will Plome verschwunden war. Erst jetzt wurde Bullock klar, daß sie ihn von seiner Frage zu dem Trottel abgelenkt hatte. Er seufzte und entschloß sich, sie, falls nötig, später noch einmal zu fragen. Im Moment wollte er Agnes lieber nicht weiter auf die Nerven gehen – das wäre, so dachte er, als würde man in einem Gewitter mit Blitz und Donner sein Schwert in die Höhe halten. Außerdem war er immer noch davon überzeugt, daß John Peper sein Mann war, und ein Gespräch mit Margaret Peper würde in dieser Sache vielleicht endgültig Klarheit schaffen.

Petysance hatte rasch einen sehr viel schöneren Behälter als die Kiste von de Askeles für den Arm von St. Eldad anfertigen lassen. Der Arm lag nun in einer Urne mit messingbeschlagenen Ecken auf einem Bett aus weichem Samt. Vielleicht würde er sie, wenn die Pilgerscharen zu strömen begannen, noch mit Silber beschlagen lassen, so wie jene, in der die Reliquien von St. Frideswide ruhten. Nein – lagen die Gebeine der Heiligen in einer Urne aus Silber, so mußte die seines heiligen Eldad aus Gold sein. Aber das war eine Sache für die Zukunft. Im Moment drängte es ihn danach, die Neuigkeit von seiner heiligen Reliquie zu verbreiten, und zwar auf die verläßlichste Weise. Er erzählte John Cope, dem alten Fischhändler, der seine Stände direkt bei der Kirche St. Aldate hatte, daß er jetzt eine Reliquie besitze, die bereits ihre unglaubliche Macht gezeigt und Wasser in Wein verwandelt hatte. Von der Erscheinung der Jungfrau Maria erzählte er nichts. Das wollte er sich für später aufheben. Möglicherweise war es dann aber auch gar nicht mehr nötig, weil sich mit der Verbreitung der Neuigkeit auch die

Zahl der Wundertaten vervielfachen würde. Jeder, der bei dem Fischhändler kaufte, erfuhr von dem wundermächtigen Arm des heiligen Eldad, und jeder Kunde erzählte es dem erstbesten Nachbarn oder Händler weiter, mit dem er auf seinem Rundgang sprach. Bald schon schwirrte über den Markt die aufregende Kunde, wie die Reliquie Wasser in Wein verwandelt, Blinde sehend gemacht und schließlich gar Tote zum Leben erweckt hatte. Sie schien tatsächlich noch mächtiger zu sein als die Gebeine der heiligen Frideswide.

Es dauerte nicht lange, und die Menschen strömten zur Kirche St. Aldate, wo schon vor der Pforte ein Gerangel um die besten Plätze entbrannte. Doch Edward Petysance dachte gar nicht daran, das dramatische Ereignis vorwegzunehmen, indem er diesem spontan zusammengekommenen Haufen die Ehre zukommen ließ, die wertvollen Gebeine seines Heiligen zu sehen. Er schloß die Pforte gut hinter sich ab und trat vor die Menge. Das Gejohle der Leute, die nach dem heiligen Arm verlangten, schwoll weiter an, und der Kirchenmann hob die Arme zum Himmel. Langsam kam die Menge zur Ruhe, und Petysance erklärte den Gläubigen, was er geplant hatte.

»Ich werde die Reliquie des heiligen Eldad an der Spitze der Prozession, die in zwei Tagen den Auftakt der Mysterienspiele bildet, durch die Stadt führen. Dann, und wirklich erst dann, werdet ihr alle sehen, welche Kräfte sie besitzt.«

Die Menge grölte ihre Zustimmung, und so ging in dem Lärm die eher an sich selbst gerichtete selbstzufriedene Bemerkung des Pfarrers unter.

»Und all das wird sich direkt vor den Pforten von St. Frideswide abspielen.«

Während sich die erregte Menge verlief und der Pfarrer sich weiter in der Genugtuung über seine Eroberung sonnte, schlenderte de Askeles über den Markt, auf dem Weg zur Bühne vor der Prioratskirche. Neben ihm schritt Margaret Peper, diesmal in ihrem Geschlecht entsprechende Kleider gehüllt, die aber dennoch die geschmeidige Anmut ihres Gangs nicht vollkommen zu verbergen vermochten. Hinter den beiden trottete ein mißmutiger John Peper, den Blick starr auf den breiten Rücken von de Askeles gerichtet, und fragte sich, warum der Zimmermannsbeitel am Vorabend nur nicht dort eingedrungen war, sondern irrtümlicherweise in den Leib des Mönchs. De Askeles lachte, als er gewahr wurde, wie die Leute um ihn herum aufgeregt über den Arm des heiligen Eldad debattierten, und drehte sich mit einem komplizenhaften Grinsen zu John Peper um.

»Das erinnert mich an damals, als der Erzbischof die Gebeine von St. Martin nach Abingdon bringen sollte, die schon überall im Land Wunder bewirkt hatten. Einem Krüppel kam das zu Ohren, und er erzählte seinem Freund, einem Blinden, daß der Bischof mit den Knochen im Anmarsch sei. Dann kletterte er auf die Schultern seines Freundes und drängte ihn fort. ›Warum willst du denn in diese Richtung?‹ fragte der Blinde daraufhin verwundert. ›Der Erzbischof kommt doch aus der anderen.‹

›Eben deswegen‹, antwortete der Krüppel. ›Unsere Bettelei ist viel zu einträglich, als daß wir es riskieren könnten, geheilt zu werden. Los, wir müssen hier weg, so schnell wir können.‹«

De Askeles schüttelte sich vor Lachen, und Margaret stimmte, etwas verhaltener, ein. John Peper hingegen war überhaupt nicht nach Lachen zumute, und als sich dann noch de Askeles' Hand wie selbstverständlich auf Margarets Nacken legte, hielt er es nicht mehr aus und stürmte in die Menschenmenge. Margaret seufzte und machte Anstalten, ihm zu folgen, doch de Askeles hielt sie am Arm zurück.

»Laß ihn. Er wird sich schon wieder beruhigen – und wir haben noch eine Menge zu proben. Es sieht so aus, als sollte ich wieder mal beides sein, Gott und Teufel.«

Peter Bullock fand seine Vermutungen zu John Pepers Motiv, de Askeles lieber tot als lebendig zu sehen, bestätigt, als er den großgewachsenen Leiter der Truppe mit Margaret Peper am Arm den Hof betreten sah. Sie hatten ihn schon zur Hälfte überquert, als de Askeles den Constable bemerkte. Er blieb stehen, zauberte ein Lächeln auf seine Lippen und begrüßte ihn. »Aha, der Hüter des Gesetzes gibt sich wieder die Ehre. Doch diesmal ohne seinen vorwitzigen Freund. Wollt Ihr zu mir?«

»Eigentlich wollte ich mich ein wenig mit Margaret Peper unterhalten.«

Die Frau machte ein Gesicht, als würde sie am liebsten das Weite suchen, doch de Askeles stieß sie vorwärts.

»Sicher, warum nicht? Ich muß mich ohnehin um die Proben kümmern.« Damit verabschiedete er sich und ging zur Bühne hinüber, wo sich schon eine Gruppe von Bürgern und Mönchen versammelt hatte, die nervös auf ihre heutigen Anweisungen wartete. Auf sie zutretend, verkündete de Askeles lachend: »Keine Sorge, Leute, heute stehen keine weiteren Morde auf dem Programm. Ihr könnt euch also ganz auf euren Einsatz konzentrieren.«

Währenddessen führte Bullock Margaret Peper zu einem ruhigeren Eckchen im Hof der Kirche. Noch bevor er sie irgend etwas fragen konnte, beteuerte sie schon: »Ich habe überhaupt nichts gesehen. Ich war ja auch gar nicht in der Nähe der Bühne. Und wenn Ihr wissen wollt, ob ich mit Stefano zusammen war, dann kann ich Euch sagen, nein, das war ich nicht.«

»Wie kommt Ihr darauf, daß mich das interessiert?« tat Bullock verwundert, wohl wissend, daß er sie genau das irgendwann gefragt hätte. Immerhin bestätigte sie ihm so indirekt seinen Verdacht einer Liaison zwischen den beiden und ersparte ihm die Peinlichkeit, die Sache selbst zur Sprache zu bringen. Dennoch wußte er nicht genau, inwieweit er ihren Worten Glauben schenken konnte. »Ihr meint wohl, daß ich einen Grund hätte, Euch danach zu fragen.«

Ihre Miene verfinsterte sich. »Warum glauben nur alle, ich würde die Aufmerksamkeit genießen, die er mir schenkt? Aber so ist es nicht.«

»Euer Gatte glaubt es offensichtlich auch«, bemerkte Bullock.

»Ach, John will einfach nicht verstehen, daß wir beide als Bettler auf der Straße ständen, würde ich Stefano nicht bei Laune halten. Er beschäftigt John doch nur, weil er mich haben will – schließlich wird niemand behaupten können, daß mein Mann der beste Schauspieler im Königreich sei.«

Bullock hielt an seiner Taktik, unverblümte Fragen zu stellen, weiter fest, obwohl das Ergebnis auch hier, wie schon bei den anderen, recht unbefriedigend war. Langsam merkte er, daß es gar nicht so einfach war, William Falconer nachzueifern.

»Also, wo wart Ihr, als der Mord geschah?«

»Zunächst neben der Bühne. Ich habe John zugesehen. Er möchte das so.«

»Und welche Rolle hat er gespielt?«

»Den Noah.«

Bullock überlegte einen Augenblick und sagte dann nur: »Erzählt weiter.«

»Später habe ich mich dann etwas entfernt, die kleine Gasse hinunter, um von den Schaulustigen wegzukommen. Ich muß mich gelenkig halten und mache deshalb jeden Abend meine Übungen, und ich wollte nicht, daß mich irgend so ein Idiot dabei angafft.«

Bullock verdrängte das Bild der die Fish Street hinunterturnenden Margaret aus seinen Gedanken und bat sie weiterzuerzählen.

»Das ist alles. Als ich zurückkam, ging der Tumult gerade los. Und den Rest kennt Ihr ja.«

Bullock seufzte enttäuscht. Es war doch seltsam, daß niemand aus der Truppe beschwören konnte, wo irgendeiner der anderen Kollegen zur Tatzeit gerade war. Abgesehen von denen auf der Bühne schienen alle allein gewesen zu sein. Jetzt war nur noch John Peper übrig. Und plötzlich schoß ihm eine Frage durch den Kopf. »Ihr sagtet, daß John den Noah gespielt hat?«

Margaret nickte.

»Ich habe das Stück schon mal gesehen. Ist es bei euch auch so, daß Noah die Arche mitten auf der Bühne baut?«

»Ja, Stefano besteht darauf, daß wir es richtig machen, damit die Sache echt wirkt. Und den Zuschauern gefällt's.«

»Dann muß Noah also Zimmermannswerkzeug dabeihaben. Zum Beispiel auch einen Beitel?«

Margaret schwieg, doch ihre Augen sagten Bullock genug, um die Antwort zu erraten.

In der Aristotle's Hall waren die Studenten, die über die Weihnachtsfeiertage in der Stadt bleiben würden, damit beschäftigt, alle Taschen nach den letzten Münzen abzuklopfen. Es war ein mickriges, trauriges Häuflein, das da auf dem abgeschabten Tisch im Gemeinschaftsraum der Hall lag. Thomas Symon, das höchste Semester unter ihnen, zählte die Münzen noch einmal nach. Doch so oft er dies auch tat, die Summe wollte nicht reichen. Einige Wochen lang hatten Thomas und die anderen das Wachstum einer schönen borstigen Sau mitverfolgt, die ein Nachbar im Garten neben ihrer Hall gemästet hatte. Mit Wohlgefallen hatten sie beobachtet, wie die Backen des Schweins immer runder wurden und seine winzigen Äuglein immer tiefer in dem fleischigen Gesicht versanken.

Für den kugeligen Leib des Tieres hatten die Studenten keine Augen, aber als es dann geschlachtet wurde, hatten sie bei dem Bauern sogleich ihre Ansprüche auf den Schweinskopf angemeldet. Er sollte für ein festliches Weihnachtsessen sorgen. Und nun sah es so aus, als hätten sie noch nicht einmal genug Geld beisammen, um den billigsten Teil des Tieres kaufen zu können.

Einer der Studenten, ein dürrer Junge mit Pickelgesicht,

schlug vor, das fehlende Kleingeld mit ein wenig Feldarbeit zu verdienen. Thomas, ein Bauernsohn, prustete verächtlich.

»O Stephen, was willst du denn um diese Jahreszeit auf einem Bauernhof arbeiten? Das Vieh ist geschlachtet, und wenn du glaubst, im Winter würde irgend etwas wachsen, bist du ein noch größerer Narr, als ich dachte.«

Die Miene des dürren Jungen verfinsterte sich. Was interessierte ihn schon das Landleben! Sein Vater war Silberschmied in Westminster und arbeitete für den König. Und von ihrem Zuhause war die nächste Kuh eine gute Meile entfernt. Thomas' Zurechtweisung trieb ihn zu einem anderen Vorschlag.

»Dann besorgen wir uns eben Waffen und lauern ein paar reichen Reisenden im Bagley-Wald auf.«

»Wenn das dein Ernst ist, bist du wirklich ein Narr.«

Es war die scharfe Stimme des Regent Masters, dessen Anwesenheit die Studenten ganz vergessen hatten. Falconer saß vornübergebeugt vor dem Kamin am anderen Ende des Raums. Tief in Gedanken versunken, hatte er ihr Gespräch ignoriert, bis ihm Stephens verrückter Vorschlag zu Ohren gekommen war. Er wandte sich vom Feuer ab und ließ den Blick auf den Jungen ruhen, die um den zerkratzten Tisch herumsaßen.

»Der König hat gerade zwanzig Bürger verhaften lassen, unter dem bloßen Verdacht, mit einer Räuberbande gemeinsame Sache zu machen. Nach Weihnachten sollen sie gehängt werden. Deshalb würde ich so etwas wie einen Überfall noch nicht einmal im Spaß vorschlagen.«

Die Jungen waren verstummt – so ernst hatten sie ihren Master selten reden hören – und blickten starr auf das einsame Häuflein Münzen vor ihnen auf dem Tisch. Falconer bereute seinen Ausbruch, hielt es aber für angebracht, seine Worte nicht abzumildern. Schließlich war Stephen Cosyn dumm und hitzköpfig genug, um seine kranken Ideen in die Tat umzusetzen. Nach einer Weile widmete er sich wieder seinen eigenen Gedanken. Er mußte einen Weg finden, um wenigstens Zerach de Alemmania vor dem Galgen zu retten, aber wenn möglich auch die anderen Bürger. Es hatte ihn sehr überrascht, aus dem Mund eines anderen Masters von dem unwissenschaftlichen Verfahren zu hören, mit dem man die vermeintlich Schuldigen identifiziert hatte. Es beleidigte all seine Vorstellungen von einer klaren, auf der aristotelischen Logik aufbauenden Beweisführung. Die erfolgreiche Lösung eines Kriminalfalls beruhte auf dem sorgfältigen Sichern von Fakten, aus denen sich dann weitere unwiderlegbare Zusammenhänge ableiten ließen. Hatte er nicht selbst verschiedene Mordfälle auf diesem Wege gelöst? Es ärgerte Falconer, daß sich der König so leicht hinters Licht führen ließ und die Anklage ausgerechnet auf den Aussagen von Konkurrenten der vermeintlichen Übeltäter aufbaute. Was ihn aber besonders in Rage brachte, war, daß ein früherer Kanzler der Universität das falsche Spiel inszeniert hatte.

Ein Kollege hatte Falconer berichtet, auf welche Weise de Cantilupe den König mit den gewünschten Übeltätern versorgt hatte, und bei dieser Gelegenheit hatte der Regent Master überhaupt erst erfahren, daß sich der frühere Kanzler wieder in Oxford aufhielt. Während seiner Amtszeit an der Universität war der Mann für Falconer ein ernstzunehmender Gegenspieler gewesen, der immer wieder versucht hatte, den Regent Master von seinen Ermittlungen in Mordfällen abzubringen. Kurioserweise respektierte Falconer ihn wegen seines klaren Verstandes. Um so unangenehmer war es jetzt, daß er mit Zerachs Verhaftung zu tun hatte. Der Regent Master hatte daran gedacht, de Cantilupe aufzusuchen, um ihn dazu zu bewegen, sich vor dem König für die Angeklagten einzusetzen. Doch er wußte, es wäre sinnlos gewesen. De Cantilupe war offensichtlich fest entschlossen, die Männer im eigenen Interesse zu opfern, und es war nicht zu erwarten, daß er einem Regent Master zuliebe, der ihm immer schon ein Dorn im Auge gewesen war, davon ablassen würde.

»Master.«

Erst jetzt bemerkte Falconer, daß Thomas Symon neben ihm stand. Sein banger Blick verriet, daß es ihm unangenehm war, den Master beim Nachdenken zu stören. Falconer zwang sich zu einem Lächeln.

»Was ist denn, Thomas?«

»Wir haben gedacht, wenn wir schon um unseren Festtagsbraten kommen, sollten wir wenigstens so feiern, wie es Brauch ist.«

»Und?«

»Wir möchten einen Lord of Misrule wählen.«

Obwohl er selbst erst kürzlich über die Sache nachgedacht hatte, erschrak Falconer jetzt bei dem Gedanken, diesen Brauch in seiner Hall in die Tat umgesetzt zu sehen. Er war einfach nicht in der Stimmung, einem seiner ungebärdigen Studenten über die Weihnachtstage die Herrschaft in seinem Reich zu überlassen. Wenn etwa Stephen Cosyn gewählt würde, müßte man damit rechnen, daß er lauter alberne Dinge befahl, die er und die anderen Studenten dann widerspruchslos auszuführen hätten. Sogar Bischöfe und Könige beugten sich dieser alten Sitte und taten das, was der zum Lord of Misrule oder zum Boy-Bishop gewählte, meist ärmste und rangniederste Bursche von ihnen verlangte. Falconer setzte ein Lächeln auf, um seine Ablehnung möglichst freundlich kundzutun, doch bevor er noch ein Wort gesagt hatte, ließ ihn eine Eingebung plötzlich hochfahren. Natürlich, das war die Lösung! Warum hatte er nur nicht schon früher daran gedacht? Falconer sprang von seinem Stuhl auf und warf dabei Thomas fast zu Boden. Sein eben noch gezwungenes Lächeln ging in ein breites, natürliches Grinsen über.

»Vielen Dank, Thomas. Du hast soeben ein wirklich kniffliges Problem gelöst.«

»Ich habe was?«

»Du hast mir sehr geholfen. Glaub mir. Und jetzt komm mit.

Wir beiden statten de Cantilupe einen Besuch ab. Und ihr anderen – wählt ruhig euren Lord of Misrule. Wenn es sein muß, auch Stephen Cosyn.« Die anderen Studenten stöhnten. »Oh, und geht endlich den Schweinskopf kaufen, bevor ihn euch jemand vor der Nase wegschnappt.«

Und zur allgemeinen Verblüffung kramte der sonst eher knausrige Regent Master einige Münzen hervor und schob sie über den Tisch. Im nächsten Moment hatte er die Hall bereits verlassen, mit Thomas Symon im Schlepptau.

»O Herr, gepriesen sei dein Name,
Die Erde beginnt ... zu trocknen schon,
Doch bis du es befiehlst,
werde ich nicht fliehen von hier.
Wenn das Wasser ganz hinweg ist,
Opfern werde ich an jenem Tag ...«

Die Worte erstarben auf John Pepers Lippen. De Askeles, in den goldenen Gewändern Gottes, aber ohne Maske, kam mit großen Schritten über die Bühne auf ihn zu.

»Nein, nein und nochmals nein. Es heißt:

Wenn das Wasser ganz hinweg ist,
So werde ich, so rasch ich kann,
Opfern dir an jenem Tag.

Wie oft haben wir das schon gespielt? Und du kennst deinen Text immer noch nicht.«

Vor Angst und Ärger bekam der als Noah in ein langes blaues Gewand gekleidete John Peper als Antwort nur ein Stammeln heraus.

»Ich ... ich kenne den T-text. Aber du weißt doch, in den letzten Tagen ...«

Er brach ab und stürmte von der Bühne. De Askeles starrte

auf seinen sich entfernenden Rücken und schickte ihm mit spitzer Zunge die Worte Gottes vom Ende des Stücks nach.

»Meinen Segen schenke ich dir nun,
Daß Rache nicht mehr soll auf der Erde ruhn.
So leb denn wohl, mein gehorsamer Sohn.«

Diese Worte brachten Peper noch mehr auf. Am Bühnenrand riß er sich das blaue Kostüm vom Leib und stolperte die knarrenden Stufen zum Kirchplatz hinunter. Er war dermaßen aufgewühlt, daß er blindlings in die bullige Gestalt des Oxforder Constable hineinrannte.

»Ah, da ist ja schon der Mann, den ich suche«, murmelte Peter Bullock und packte Pepers Arm mit eisernem Griff. Im ersten Moment zappelte der Troubadour ein wenig, um freizukommen, sah dann aber ein, daß es zwecklos war. Als er sich ein wenig beruhigt hatte, ließ Bullock ihn endlich los, und der Schauspieler sank wie ein Häuflein Elend auf einem Sessel zusammen. Es war der Thron Gottes, der jetzt von nahem betrachtet für Peter Bullock eher wie ein lieblos mit Goldfarbe bepinseltes Holzgestell aussah, billig und schäbig. Ein erschöpftes Lächeln huschte über Pepers Gesicht, das so unecht war wie der Thron, auf dem er saß.

»Und was wollt Ihr von mir?«

»Wo wart Ihr, als der Mönch getötet wurde?«

Peper wußte schon lange, daß man ihm diese Frage stellen würde, hatte aber immer noch keine Antwort darauf. Oder wenigstens keine, die er dem Constable hätte geben können. In seinen Augen lag ein ängstliches Flackern, während er kurz zu de Askeles hinüberschaute, der noch immer auf der Bühne herumstolzierte und die gesamte göttliche Ansprache an Noah rezitierte.

»Ich kann mich nicht erinnern.«

»Ihr könnt Euch nicht erinnern, obwohl es erst einen Tag her ist? Nun, dann will ich Euch auf die Sprünge helfen. Ihr wart gerade mit der Szene fertig, die Ihr auch jetzt geprobt habt, und kamt von der Bühne. Wo seid Ihr dann hin?«

Wieder ein Blick auf de Askeles, der gerade einen der Laienschauspieler zusammenstauchte.

»Das kann ich nicht sagen.«

»Dann könnt Ihr mir vielleicht sagen, was Ihr mit der Tasche mit dem Zimmermannswerkzeug gemacht habt, das Ihr auf der Bühne dabei hattet, und wo sich die Sachen jetzt befinden.«

Peper ließ den Kopf hängen und antwortete nicht. Bullock verzog das Gesicht und nahm eine stramme Haltung an, so wie er es früher bei einer Militärparade getan hatte.

»Nun gut, wenn Ihr mir nicht sagen könnt, wo Ihr wart, bleibt mir keine andere Wahl. John Peper, Ihr seid verhaftet, wegen des Mordes an Bruder Adam.«

Zehntes Kapitel

> God: Amongst all the angels there was none, as you know,
> That sat so closely to my Majesty.
> I charge you fall till I say »No«
> In the pit of Hell evermore to be.
>
> *The Fall of Lucifer*

Nun, da es nur noch wenige Tage bis zu den Weihnachtsfeierlichkeiten und der Aufführung von Stefano de Askeles' Mysterienspielen waren, füllte sich Oxford allmählich mit Schaulustigen aus den umliegenden Gehöften und Dörfern, die sich zu dieser Jahreszeit ein wenig von der Schufterei auf ihren Höfen freimachen konnten. Außerdem wirkte die Aussicht, daß womöglich ein weiterer Mord vor ihren Augen aufgeführt werden würde, als zusätzlicher Anreiz, die Mysterienspiele zu besuchen. So machte sich denn auch leise Enttäuschung breit, als sich unter den Besuchern herumsprach, daß der Constable den Mörder schon gefaßt hatte. Aber man hatte ja immer noch die Hoffnung, daß die neue Reliquie des heiligen Eldad ein echtes Wunder bewirken würde, und zudem wurde die allgemeine Erregung durch die zahlreichen Nebenvorstellungen genährt, die nun überall in den Gassen der Stadt die Leute scharenweise herbeilockten.

Edward Petysance wußte, daß die Menschenmenge auch zu seiner Kirche ziehen würde, und so streifte er heute gutgelaunt durch die Straßen der Stadt und sah den Pantomimen und Akrobaten zu, die trotz der Kälte des späten Nachmittags bei ihrem Vorhaben, den Leuten das Geld aus der Tasche zu ziehen, ordentlich ins Schwitzen gerieten. Die Fish Street war der beliebteste Ort für solche Darbietungen, verlief sie doch von Nord nach Süd, so daß sie von der niedrigen Sonne, gewaltige Schatten werfend, der Länge nach beschienen wurde. Beim Südtor hatte sich vor der imposanten Gestalt eines Bären eine Schar von Leuten versammelt, die jetzt plötzlich zurückwichen, als der Dompteur das Tier mit einem Ruck an der Leine dazu veranlaßte, einen Satz auf die Menge zu zu machen. Den Leuten stockte einen Moment der Atem, dann kicherten sie verlegen, um sich erneut ihres kurzzeitig verlorenen Mutes zu vergewissern. Um der Wahrheit die Ehre zu geben – der Bär war alt, und sein stumpfes Fell hing schlaff um sein geschrumpftes Hinterteil herum. Doch wenn er sich auf die Hinterbeine stellte und seinen verderblichen Atem zwischen den gelben Zähnen hindurchfauchte, kam er allen, hohen Herrn und einfachen Leuten gleichermaßen, wie eine furchterregende Bestie vor.

Weiter die Straße hinunter hatten sich verschiedene Puppenspieler aufgereiht. Sie erzählten bekannte Geschichten mit ihren Puppen, die teils nur grob gearbeitete, steife Figuren waren, die Soldaten darstellen sollten, mit Stäben an den Enden, die vom anderen Ende eines Tisches aus bewegt wurden. Die Schwerter an den Enden der ausgestreckten Arme rasselten gegeneinander, während die Puppenspieler dazu von den siegreichen Schlachten der Kreuzritter berichteten. Das war etwas für ungebildete und leichtgläubige Zuschauer, doch Petysance interessierte sich weit mehr für die gelenkigen, belebten Puppen, die auf der Oberkante einer Leinwand agierten, die die Puppenspieler vor den Blicken der Leute verbarg. Einer von ihnen hatte seinen Stand in der Nähe der Kirche St. Aldate aufgebaut, und Petysance stellte sich dazu, um sich die Darbietung anzusehen. Der Stand war mannshoch und mit einer kleinen Bühne versehen, die der großen vor der Kirche St. Frideswide ähnlich war. Faszinierend echte Figuren spielten einen Ehekrach zwischen einer lüsternen Gattin und einem gehörnten Ehemann. Das Publikum davor reagierte mit schallendem Gelächter auf eine spitze Bemerkung der Frau zur mangelnden Manneskraft ihres Gatten, und genau in diesem Moment vernahm Petysance hinter sich eine Stimme, die ihm etwas ins Ohr flüsterte. Er drehte sich um und sah sich dem Prior von St. Frideswide gegenüber.

»Verzeiht – was sagtet Ihr?«

Das Gesicht des Priors sah aus, als habe er gerade versehentlich einen Schluck Essig statt Wein hinuntergeschluckt.

»Ich wollte Euch gerade an die Worte des Dekans von Salisbury bezüglich der Histrionen erinnern.« Der Prior benutzte den etwas abfälligen Begriff für Schauspieler. »Er unterscheidet drei Gruppen. Erstens jene, die ihre Leiber in unsittlichen Tänzen und Gesten zur Schau stellen und sich manches Mal zu allem Unglück auch noch entblößen; zweitens jene, die ohne ordentlichen Beruf als Vagabunden durchs Land ziehen und die Menschen mit gotteslästerlichen Geschichten zu unterhalten trachten. Und drittens jene wahren Künstler, die zur Erbauung des Volkes musizieren und die ruhmreichen Taten von Prinzen und das gottesfürchtige Leben von Heiligen nachspielen.«

Der Prior ließ keinen Zweifel daran, zu welcher Gruppe er die Schauspieler von de Askeles zählte, die bald vor seiner Kirche auftreten würden, ganz im Gegensatz zu dem Mob, der gerade vor dem Gotteshaus von Petysance herumtollte. Der Pfarrer setzte an, um den Rivalen auf die schwindenden Kräfte der Reliquie von St. Frideswide aufmerksam zu machen – und auf die außerordentliche Wundermächtigkeit jener von St. Eldad. Doch der alte Mann entfernte sich schon in der hin und her strömenden Menschenmenge, und so begnügte er sich damit, ihm ein paar Flüche nachzuschicken. Eine Weile schaute er noch dem weltlichen Drama zu, das der Puppenspieler aufführte, doch irgendwie hatte ihm die schroffe Bemerkung des Priors den Spaß daran verdorben. Ein häßlicher Mann in einem grellen, grüngelben Gewand, das vorne tief ausgeschnitten war und ein schmuddliges, vormals weißes Leinenhemd zum Vorschein brachte, erregte seine Aufmerksamkeit. Der Gaukler hatte gerade den Teller zu Boden gelegt, den er auf einem Stab hatte tanzen lassen, und verkündete nun, daß er mit einem Krug Wasser Wunder vollbringen würde. Neugierig geworden, gesellte sich der Pfarrer rasch zu den Schaulustigen, die der Mann schon angezogen hatte.

Als Thomas de Cantilupe einige Jahre zuvor Oxford den Rücken kehrte, hätte er nicht gedacht, die aufdringliche Art dieses wunderlichen Regent Masters noch einmal ertragen zu müssen. Er hatte schon fast vergessen, wie sinnlos es war, William Falconer vom Weg eines logischen Gedankengangs, den er einmal eingeschlagen hatte, wieder abbringen zu wollen. Und er hatte auch schon fast verdrängt, mit welcher Zähigkeit dieser Mann seine unangemessenen Forderungen vorbrachte. Und nun holte ihn die Vergangenheit mit all diesen unerfreulichen Dingen plötzlich wieder ein. Vor ihm stand Regent Master William Falconer, ein wenig ergrauter das Haar, ein wenig faltiger das Gesicht, aber im Grunde unverändert. Es war eigentlich nicht überraschend, daß er mit den Ermittlungen zum Tod des Mönchs zu tun hatte – schließlich hatte er auch damals ständig seine Nase in Angelegenheiten gesteckt, die ihn nichts angingen, mit Vorliebe bei rätselhaften Todesfällen. Und schon bedrängte er ihn wieder mit seinen speziellen Wünschen. Aber diesmal war das, was er verlangte, unmöglich zu erfüllen. Gerade erst hatte sich de Cantilupe die Gunst des Königs zurückerobert, und nun sollte er sie auf Falconers Wunsch gleich wieder aufs Spiel setzen.

»Das kann ich nicht tun.«

»Aber für einen Mann Eures Verstandes und Eurer Weisheit wäre das eine Kleinigkeit.«

Dieselbe alte Leier. Das Problem war, daß ihn seine Worte nicht kalt ließen. Als Falconer in der Unterkunft des Kanzlers eingetroffen war, zusammen mit dem jungen Studenten, der jetzt schweigend, offensichtlich etwas eingeschüchtert, in einer

Ecke saß, hatte de Cantilupe schon gewußt, daß er schließlich genau das tun würde, was der Regent Master von ihm verlangte. Im stillen verfluchte er sich selbst, weil er dem König doch nicht den Namen dieses Mannes, zusammen mit denen der anderen vermeintlichen Verschwörer, geliefert hatte. Nur eine merkwürdige, unbekömmliche Bewunderung für die Zielstrebigkeit dieses Mannes hatte ihn im letzten Moment davon abgehalten. Aber auch da hatte er bereits geahnt, daß er es einmal bereuen würde, die Gelegenheit nicht beim Schopfe gepackt zu haben. Und nun war er sich dessen sicher. Dennoch versuchte er weiter, dem Unvermeidlichen zu entkommen.

»Dem König wird nicht der Sinn danach stehen, solche Frivolitäten an seinem Hofe zuzulassen.«

Falconer beugte sich lächelnd vor und legte seine mächtige Pranke auf das Knie des Ex-Kanzlers, die Geste eines Mannes, der seinen Freund zu einem lustigen Scherz überreden will. »Ganz im Gegenteil. Henry wird sich glücklich schätzen, seinem Hof an Weihnachten eine Freude machen zu können. Und im übrigen handelt es sich dabei um einen alten Brauch, den der Monarch sicher gewahrt sehen will. Alle werden ihren Spaß daran haben.«

De Cantilupe glaubte nicht, daß der König daran interessiert sein könnte, jenen einen Spaß zu bieten, die das ganze Jahr über um ihn herum katzbuckelten. Er wollte etwas erwidern, doch der Griff der Hand auf seinem Knie wurde fester.

»Und nicht zu vergessen: Euch bietet sich damit die Gelegenheit, Euer Gewissen zu beruhigen. Ihr wißt schon, was ich meine. Was haben sich die unglücklichen Bürger schon zu Schulden kommen lassen? Nichts, außer ihren Verleumdern aus irgendeinem Grund im Wege zu stehen. Wenn Ihr Euch aber auf meinen Vorschlag einlaßt, könnt Ihr den König für Euch einnehmen, ohne dafür andere Menschen um Kopf und Kragen zu bringen.«

De Cantilupe schwankte bereits. Er ließ sich auf seinem

Stuhl zurücksinken und blickte seinen alten Widersacher schweigend an. Weiterer Widerstand war sinnlos – dieser Mann hatte auf alles eine Antwort, und de Cantilupe hatte ihm schließlich stets nachgegeben. Es war verrückt zu glauben, in den letzten Jahren hätte sich daran etwas geändert. Außerdem spürte er jetzt wieder, daß ihm diese Auseinandersetzungen mit dem Master unheimlicherweise immer Spaß gemacht hatten.

»Nun gut. Ich werde dem König heute beim Mahl vorschlagen, aus dem Kreis seiner Küchendiener einen Lord of Misrule wählen zu lassen. Und ich werde alles versuchen, um sicherzustellen, daß ...« Er blickte den jungen Mann fragend an.

»Thomas.« Falconer bedeutete Thomas vorzutreten.

»Daß Thomas zu diesem Lord gewählt wird. Aber danach liegt alles an dem Jungen.«

Erleichtert klatschte Falconer in seine rauhen Hände und blickte den Studenten vor ihm lächelnd an. Thomas grinste vertraulich zurück – es war nicht das erste Mal, daß er derartige Aufträge für seinen Master erledigte.

»Hervorragend. Thomas weiß genau, was er zu tun hat.«

Stefano de Askeles war aufgebracht, als man ihm erzählte, der Constable habe John Peper abgeführt, um ihn wegen des Mordes an dem unglücklichen Mönch einzukerkern. Nicht, daß er um das Leben seines Schauspielers fürchtete oder sich wegen des Verlustes seiner schauspielerischen Fähigkeiten Sorgen gemacht hätte – der Mann war schließlich nicht gerade mit Talent gesegnet. Aber seine Einkerkerung nahm de Askeles immerhin den Noah, und auch die zahlreichen anderen, kleineren Rollen, die Peper zu spielen hatte, blieben jetzt unbesetzt. Es war unmöglich, jemanden zu finden, der die Texte in so kurzer Zeit lernen konnte. Außerdem war der Mann Mitwisser eines Geheimnisses, das de Askeles auf alle Fälle gewahrt wissen wollte. Im Kerker würde er vielleicht zu plaudern beginnen.

Der Abend warf lange Schatten auf den Kirchplatz, und da die Fackeln gelöscht waren, fehlte der Bühne ihr üblicher Glanz. Geradezu unheimlich aber waren die von dem Gerüst geworfenen langen Schatten, das die Zimmerleute des Priors soeben im hinteren Teil fertiggestellt hatten. Mit den stabilen Pfosten und einem robusten Querbalken, von dem über Rollen laufende Seile herabhingen, erinnerte die Konstruktion mehr an einen Galgen als an das, was sie tatsächlich war: die Vorrichtung, mit der Gottes Thron, von den Seilen und der Muskelkraft einiger Männer gehalten, am Ende der Vorstellung wie von Geisterhand in den Himmel auffahren würde. Und nun war für de Askeles das Haus Gottes öde und ohne Glanz. Er saß am Rand der Bühne und trommelte mit seinen in Leder gehüllten Fersen gegen ihre Frontverkleidung und zog seine pelzbesetzte Robe enger über der Brust zusammen, um sich gegen die abendliche Kälte zu schützen.

Doch innerlich kochte er vor Wut. Nur noch etwas mehr als einen Tag war es bis zur Vorstellung, und man hatte sogar gemunkelt, Seine Majestät persönlich wolle sich die Ehre geben. Aber die Vorbereitungen liefen einfach nicht nach Plan. Wenn er wenigstens einen Weg gesehen hätte, John Pepers Freilassung zu erreichen. Mit seiner vollen Besetzung wäre es ihm schon gelungen, den königlichen Hof zu beeindrucken und sich möglicherweise eine einträgliche Stellung im Dienste des Königs zu ergattern. Selbstverständlich würde er dann John Peper in die Wüste schicken – und Will und Agnes Cheke ebenfalls. Die konnte er nur gebrauchen, um ein Kostüm zu füllen oder einfältiges Landvolk zu unterhalten. Am königlichen Hof jedoch benötigte er besseres Personal. So wie Margaret Peper, die beste Saltatrice, die er je gesehen hatte. Ihr geschmeidiger, wohlgestalteter Körper würde für ihn die Währung darstellen, mit der er sich die Unterstützung jedweden Höflings, der seinen Zielen förderlich war, erkaufen konnte. Und all diese schönen Pläne waren jetzt durch die Dummheit von Margarets Gatten bedroht. Vor Wut schlug er mit der Faust auf die Bretter der Bühne, daß das Echo laut durch die Dunkelheit hallte.

»Wer ist da?«

Eine zittrige Stimme drang aus dem Dunkel seitlich der Bühne zu ihm. De Askeles erkannte sie als die von Agnes Cheke, der Handleserin und Wahrsagerin der Truppe. Normalerweise hätte er sich die Gelegenheit nicht entgehen lassen, sie ein wenig auf den Arm zu nehmen und mit ihrer Angst an dem Ort, wo man vor kurzem einen Mann umgebracht hatte, zu spielen. Doch ein anderer Gedanke begann jetzt, in seinem Kopf Gestalt anzunehmen. Er sprang auf und rief: »Ich bin's nur, du dummes Weib! Was schleichst du da in der Dunkelheit rum? Komm lieber her!«

Agnes' Mut kehrte zurück, als sie gewahr wurde, daß es weder der Geist des Mönchs noch die Materie seines Mörders war, die den Lärm verursacht hatten. Sie stapfte zu de Askeles hinüber und fuhr ihn an: »Ich wäre dir dankbar, wenn du deine Beleidigungen lassen würdest.«

De Askeles ging nicht darauf ein, packte sie statt dessen am Arm und zog sie in das flackernde Licht der Talglampe, die er am Bühnenrand hatte brennen lassen.

»Was hast du dem Constable gesagt, als er dich gefragt hat, wo du warst, als der Mönch ermordet wurde?«

»Die Wahrheit natürlich. Du nicht?«

Erneut ließ de Askeles ihre Spitze unerwidert und kam mit seinem Gesicht so nahe an sie heran, daß die Wolken seines frostigen Atems ihr Gesicht umspielten. »Warst du allein? Hast du ihm gesagt, daß du allein warst?«

»Ja, das war ich, und das habe ich ihm auch gesagt. Daß ich die Engelskostüme gesäubert habe, die bei dem Überfall der Banditen in den Dreck gefallen waren, im Hof hinter der Herberge.«

»Und da hat dich sonst niemand gesehen?«

»Nein, ich glaube nicht. Warum willst du das wissen?«

De Askeles grinste zufrieden, angetan von seiner eigenen Klugheit. »Weil du zum Constable gehen wirst und ihm sagst, daß du gelogen hast.«

Agnes wollte etwas erwidern, doch de Askeles erstickte ihre Bemerkung, indem er ihr kurzerhand den Mund zuhielt.

»Und zwar sagst du ihm, du seist mit John Peper zusammengewesen. Es ist mir egal, ob du ihm erzählst, er habe dir beim Waschen geholfen oder zwischen deinen Beinen gelegen. Überzeug ihn nur, daß John nicht der Mörder sein kann.« Als er die Hand von ihrem Mund nahm, begann sie sofort zu protestieren. Doch er unterbrach sie: »Willst du ihm denn wirklich nicht helfen?«

Agnes war zunächst überrascht von de Askeles' Sorge um John Peper. Sie hatte geglaubt, er würde sich freuen, ihn los zu sein, da er nun mit Margaret ganz offen tun konnte, wozu er Lust hatte. Kam Peper frei, wäre es damit vorbei. Andererseits wollte er wahrscheinlich nur sicherstellen, daß die Vorstellung übermorgen glatt über die Bühne ging. Und warum sollte sie etwas dagegen haben? Eigentlich hätte sie selbst darauf kommen können. Sie schüttelte de Askeles' Hand von ihrer Schulter ab und willigte ein.

»Ich sage aber nicht, daß er mit mir geschlafen hat.« Sie errötete bei dem Gedanken, und de Askeles, der ihre Verlegenheit bemerkte, brach in schallendes Gelächter aus.

»Ist auch besser so. Kein Mensch würde dir abnehmen, daß dich ein Mann begehren könnte. Erzähl ihm lieber etwas anderes. Hauptsache, es klingt überzeugend.«

Er sprang vom Bühnenrand, wobei er die flackernde Talglampe umstieß, ging mit großen Schritten auf den Wagen zu und ließ Agnes in der eisigen Finsternis zurück.

Nachdem de Cantilupes Widerstand gebrochen war, hatte Falconer das Gefühl, im Moment alles für Roger Bacons Alchimisten getan zu haben. Zerachs Freilassung hing jetzt davon ab, daß Thomas zum Lord of Misrule am Hofe des Königs gewählt wurde und Henry bereit war, bei dem alten idiotischen Weihnachtsbrauch mitzuspielen. Falconers Gedanken wanderten nun wieder zu dem Mord auf der Bühne der Gauklertruppe. Er war erstaunt, wie weit Peter Bullock schon mit seinen Ermittlungen gekommen war. Sein alter Freund war ja ein verläßlicher Wachtmeister, dem es lag, Köpfe von Streithähnen gegeneinanderzuschlagen und kleinere Auseinandersetzungen zu schlichten. Doch wenn es darum ging, den verschlungenen Pfaden eines Mordfalls zu folgen, war Peter, so fürchtete er, in Gefahr, in seiner direkten Art die schmale Gasse zu übersehen, in der der Täter häufig lauerte, und statt dessen die verführerisch breite Hauptstraße entlangzutrotten, die oftmals in die Irre führte.

Als er auf dem Weg zu Bullocks Unterkunft zu Füßen des Wachturms Great Keep die Fish Street überquerte, bemerkte er, daß vor Jehozadoks Haus und Schule etwas im Gange war. Er griff in die Tasche an seinem Gürtel, nahm seine Linsen heraus und hielt das Gerät vor die Augen. Nun konnte er den Auflauf in der Gasse klar erkennen. Einige junge Juden standen auf den Stufen, die zur Scola hinaufführten, in ihrer Mitte ein hitzköpfiger junger Mann, den Falconer dem Namen nach kannte: Deulegard. Vor der Tür hatte sich ein älterer Jude aufgebaut, der Falconer ebenfalls bekannt vorkam. Der Mann war offensichtlich wohlhabend, denn seine Kleidung wirkte recht elegant. Falconer erkannte ihn nun als einen der Ältesten der jüdischen Gemeinde, dessen Einfluß aber, wenn es um wichtige Entscheidungen ging, eher unbedeutend war. Er schien die jungen Leute davon abhalten zu wollen, in das Gebäude einzudringen, doch sein faltiges Gesicht zeigte Furcht, und es war wohl nur eine Frage der Zeit, bis er weichen würde. Als Falconer die Tür erreichte, hatte Deulegard den alten Mann schon zur Seite gestoßen und war, gefolgt von den anderen aufgebrachten jungen Leuten, in die Scola gestürmt.

Während der ältere Jude das Weite suchte, pochte Falconer

heftig gegen die nun fest verschlossene Tür, denn er fürchtete, Jehozadok könne in Bedrängnis sein und seine Hilfe brauchen. Das laute Stimmengewirr hinter dem massiven Eichenholz brach ab, die Tür wurde einen Spalt geöffnet, und Deulegard streckte seinen Kopf heraus.

»Was wollt Ihr?« Die Stimme des jungen Mannes bebte vor Zorn.

»Ich möchte mit meinem alten Freund, dem Rabbi, sprechen.«

»Der ist jetzt nicht zu sprechen.«

Falconer versuchte etwas zu erwidern, doch Deulegard ließ ihn nicht dazu kommen.

»Es paßt jetzt nicht. Der Rabbi unterrichtet.«

Falconers kräftige Hand legte sich um die Kante der Tür, die der junge Mann vor ihm zu schließen versuchte. Er war schon dabei, sich mit Gewalt Eintritt zu verschaffen, als ihn eine hohe, näselnde Stimme innehalten ließ.

»Mach dir keine Sorgen, mein lieber Freund. Wir sprechen uns später. Im Moment bin ich zu beschäftigt.«

Deulegard ließ es zu, daß die Tür weiter geöffnet wurde, und als Falconer einen Blick hineinwarf, nahm er erstaunt wahr, daß der gebrechliche alte Rabbi mitten im Flur stand. Er hatte sich auf den Arm eines der jungen Männer gestützt, die in die Scola eingedrungen waren. Zusammen wirkten die beiden wie ein knorriger, alter, vom Blitz geborstener Baumstumpf, aus dem sich ein junger, biegsamer Baum erhob. Falconer hatte Jehozadok schon seit Monaten nicht mehr außerhalb seines Schlaf- und Arbeitszimmers gesehen, und daß er jetzt im Flur stand, alarmierte ihn noch mehr als der kleine Tumult an der Eingangstreppe. Doch egal wie, der alte Rabbi hatte eindeutig seine Stimme erkannt, lächelte ihn an und bat ihn mit einem Blick, sich nicht einzuschalten.

»Ich erkläre dir alles später. Doch nun muß ich mit diesen Hitzköpfen hier allein zurechtkommen.«

»Wie du meinst.«

Falconer trat einen Schritt zurück und erlaubte Deulegard, obwohl seine Sorge um den Freund nicht verflogen war, ihm die Tür vor der Nase zuzuknallen.

Jehozadok mochte ein gebrechlicher Greis sein, doch für seine Gemeinde war er immer noch eine Autorität. Der Blick seiner alten Augen wanderte über das Grüppchen aufgebrachter Jünglinge in ihrer schlichten, farblosen Kleidung, der einzigen, die den Juden des Königs gestattet war. Nicht, daß sie tatsächlich noch Eigentum des Königs gewesen wären – Henry hatte sie einige Jahre zuvor für einen stattlichen Preis an seinen jüngeren Bruder, Richard von Cornwall, verkauft. Da standen Cressant, der Jüngste, der so freundlich war, ihm seinen Arm zu reichen, Jose, Aaron, der Sohn von Elias, und Aaron, der Sohn von Isaak, Samuel, Bonamy und Deulegard – allesamt Söhne und Enkel von Männern, die er unterrichtet hatte. Und genau wie sie studierten diese jungen Kerle beim Rabbi die heiligen Schriften, drängten aber aus den engen Bahnen von Zurückhaltung und Vorsicht, in denen sich ihre Väter bewegt hatten. Lange Jahre der Verfolgung hatten Jehozadoks Generation dazu erzogen, den Umgang mit Christen auf ein Minimum zu beschränken. Deulegard und seine Freunde aber waren in einem Alter, da Isolation und Ausgrenzung ihren jugendlichen Stolz verletzte.

Jehozadoks Blick lag auf dem Anführer der Gruppe, der gerade die Tür hinter seinem Freund, dem verläßlichen christlichen Universitätslehrer, zugeschlagen hatte. Gern hätte der Rabbi das vorliegende Problem mit Falconer besprochen, aber vielleicht hätte sogar er es nicht wirklich verstanden. Deulegard schritt nervös, die geballten Fäuste auf irgendeinen imaginären Widersacher gerichtet, in dem engen Flur auf und ab. Jehozadok versuchte ihn zu beruhigen.

»Keine Sorge, wir werden etwas unternehmen.«

Deulegards Gesicht zog sich vor Zorn zusammen. »Und was, bitte schön? Wir wissen doch überhaupt nicht, wer das getan hat.«

»Ich werde es herausfinden.«

Deulegard war nicht zu überzeugen. Er brachte seine Nase ganz nah an das runzlige Gesicht des alten Mannes heran. »Wie denn? Salomon ist tot. Kann er es Euch aus seinem Grab heraus verraten?«

Jehozadok wußte, daß das, was er sich jetzt zu antworten anschickte, den jungen Burschen nur noch mehr aufbringen würde. Doch er ließ es darauf ankommen. Der Junge hatte eine Lektion verdient. »Einige Zeit vor seinem Tod hat er mir etwas sehr Interessantes erzählt. Er sagte mir, daß er Gott gesehen habe.«

Deulegard lachte höhnisch auf. »Das ist doch Unsinn. Aber was soll's. Im Grunde ist es mir gleich, wer ihn umgebracht hat. Auf alle Fälle war es ein Christ, und deshalb reicht es, an irgendeinem Christen Vergeltung zu üben. Wir dürfen uns nicht alles gefallen lassen. Morgen wird Petysance dem christlichen Mob seine heilige Reliquie vorführen. Das ist für uns die Gelegenheit zu handeln. Oder bei diesen öden Mysterienspielen.«

Jehozadok erbleichte bei dem Gedanken daran und begann Einwände zu erheben. Doch seine Macht über diese jungen Hitzköpfe schwand ähnlich stetig wie seine Sehkraft. Deulegard hatte ihnen ein Objekt geliefert, an dem sie ihre lang aufgestaute Wut ablassen konnten, und begierig griffen sie danach. Ausnahmsweise hatte sich der alte Mann verschätzt und gegenüber dem blinden Haß den kürzeren gezogen. Bevor er noch weiter protestieren konnte, hatten alle, bis auf Cressant, Deulegard in ihre Mitte genommen und klopften ihm begeistert auf die Schultern. Morgen würde das lange Stillhalten endlich vorüber sein. Zu zweit oder zu dritt verließen sie die Scola, in Gedanken ganz bei der schwierigen Situation ihres

Volkes in der englischen Gesellschaft. Nur der jüngste, Cressant, blieb zurück. Mit schuldbewußtem Blick sah er den alten Mann an und berührte seinen Arm.

»Seid unbesorgt. Es wird nichts Schlimmes geschehen.«

»Da habe ich meine Zweifel.«

Die Worte waren noch nicht zu Ende gesprochen, da hatte sich der Junge schon umgedreht und rannte, den anderen hinterher, aus der Tür hinaus.

»Du hast tatsächlich John Peper verhaftet?«

Peter Bullocks Gesicht wurde lang, als er diese Reaktion Falconers auf seine Mitteilung vernehmen mußte. Dabei war er so sicher gewesen, daß sein Freund stolz auf ihn und seine deduktiven Fähigkeiten sein würde. Seltsam, hatte Falconer bei ihrem letzten Gespräch nicht selbst die Meinung vertreten, daß John Peper der Täter war? Bullock kam nicht umhin, Falconer daran zu erinnern. Der Regent Master legte die Stirn in Falten.

»So, hab ich das? Ich kann mich gar nicht daran erinnern. Bist du sicher, daß du mich richtig verstanden hast?« Er hielt inne, weil er gewahr wurde, wie sich die Miene seines Freundes vor Ärger noch mehr verdüsterte. »Doch, doch, ich glaube, du hast recht.«

Bullocks selbstzufriedenes Lächeln kehrte zurück, und er begann, Falconers leeren Krug noch einmal mit dem guten Bier aufzufüllen.

»Jedenfalls war ich in Gedanken ganz bei der Sache, die ich für Roger Bacon zu erledigen hatte, und habe nicht richtig nachgedacht. Aber ich habe dir doch gesagt, daß du dich auch mal um den Zimmermann kümmern sollst.«

Der Bierfluß wurde abrupt unterbrochen, weil Bullock sich versteifte. Sein Freund konnte aber auch wirklich furchtbar arrogant sein. Es war ihm einfach unerträglich, daß jemand anderer als er selbst einem Mörder auf die Spur kam.

»Der Zimmermann hat damit nichts zu tun. In der Szene,

bevor Peper de Askeles zu ermorden versuchte, ging es nämlich um die Sintflut. Und in der Rolle des Noah hatte Peper die Arche zu bauen. Deshalb hatte er auch eine Tasche voller Zimmermannswerkzeug dabei.«

»Dann gratuliere ich dir zur erfolgreichen Lösung des Falls.«

Falconer hob dem Constable anerkennend seinen Bierkrug entgegen; da wurden sie plötzlich von einer Frauenstimme aus ihrem gutgelaunten Beisammensein aufgeschreckt: »Ihr solltet mich lieber anhören, bevor Ihr auf Euren Erfolg anstoßt.«

Agnes Cheke stand in der Tür zu Bullocks spartanisch eingerichteter Kammer.

Elftes Kapitel

> Devil: Now see whither thou hast us brought
> To a dungeon, small path to trace.
> All this sorrow 'tis thou hast sought,
> The Devil speed thy stinking face!
>
> *The Fall of Lucifer*

Kalt und klar dämmerte der Morgen, und de Askeles freute sich darüber. Den ganzen Tag würden sie auf der Bühne stehen, und wie voll die Kasse der Gauklertruppe danach sein würde, hing davon ab, wieviele Leute kamen. Und der Zustrom der Leute hing wiederum vom Wetter ab. Obwohl er am Vorabend reichlich getrunken hatte, war er früh aufgewacht und fühlte sich jetzt erholt und unschlagbar. Vorstellungstage hatten immer diese Wirkung auf seine Verfassung. Eigentlich war er doppelt zufrieden, denn Agnes war am Vorabend zusammen mit einem mürrischen John Peper von ihrem Besuch beim Constable zurückgekehrt. Peper hatte es noch nicht einmal für nötig gehalten, seinem Retter de Askeles zu danken, und sich nur noch zu seinem Bett geschleppt. Agnes hatte kurz erzählt, daß sie den Wachtmeister tatsächlich davon hatte überzeugen können, daß John in der fraglichen Zeit bei ihr gewesen war; allerdings hatte sie nicht erklärt, wie ihr das gelungen war. Dann hatte auch sie sich zurückgezogen und de Askeles allein weiterzechen lassen.

Er erhob sich von seinem warmen Bett im Golden Ball Inn, holte die Wasserschüssel, die vor der Tür stand, herein und schüttete sich das eiskalte Naß ins Gesicht. Mit den feuchten Händen fuhr er sich durch seine goldene Lockenpracht und zog sich dann rasch an. Aus einer Ecke des Raumes beobachtete die Maske Gottes, das Antlitz von einem Sonnenstrahl erhellt, aus leeren Augenhöhlen jede seiner Bewegungen. Es versprach, ein guter Tag zu werden.

Für Peter Bullock war es kein guter Morgen. Zu sehr nagte es noch an ihm, daß er John Peper am Vorabend hatte freilassen müssen. Und um das Maß voll zu machen, war Falconer auch noch Zeuge seiner mißlichen Lage gewesen. Als Agnes Cheke so unvermutet in ihr bierseliges Zusammensein hineingeplatzt war, hatte er sie gefragt, was sie wolle.

»Euch nur darauf hinweisen, daß Ihr den Falschen erwischt habt. John kann nicht der Täter sein. Er war bei mir, als der Mord geschah.«

»Aber Ihr wart doch allein. Habt Ihr selbst behauptet.«

»Das war ich auch – zunächst. Dann kam John zu mir.«

Bullock stöhnte und warf seinem Freund jenseits des Tisches einen verzweifelten Blick zu. Mit gelassener Miene drehte sich Falconer zu der Frau um und bedeutete ihr näher zu kommen. Das tat sie und ließ sich am anderen Ende der Bank, auf der Falconer saß, nieder.

»Jetzt noch einmal der Reihe nach. Wo wart Ihr zu Beginn der Probe?«

Agnes deutete auf den Constable. »Wie ich ihm gesagt habe. Ich war im Hof des Golden Ball Inn und habe einige Kostüme ausgewaschen.«

»Hat Euch jemand gesehen?«

Agnes' Antwort kam fast zu schnell. »Nein, niemand.«

»Bis auf John Peper«, erinnerte Falconer sie.

Die Frau senkte einen Moment den Kopf und blickte dem Regent Master dann fest in die Augen. »Ich dachte, Ihr meintet, bevor John zu mir kam.«

»Ihr habt also Kostüme gewaschen, als John in den Hof kam. Wie könnt Ihr da wissen, ob der Mord nicht schon geschehen war?«

»Na ja, sicher weiß ich es natürlich nicht. Doch John erzählte mir, sie hätten gerade die Szene mit der Arche geprobt. Und jetzt wolle er nachschauen, ob Margaret in der Herberge sei. Herodes und die Tötung der unschuldigen Kinder ist aber ziemlich am Ende des Stücks. Ihr wißt ja, zum Schluß haben sie in der Dunkelheit geprobt.« Bestätigung suchend, blickte sie Falconer an und fuhr dann fort: »Als John aber in den Hof kam, war immer noch etwas Licht am Himmel. Und wir haben eine ganze Weile im Hof zusammengesessen, bis einer unserer Schauspieler kam und uns erzählte, daß jemand mitten auf der Bühne ermordet worden war. Ich war gerade dabei, John die Zukunft vorherzusagen.«

»Was, die Zukunft?« fragte Falconer erstaunt nach.

Bullock klärte ihn lächelnd auf. »Agnes kann aus der Hand lesen.«

Falconer legte die Stirn in Falten, nickte aber Agnes zu und bat sie fortzufahren.

»Nun, das ist eigentlich alles. Wir sind gleich zur Kirche zurück, wo wir uns dann ja alle getroffen haben.« Agnes lehnte sich zurück und stützte ihre Handflächen an der Tischkante ab, eine Pose, als habe sie gerade eine Herkulesarbeit vollbracht. Bullock schüttelte fassungslos den Kopf. Er hatte den falschen Mann eingekerkert. Plötzlich kam ihm ein Gedanke, und er beugte sich zu der Frau vor und blickte ihr scharf in die Augen.

»Warum hat Peper, als ich ihn fragte, nicht gesagt, daß er bei Euch war?«

Agnes schlug die Augen nieder. »Es ... es war ihm peinlich. Die anderen in der Truppe sind der Ansicht, meine Handleserei sei nur was für Bauerntölpel.«

Der Gedanke, daß Agnes auch ihm erst gestern aus der Hand gelesen hatte, ließ Bullocks Gesicht tiefrot anlaufen.

»Doch John glaubt, daß da etwas Wahres dran ist ... wie ich natürlich auch«, fügte sie hinzu, als sie bemerkte, wie betreten der Constable dreinblickte. »Jedenfalls wollte er nicht, daß irgend jemand weiß, wo er war und was er gemacht hat.«

»Wie soll ich herausfinden, ob Ihr das nicht alles erfunden habt, um seinen Hals zu retten?«

»Du könntest Peper fragen, ob er die Geschichte bestätigen kann«, schlug Falconer vor, während er sich zurücklehnte und den Rücken streckte. Bullock grummelte irgendwas und stand schwerfällig auf. Er griff nach dem gewaltigen Schlüsselbund, der zwischen ihnen auf dem Tisch lag, und forderte Agnes auf, ihm zu folgen. Falconer blieb mit belustigter Miene beim Feuer sitzen.

Als der bedrückt dreinblickende Constable in den Raum zurückkehrte, allein, ohne Agnes oder John, stand Falconer mit ausgestreckten Armen vor dem Kamin, um seine muffigen Kleider ein wenig zu trocknen. Um seine Lippen spielte ein Lächeln, das Bullock maßlos ärgerte.

»Ich weiß gar nicht, warum du so gut gelaunt bist. Es sei denn, du freust dich, weil man mich zum Narren gehalten hat.«

Falconer trat auf ihn zu und ergriff seinen Arm. »Jetzt sei nicht gleich beleidigt. Ich freue mich doch nur, weil wir jetzt, da John Peper wieder frei ist, endlich mit den richtigen Ermittlungen anfangen können.«

Bei dem Wort *wir* stöhnte Bullock innerlich auf – offensichtlich hatte Falconer genug davon, sich aus dem Mordfall herauszuhalten. Dabei war er doch so froh gewesen, daß er ihm bis jetzt nicht ins Handwerk gepfuscht hatte. Andererseits mußte er, angesichts seines groben Fehlers, seinem alten Freund vielleicht dankbar sein, daß er nun doch Interesse an der Sache zeigte.

»Natürlich glaube ich kein Wort von dem, was man uns gerade erzählt hat.«

Bullock war entgeistert. »Aber Peper hat es ja selbst bestätigt.«

»In welcher Reihenfolge?«

Bullock konnte mit der Frage nichts anfangen, und so bat Falconer ihn zu erzählen, was geschehen war.

»Ich habe Agnes zur Zelle runtergebracht, aufgesperrt und Peper gefragt, ob er bei ihr war, als der Mord geschah. Er hat sie kurz angeblickt und dann ›ja‹ gesagt. Dann habe ich sie gehen lassen.«

Falconer schüttelte verzweifelt den Kopf. »Verstehst du nicht, daß du ihm gleich in den Mund gelegt hast, was er von sich aus erklären sollte? Jetzt bist du genauso schlau wie zuvor.«

»Und warum hast du dann nicht verhindert, daß ich Peper freilasse?« Er sprang auf, wobei er die Teller umwarf, die noch von seinem kargen Abendmahl auf dem Tisch standen, und rief: »Ich muß die beiden zurückholen!«

Falconer hielt seinen aufgebrachten Freund zurück. »Beruhige dich, Peter. Ich habe gesagt, daß ich nicht glaube, was Agnes uns erzählt hat. Das muß aber nicht heißen, daß Peper schuldig ist. Oder notwendigerweise unschuldig. Was ich wissen will, ist, warum Agnes gelogen hat und wo Peper tatsächlich war, als der Mord geschah. Solch kleinere Wahrheiten könnten uns dabei helfen, ein Bild der größeren Wahrheit zu entwerfen.«

Bullock seufzte. Das Spiel, in dem er sich ständig mit Falconers verwirrenden Gedankengängen konfrontiert sah, hatte wieder begonnen.

Der König war bester Laune, weil er beim Würfeln gewann. Er saß mit seinen Mitspielern, Roger Mortimer und Thomas de Cantilupe, um einen runden Tisch, von dem gerade das Frühstücksgeschirr abgeräumt worden war. Die Weinpokale seiner Besucher wurden ein ums andere Mal beflissen von einem Diener nachgefüllt, und die Gesichter der beiden Männer waren gerötet. Henry hingegen war ein enthaltsamer Mensch und wußte um den Vorteil eines klaren Kopfes beim Glücksspiel – dem einzigen Laster, das er seiner frommen Seele gönnte.

»Pasch und Pasch!« rief Henry, als er zwei Sechsen und zwei

Dreien mit den vier Würfeln warf. Die beiden anderen Männer stöhnten, während der König mit seinen schlanken Fingern die Goldmünzen genüßlich aufstapelte, zu dem beständig anwachsenden Haufen bei seinem Ellbogen heranzog und schließlich eine Münze seines Gewinns in die Hand nahm. Er warf sie in die Mitte des Tisches, wo sie mit einem Klingeln auf dem Eichenholz auftraf.

»Ich setze auf meinen Wurf.«

Mortimer und de Cantilupe, obwohl gewiß keine armen Männer, sahen mit wachsendem Unbehagen, wie ihre Goldmünzen dahinschwanden. Doch der König amüsierte sich, und nichts konnte ihn aufhalten. Außerdem war Weihnachten, und ein gutgelaunter König war möglicherweise ein König, der ein offenes Ohr für Gesuche hatte. Die beiden Männer warfen ihre Münzen auf den Tisch, und der König machte sich daran, die vier Würfel in dem Holzbecher kräftig durchzuschütteln. Mit einem aufmunternden Schrei begleitete er den Wurf und starrte dann ungläubig auf die Zahlen, die oben lagen. Eine Sechs, eine Vier, eine Zwei und eine Eins – das war gar nichts, und die Münzen auf dem Tisch gehörten seinen Mitspielern.

Mortimer grinste, verbarg jedoch seine Genugtuung in dem Weinpokal, den er rasch zu den Lippen führte. Einen Fluch grummelnd, zählte der König die Münzen für die beiden Männer ab. Während de Cantilupe seinen Gewinn einstrich, füllte der Diener neben ihm seinen Pokal nach und stieß ihm dabei mit der Hüfte gegen die Schulter. Der Ex-Kanzler drehte sich zu dem Übeltäter um und wollte dem ungeschickten Tölpel gerade ein paar passende Worte sagen, als er in das Gesicht von Falconers jungem Komplizen, Thomas Symon, blickte. Der grinste ihn an und deutete mit verstohlenen Blicken auf den König. Zum Teufel, dieser dreiste Bursche drängte ihn doch tatsächlich, damit zu beginnen, den mit Falconer abgesprochenen Plan in die Tat umzusetzen. Es war immer noch seine Sache zu beurteilen, wann der richtige Zeitpunkt gekommen war, und der König mußte mindestens noch einmal gewinnen, bevor er es versuchen wollte. Mit einer Handbewegung unter dem Tisch bedeutete er dem Jungen, Geduld zu haben.

»Ich bin wohl an der Reihe«, sagte er und schaufelte die widerstrebenden Würfel in den Becher. Nachdem der Einsatz gemacht war, schüttelte er die Würfel in ihrem Behälter kräftig durch und hoffte dabei, daß er verlieren würde. Als sie dann endlich auf dem Tisch lagen, nahm er mit Erleichterung wahr, daß er nur einen Pasch gewürfelt hatte – einen Zweierpasch. Das war zum Leben zu wenig und zum Sterben zuviel. Das Geld blieb in der Tischmitte liegen, und die nächsten Einsätze kamen hinzu. Schütteln und würfeln. Zwei Vieren, wieder nur ein Pasch. Der Schweiß trat de Cantilupe auf die Stirn, als er mit zitternden Fingern seine letzte Münze auf den Tisch warf und die vier Würfel in den Becher zurückschob. Jetzt oder nie, und ein Stoßgebet stieg zum Himmel auf. Die Augen fest geschlossen, ließ er die Würfel auf den Tisch kullern.

Der König grölte, und de Cantilupe machte ängstlich ein Auge auf. Vier verschiedene Zahlen – er hatte verloren und der König gewonnen.

»Ihr seid einfach kein Spieler, mein lieber Thomas«, gluckste Henry, während er alle Münzen für sich einsammelte, noch bevor de Cantilupe sie aufteilen konnte. »Und wie gedenkt Ihr, Mortimer auszuzahlen?«

»Ich fürchte, er wird warten müssen, bis ich mein letztes Paar Stiefel versetzt habe, Majestät.«

»Und Ihr lauft dann als barfüßiger Minorit herum und dürft um Euren Lebensunterhalt betteln.«

Der König lachte brüllend über seinen Scherz, und die beiden Männer stimmten mit ein. De Cantilupe warf einen Blick auf den Jungen, der immer noch schräg hinter ihm stand, hüstelte nervös und sagte dann:

»Das erste, worum der arme Mönch bettelt, ist, zu Weihnachten einen Lord of Misrule zu wählen. Das hat eine lange Tradition in den Oxforder Halls.«

Henry hörte auf zu lachen und legte die Stirn in Falten. »Einen Lord of Misrule?« Mit den Münzen vor sich spielend, dachte er eine Zeitlang über de Cantilupes Vorschlag nach. Dann blickte er den Ex-Kanzler an, der den vagen Eindruck hatte, als würde ihm das linke königliche Augenlid zustimmend zuzwinkern. De Cantilupe hielt den Atem an. Plötzlich ließ der König eine Handfläche krachend auf die Tischplatte niederfahren, so daß die Münzen hochhüpften, und erklärte:

»Ein wunderbarer Gedanke! Er kann unseren Zug zu den Mysterienspielen heute anführen.«

Mortimer und de Cantilupe grinsten und hoben die Pokale, um auf ihren weisen König anzustoßen.

»Und wen sollen wir wählen?«

Mortimer wollte etwas sagen, aber de Cantilupe schnitt ihm das Wort ab.

»Ich denke, den erstbesten niederen Diener. Warum nicht diesen jungen Tölpel hier? Ärmlich genug sieht er doch aus.«

Thomas war ein wenig beleidigt. Schließlich hatte er sein bestes Gewand angelegt, auch wenn es an den Ellbogen geflickt und in der Taille ein wenig aufgerissen war. Doch er schluckte seinen Stolz hinunter und tat so, als würde er sich furchtbar genieren, vor die illustre Gesellschaft treten zu müssen. Wobei er sich eigentlich nicht sehr verstellen mußte, denn sein Herz raste, als man ihn jetzt vor den König zog.

»Wie heißt du, Junge?«

»T-Thomas, Majestät.«

Der König lächelte. »Wie vielversprechend – er trägt Euren Namen, de Cantilupe. Thomas wird heute unser Herrscher sein.«

Der König vollführte eine übertrieben tiefe Verbeugung vor dem verschreckten Thomas, und sein grauer Bart berührte fast den Boden, als er den neuen Herrscher bat, seine Befehle zu geben. Der Junge blickte sich um und überlegte fieberhaft, wie er das ansprechen sollte, was er von Henry wollte. Trotz der augenscheinlichen Unterwürfigkeit des Königs konnte sich Thomas nicht vorstellen, daß Seine Majestät sich erfreut zeigen würde, wenn man ihn wie einen Diener behandelte oder ihm gleich einen haarsträubenden Befehl gab. Nein, er mußte sich langsam an das, was Master Falconer von ihm wollte, herantasten. So richtete er jetzt einen Finger auf Roger Mortimer und erklärte herrisch:

»Du da, bring mir Wein. Aber rasch.«

Der hochmütige Baron machte Anstalten, sich dagegen zu verwahren; aber als er sah, daß sich Henry köstlich amüsierte, zwang er sich zu einem Lächeln, verneigte sich und verließ den Raum. De Cantilupe warf Thomas einen warnenden Blick zu, denn er wußte, daß Mortimer ein nachtragender Mensch war und solch eine Respektlosigkeit nicht so leicht vergaß. Doch der Studenten-Herrscher bemerkte es nicht, denn Henry führte ihn jetzt zu einem mächtigen, verzierten Sessel. Er ließ Thomas auf dem königlichen Thron Platz nehmen und erklärte lachend:

»Von dir kann ich noch lernen, wie ich mit meinen aufsässigen Baronen zu verfahren habe. Vielleicht hätte ich de Montford nur wie einen Sklaven behandeln müssen, um seinen Aufstand zu verhindern. Nun brauchst du noch das eleganteste Gewand, das wir für dich finden können – ein Herrscher kann schließlich nicht in einem solch schäbigen Aufzug vor sein Volk treten.«

Thomas zappelte vor Freude und vergaß dabei fast, was sein Regent Master ihm aufgetragen hatte.

Falconer war unterdessen auf der Suche nach einem Zimmermann. Er hatte keinen Beweis, daß der Besitzer der Tatwaffe den Mönch tatsächlich umgebracht hatte, aber es konnte nicht schaden, die Identität des Mannes herauszufinden und festzustellen, ob er möglicherweise einen Groll gegen de Askeles hegte. Er begann mit seiner Suche im Nord-West-Viertel der Stadt, wo die Mitglieder der Zimmermannsgilde zu Hause waren. Die Sauberkeit und solide Bauweise der Häuser dort verriet nicht nur das handwerkliche Können ihrer Bewohner, sondern auch den Wohlstand, den ihnen ihre Arbeit einbrachte. Ein guter Zimmermann war überall geschätzt und konnte es auf einen Tagesverdienst von drei Pence bringen, während Falconer mit seinen Vorlesungen an der Universität gerade mal zwölf Pence im Jahr verdiente. Wer über höhere Einkünfte verfügte – Gutsbesitzer, Kaufleute, Kirchenfürsten –, bezahlte gut für einen gewieften Handwerker. Und der Prior von St. Frideswide war da keine Ausnahme.

Falconer sah keinen einfacheren Weg, als sich wahllos von Tür zu Tür durchzufragen, und dachte zunächst an einen glücklichen Zufall, als er gleich im ersten Haus jemanden fand, der beim Aufbau der Bühne mitgewirkt hatte. Als er aber nach und nach bei jeder Tür Erfolg hatte, dämmerte ihm allmählich, daß der gute Prior fast jeden Zimmermann in der Stadt beschäftigt hatte. Er zeigte jedem den Beitel, den er aus der Leiche des toten Mönchs gezogen hatte. Und jeder verneinte, sich der Folgen wohl bewußt, sogleich, Besitzer des Beitels zu sein. Manche bestanden auch darauf, Falconer ihre Werkzeugtasche zu zeigen, um damit zu beweisen, daß sie noch einen Beitel von der Form und Größe desjenigen besaßen, den Falconer ihnen vorlegte. Niemand vermißte ein solches Werkzeug.

Erst als er schon kurz davor war, die erfolglose Suche aufzugeben, erhielt er schließlich doch noch eine brauchbare Information. Das verkniffene Gesicht des Mannes im letzten Haus, bei dem er es versuchte, verzog sich zu einem Lächeln, als er den Beitel aus Falconers offener Handfläche entgegennahm.

»Der ist von Ralph.«

Falconer war erfreut, aber auch skeptisch. »Woher wißt Ihr das?«

Der Mann drehte den Beitel in seiner schwieligen Hand hin und her und deutete auf den oberen Rand der Klinge.

»Seht Ihr die Markierung hier? Er traut jedem zu, daß er seine verdammten Werkzeuge stiehlt, und kennzeichnet sie deshalb alle mit seinen Initialen.«

Falconer ging mit den Augen dicht an die Klinge heran – seine Kurzsichtigkeit war ihm hier ausnahmsweise einmal von Vorteil – und erkannte ganz oben an dem scharfkantigen Ende ein kleines R.

»Wo kann ich diesen Ralph finden?«

»Das ist eine gute Frage.«

Die Antwort führte den Regent Master nicht zu einem weiteren soliden, gepflegten Haus im Zimmermannsviertel, sondern zu einer der ärmlichen Hütten außerhalb des Südtors. Vorsichtig wanderte er durch eine der Gassen, die sich zwischen den häßlichen Baracken hindurchschlängelten. Die ausgemergelten Schweine, die zu seinen Füßen mit der Schnauze in der Erde wühlten, ließen in Falconer das Gefühl aufkommen, sich mehr auf einem Abfallhaufen als in einer Straße zu befinden. Mißtrauische Augenpaare glotzten aus dunklen Eingängen, die oft nur mit Fetzen zerschlissenen Sackleinens gesichert waren. Die Menschen hier standen ganz unten in der gesellschaftlichen Rangfolge, und Falconer bezweifelte, ob er diesen Ralph tatsächlich hier finden würde. Der Mann, der ihn hergeschickt hatte, hatte zähneknirschend dessen handwerkliches Geschick erwähnt. Warum bloß sollte er in dieser verkommenen Umgebung sein Dasein fristen?

Der Zimmermann hatte Falconer gesagt, er werde das, was er suche, am Ende der Gasse mit den häßlichsten Behausungen finden. Die Hütte, vor der er jetzt stand, verfügte immerhin über eine Tür, die allerdings so aussah, als habe sie vor dieser Hütte einmal einen Schweinestall gesichert. Aus Angst, sie könne auseinanderbrechen, klopfte er sehr behutsam an. Laut spielende Kinder dahinter wurden zum Verstummen gebracht, bevor sie ein wenig geöffnet wurde und das Gesicht einer Frau im Türspalt erschien. Sie war attraktiv und ihr Gesicht zu fein, als daß sie in diesem Dreck schon lange gelebt haben konnte. Die anderen Gesichter, die Falconer hier gesehen hatte, waren eingefallen und runzlig und wirkten vorzeitig gealtert, obwohl sich hinter manchen von ihnen wohl jüngere Seelen verbargen. Die Augen der Frau waren geschwollen, so als habe sie lange geweint und gerade erst damit aufgehört. Offensichtlich traute sie ihrer Stimme nicht zu, zu sprechen, ohne eine erneute Flut von Tränen hervorzurufen, und so starrte sie Falconer aus ihren rot unterlaufenen Augen nur fragend an.

»Ich suche einen Zimmermann namens Ralph. Man hat mir gesagt, daß ich ihn hier finden kann.«

Sogleich traten ihr wieder Tränen in die Augen, doch sie blieb stumm. Sie wandte sich von Falconer ab und verschwand im düsteren Innern der Hütte, ließ die Tür aber angelehnt. Falconer stieß sie auf und trat über die Schwelle. Als sich seine Augen an die Dunkelheit gewöhnt hatten, stellte er fest, daß der einzige Raum, der sich hinter dem abweisenden Äußeren verbarg, so gepflegt und aufgeräumt war, wie es unter diesen Umständen nur möglich war. Die Einrichtung war alt und abgenutzt, doch der Tisch war sauber und geschrubbt und erzählte von einer Frau, die sich abmühte, um die vage Erinnerung an ein früheres Leben aufrechtzuerhalten.

»Wenn Ihr gekommen seid, um Schulden einzutreiben, werdet Ihr feststellen, daß bei uns wenig zu holen ist.«

Die Frau stand im hinteren Teil des Raumes. Zwei verschreckte Kinder hingen an dem geflickten Rock, der ihre schlanke Gestalt umhüllte. Alle drei blickten den Fremden ängstlich an.

»Ich bin nicht hier, um Euch irgend etwas wegzunehmen«, erklärte Falconer so freundlich wie möglich. »Ich wollte nur mit Eurem Gatten sprechen. Wenn Ihr Ralphs Frau seid.«

Ein Hoffnungsschimmer flackerte in den Augen der Frau.

»Habt Ihr vielleicht Arbeit für ihn? Er ist ein hervorragender Handwerker. Bitte beurteilt uns nicht nach den äußeren Umständen. Das ist nur … vorübergehend.«

Falconer seufzte. Von dem Mann, der ihn hergeschickt hatte, wußte er, daß Ralph einmal ein guter Zimmermann gewesen war, aber leider auch ein genauso guter Trinker. Zuletzt war es mit seiner Arbeit immer schlechter gelaufen, und er hatte mehr und mehr gesoffen. Das wenige, was er jetzt noch verdiente, reichte ihm kaum fürs Bier, und die Miete hatte er erst recht nicht bezahlen können. Die Folgen konnte Falconer jetzt mit eigenen Augen sehen. Am Zögern des Regent Masters merkte die Frau, daß er ihre Situation kannte, und der Hoffnungsfunke in ihrem Gesicht erlosch. Mit zitternder Stimme erklärte sie:

»Ihr werdet ihn wahrscheinlich im Kepheharm's Inn finden, wo er das wenige versäuft, das der Prior ihm gezahlt hat. Oder er schläft in irgendeiner verdreckten Ecke seinen Rausch aus. Wir haben ihn jedenfalls schon tagelang nicht mehr zu Gesicht bekommen.«

Falconer bedankte sich höflich und schloß die Tür hinter den drei armen Seelen, die das Laster eines einzigen Mannes ins Unglück geführt hatte. Er nahm sich vor, an diesem Weihnachtsfest nüchtern zu bleiben. Als er durch den hohen Bogen des Südtors wieder die Stadt betrat, fiel ihm ein, daß er vergessen hatte, die Frau zu bitten, einen Blick auf das Handwerkszeug ihres Mannes werfen zu dürfen. So hätte er wenigstens feststellen können, ob die Tatwaffe, wie der andere Zimmermann behauptete, tatsächlich Ralph gehörte. Doch dann verdrängte der Tumult in der Fish Street alles andere aus seinen Gedanken.

Zwölftes Kapitel

Devil: Thou hast brought us all this wicked way
With all thy might and pride,
Away from bliss that would lust for aye
In sorrow ever more here to abide.

The Fall of Lucifer

Tumult war nur eine unzulängliche Umschreibung für das, was sich in der Fish Street abspielte. In mancher Hinsicht handelte es sich um einen richtigen Aufstand. Wie Falconer später von Peter Bullock erfuhr, hatte alles um die Mittagszeit begonnen.

»Sie wußten, daß Petysance eine Prozession durch die Stadt veranstalten würde, um seine neue Reliquie zu präsentieren. Sie müssen alles genau vorbereitet haben. Obwohl nur Gott weiß, warum.«

Der Pfarrer von St. Aldate hatte geplant, seine neue Errungenschaft – den heiligen Armknochen von St. Eldad – durch die High Street, dann die Shidyerd Street hinunter und an St. Frideswide vorbei zurück zu seiner Kirche zu führen. Diese letzte Station, St. Frideswide, schien das Hauptziel auf seiner Route zu sein. Er hatte die Prozession zeitlich so gelegt, daß sie gerade dann an St. Frideswide vorbeiführte, als die meisten Bürger dort zusammenkamen, um sich einen guten Platz für die Mysterienspiele zu sichern. Zum Zug gehörten verschiedene niedere Mitglieder der Klerus, die unter Edward Petysance dienten, alle in ihre besten Gewänder gehüllt, deren Goldfäden in der trüben Sonne schimmerten, und nun dem großen Kreuz vom Altar von St. Aldate folgten. Noch vor dem Träger des silbernen Kreuzes schritt Petysance einher, die neue, mit Messing beschlagene Urne, die die Reliquie barg, fest an seine Brust gedrückt. Die Kiste lag auf einem weißen Leinentuch, das seine Arme bedeckte, so daß er das Holz, das mit der Reliquie in Berührung war, nicht verunreinigte. Die Wirkung war beeindruckend, und viele Leute ließen sich vom Hof von St. Frideswide weglocken, um die vorbeiziehende Prozession zu begaffen. Die selbstzufriedene Miene, die sich angesichts dieses Triumphes auf dem Gesicht des Pfarrers breitmachte, verflog jedoch rasch.

Die Abfolge der Ereignisse, als die Prozession in die Fish Street einbog, war recht undurchsichtig, doch alle stimmten darin überein, daß zunächst Talmud-Gesänge aus den oberen Stockwerken der Häuser in dieser Straße zu hören waren. Im ersten Moment nahm niemand groß Notiz davon. Schließlich war man es von den Juden gewohnt, daß sie hinter verschlossenen Türen ihre seltsamen Rituale feierten, deren Gesänge sich durch die Stimmen guter Christen meist übertönen ließen. Und wenn nicht, konnte auch ein Stein, der durch ein Fenster ins Obergeschoß flog, hilfreich sein. Doch diesmal war alles anders.

Nach dem, was Bullock von Augenzeugen, die er später befragte, in Erfahrung bringen konnte, waren einige junge Juden aus der Scola, die schräg gegenüber der Kirche St. Aldate lag, herausgestürmt und hatten die entgeisterte Menge vor ihnen auseinandergetrieben. Die guten Oxforder Bürger waren eher daran gewöhnt, Hiebe gegen Juden auszuteilen, als sie von deren Seite einzustecken, und so ließen sie sich zurückdrängen, als die aufgebrachten Jugendlichen die dicht bevölkerte Straße hinunterrannten. Hier und da wurden Spottrufe gegen die ganz in Schwarz gekleideten Jungen laut, aber sonst geschah nichts, was die folgenden Gewaltakte hätte erklären können.

Andere Augenzeugen berichteten jedoch, daß die jungen Juden ganz eindeutig gegen Petysance' Prozession vorgingen und daß sie entsetzt beobachten mußten, wie sich der jüdische Mob auf die Geistlichen stürzte und sie mit Schlägen eindeckte. An der Spitze der Prozession habe Edward Petysance mit einem der

Juden um die heilige Reliquie gerangelt, denn offensichtlich sei die geweihte Urne das Ziel der Juden gewesen. Der erbleichte Pfarrer zerrte an einem Ende der Kiste, der Jude am anderen, während das weiße Leintuch von den Armen des Geistlichen rutschte und in den Abwasserkanal zu ihren Füßen flatterte. Zwei andere Juden rangelten mit dem Kreuzträger, während der Rest die anderen Prozessionsteilnehmer mit Gewalt davon abhielt, Petysance zu Hilfe zu kommen. Als man schon glaubte, der Pfarrer würde bei dem grotesken Gezerre um die Urne den kürzeren ziehen, geschah das Unglück. Der Kreuzträger schaffte es nicht länger, das schwere silberne Kreuz hochzuhalten und sich gleichzeitig der beiden Angreifer zu erwehren. So schwang er das Zeichen Christi wie eine Waffe und ließ es auf den Schädel eines seiner jungen Gegner niederfahren, der mit einer klaffenden, blutenden Wunde am Kopf zurücktaumelte. Unglücklicherweise war der Schwung so stark, daß dem Geistlichen das Kreuz aus den Händen glitt und krachend in dem Abwasserkanal landete, in dem schon das weiße Leintuch lag. Die Empörung über diese schändliche Entweihung des Zeichens Christi entlud sich in einem lauten Aufstöhnen aus der Menge, die bis dahin eher zurückhaltend das seltene Schauspiel, wie Juden auf offener Straße Christen angriffen, verfolgt hatte. Das Kreuz lag zerbrochen im Dreck.

Einige Männer lösten sich mit erhobenen Fäusten aus der Menge, um den Geistlichen zu Hilfe zu eilen. Der Jude, der mit Petysance um die Urne rangelte, war einen Moment abgelenkt, und der Pfarrer nutzte die Gelegenheit, um ihm die Kiste zu entreißen und in den Schutz der Menge zu entfliehen. Die anderen Juden wandten sich zu ihrem Anführer um, rannten dann gleichzeitig los und erreichten durch eine Lücke in der Menge, aus der es Schläge auf ihre Rücken regnete, die Sicherheit ihrer Scola, von deren Treppe Deulegard noch eine Warnung hinausbrüllte: »Das ist noch nicht das Ende! Ein Leben für ein Leben!«

Seine Kameraden zogen ihn hinein, und die schwere Tür fiel krachend zu. Zu verwirrt, um sich der Gefahr bewußt zu sein, in der er schwebte, lag der unglückliche junge Jude mit bereits eingeschlagenem Schädel in den Trümmern des Vorratsschuppens, gegen den er gefallen war, und die Wut der aufgebrachten Menge konzentrierte sich jetzt ganz allein auf ihn und seinen wehrlosen Leib. Aaron, der Sohn von Isaak, war schon tot, bevor sich Peter Bullock endlich mit Gewalt einen Weg durch die tobende Menge gebahnt hatte.

»Das bedeutet nur Ärger für mich«, grummelte der Constable. »Ob es mir gefällt oder nicht, ich werde auch bezahlt, um die Juden zu schützen. Und dann machen sie so was. Der Tod dieses Jungen wird mich noch wochenlang in Atem halten.«

»Wie rücksichtslos von ihm, sich einfach zu Tode prügeln zu lassen.« Falconers Antwort war scharf – er konnte und wollte die Abneigung seines Freundes gegen die Juden, die in ihrer Mitte lebten, nicht akzeptieren, auch wenn diese Aversion von den meisten anderen Christen geteilt wurde. Bullock erkannte, auf welch unsicherem Gelände er sich da bewegte, und versuchte einzulenken.

»Immerhin ist sonst niemand verletzt worden. Und die Lage wird sich sicher bald wieder beruhigen, wenn die Juden die Wiedergutmachung bezahlt haben, die die Kirche wahrscheinlich verlangen wird. Das hoffe ich jedenfalls. Obwohl ich weiteren Ärger nicht ganz ausschließen möchte. ›Ein Leben für ein Leben‹, soll der jüdische Junge gerufen haben. Was er damit wohl gemeint hat? Na ja, jedenfalls bin ich froh, daß die Mysterienspiele jetzt losgehen. Das wird viele Leute davon abhalten, sich weiter herumzuprügeln. Siehst du dir die Vorstellung an?«

Falconer riß sich aus seinen tiefen Gedanken. »Was? Ach so, ja, die Mysterienspiele. Vielleicht später. Im Moment habe ich noch andere Sachen zu erledigen.«

Der Constable unterließ es, ihn zu fragen, was das für Sachen waren. Er nämlich wollte gleich los, um sich das Schauspiel anzusehen, und fürchtete, Falconer könne ihn aufhalten, indem er ihm wieder lang und breit seine phantastischen Theorien über die Rolle des Affen oder des Erzengels Gabriel in dem Mordgeschehen auseinandersetzte – oder die des Herrgotts persönlich.

Falconer war froh, daß die meisten Leute bei den Mysterienspielen waren, als er seine Beine über eine Mauer in der Jewry Lane schwang. Er klemmte seine schmuddlige Robe zwischen die Oberschenkel und sprang auf die weiche Erde im Hinterhof des ersten Hauses der Fish Street. Von einem verarmten Studenten der Aristotle's Hall hatte er von diesem Schleichweg zu den Läden in der Fish Street erfahren. Der hatte nämlich seinen kargen Lebensunterhalt dadurch aufgebessert, daß er sich bei den Händlern, deren Geschäfte die Erdgeschosse der Häuser einnahmen, nach Ladenschluß bediente. Peter Bullock hatte ihn auf frischer Tat ertappt und zu Regent Master Falconer gebracht, damit der ihn bestrafe. Die Reue des jungen Mannes hatte jedoch nur solange angehalten, wie sein Rücken noch schmerzte. Als er zum zweiten Mal erwischt wurde, hatte Falconer ihn aus seiner Hall verwiesen. Sicher fristete er jetzt, wie viele gescheiterte Studenten, sein Leben als Vagant und verdiente sich ein paar Münzen, indem er in Tavernen und auf Jahrmärkten sang. Wahrscheinlich waren unter den Gauklern, die jetzt im Moment Oxford bevölkerten, auch eine ganze Reihe ehemaliger Studenten.

Doch nun war Falconer dem Jungen für seine Kenntnisse dankbar. Wenn man über diesen Schleichweg zu den Läden gelangen konnte, mußte auf gleichem Wege auch die Rückseite der Scola zu erreichen sein. Und da er sicher annahm, daß die Vordertür für jeden Christen, auch für ihn selbst, fest verschlossen sein würde, hatte sich Falconer dazu durchgerungen, es an der Hintertür zu versuchen. Als er jetzt über einen soliden Holzzaun kletterte, landeten seine Füße auf der anderen Seite in etwas Weichem und Warmem, und er stieß einen Fluch aus, als ihm der vertraute Gestank von Schweinemist in die Nase stieg. Seine Stiefel waren dermaßen abgetragen, daß er nicht daran zweifelte, daß der Kot bereits durch die Ritzen und Löcher schwappte und er den Gestank wochenlang nicht loswerden würde. Seine schwachen Augen machten einen rosafarbenen Buckel im hinteren Teil des Gartens aus, und der Geruch nach Urin und laute, schnüffelnde Geräusche teilten ihm mit, daß der Urheber des Mistes wohl frei und über die Störung verärgert war. Unter den Studenten kursierte eine Geschichte von einem jungen Burschen, der, als er von einem wilden Eber angegriffen wurde, sein Leben retten konnte, indem er dem Untier ein Buch von Aristoteles ins Maul stopfte. Der Universitätslehrer in Falconer hatte das immer als beklagenswerte Verschwendung eines wertvollen Textes betrachtet. Wie auch immer, er hatte jetzt ohnehin kein Buch dabei und konnte sich an der Tat kein Beispiel nehmen. Rasch kletterte er über die nächste Mauer und ließ das Gequieke des verärgerten Schweins hinter sich. Nach einer schlechten Landung hockte er noch auf Händen und Knien am Boden, als ihn eine feierliche Stimme ansprach:

»Ein recht unorthodoxer Auftritt, mein Freund. Schlägst du eigentlich nie den einfachen Weg zu deinen Zielen ein?« Auf einen dicken Stock gestützt, stand der betagte Rabbi Jehozadok vor dem am Boden kauernden Falconer. »Ich würde dir ja meine Hand reichen, aber ich fürchte, sie würde dir keine Hilfe sein.«

Falconer winkte unwirsch ab, stand auf und versuchte, so gut es ging, die sichtbarsten Zeichen seines mühevollen Weges von seiner immer unansehnlicher werdenden Robe zu wischen. Der alte Mann konnte Falconer und dessen Zustand kaum erkennen, doch seine Nase verriet ihm alles.

»Anscheinend hast du unserem lieben Nachbarn einen Besuch abgestattet. Leider legt er auf Sauberkeit keinen besonderen Wert.«

»Wie ich hörte, sollen es aber sehr intelligente Geschöpfe sein, Rabbi.«

Jehozadok legte die Stirn in Falten. »Möglich, dennoch bin ich sicher, daß du nicht gekommen bist, um mit mir über die Vorzüge von Schweinen zu diskutieren. Du willst doch sicher von mir hören, was den Zusammenstoß heute ausgelöst hat. Obwohl dich das eigentlich wenig angeht.«

Jehozadok wirkte ungewöhnlich kurz angebunden; er schien sich unwohl zu fühlen und wandte immer wieder den Blick seiner fast blinden Augen der Steintreppe zu, die zu den oberen Räumen führte, in denen er wohnte. Falconer hatte den Eindruck, als würde dort jemand stehen, der sie beobachtete, doch als er genauer hinsah, war die Gestalt schon verschwunden. Jehozadok fuhr fort:

»Eigentlich sollte ich dir dankbar sein, daß du den Grund wissen willst und nicht einfach das Schlimmste annimmst. Die Jungen haben sehr töricht gehandelt, aber die Provokation wog schwer. Komm, laß uns drinnen weiterreden.« Mit seiner runzligen Hand deutete er eine einladende Geste an. Aus Achtung vor den religiösen Gefühlen des alten Mannes – und vor seinem Geruchssinn – zog Falconer seine Stiefel aus und ließ sie im Hof stehen, bevor er dem Rabbi ins Haus folgte.

»Was, ich soll alle Gefangenen freilassen?«

Henry traute seinen Ohren nicht. Dieser naßforsche Bursche, der seine eigenen purpurnen Gewänder trug und auf dem Thron saß, der überallhin mit ihm reiste, hatte ihn gebeten, alle Gefangenen freizulassen. Mortimer grinste, überzeugt, daß der Junge zu weit gegangen war. De Cantilupe stand mit versteinerter Miene da und hielt den Atem an, sicher, daß Falconers Plan zur Rettung der eingekerkerten Bürger nicht aufgehen würde. Alle anderen Anwesenden zögerten im Stil wahrer

Höflinge – sie warteten die Reaktion des Königs ab, bevor sie sich selbst festlegten. Henry hatte das Spiel zunächst höchst amüsant gefunden. Daß ein anderer an seiner Stelle Dinge entschied und Befehle gab, war recht ungewöhnlich für ihn. Das letzte Mal, als das geschehen war, war nicht dieser Junge, sondern Simon de Montfort daran beteiligt, und die Umstände waren weit weniger vergnüglich gewesen. Nein, noch einmal wollte er gegen die Barone nicht den kürzeren ziehen. Dies hier war ein sehr viel angenehmerer Weg, Entscheidungen abgenommen zu bekommen. Es hatte ihn einen weiteren Krieg und sehr viele Menschen das Leben gekostet, bis er die Macht von de Montfort zurückerobert hatte, und die Nachwirkungen, sprich die rebellischen landlosen Ritter auf Ely, bereiteten ihm immer noch Kopfzerbrechen. Dieser Junge hier aber würde abgesetzt und vergessen sein, wenn die Weihnachtsfeierlichkeiten vorüber waren.

Bis dahin erfreute er sich jedoch an der Verlegenheit, in die der Lord of Misrule Mortimer und die anderen hochnäsigen Höflinge ein ums andere Mal brachte. Dieser Thomas hatte keine Ahnung, was er mit jeder seiner Handlungen in ihnen auslöste. Wäre er selbst auf diese Weise mit ihnen umgesprungen, hätte er enorme Spannungen in ihnen aufgebaut, die sich später unweigerlich in kleineren Racheakten entladen hätten. Henry hätte sich keine fünfzig Jahre auf dem Thron halten können, wäre er nicht vollkommen auf die Ziele und Taten derjenigen, mit denen er sich umgab, eingestellt gewesen. Sein ganzes Leben hatte er in diesem bedrückenden Klima verbracht, das schon lange zu einer zweiten Haut für ihn geworden war.

Der Junge wiederholte sein Verlangen.

»Genau das will ich. Und als Lord of Misrule erwarte ich, daß man meinen Befehlen gehorcht.«

De Cantilupe hob verzweifelt die Augen zum Himmel. Doch der König lächelte und verbeugte sich tief. Diese verrückte Idee begann ihm zu gefallen. Im Moment jedenfalls fühlte er sich, als würde ihm die Zentnerlast der Entscheidung von den Schultern genommen.

»So sei es. De Cantilupe – geht und trefft die notwendigen Vorkehrungen. Währenddessen werden wir uns fertigmachen, um die Mysterienspiele vor St. Frideswide zu besuchen.«

Der frühere Kanzler eilte davon, um den Kerkermeister aufzusuchen, bevor es sich der König anders überlegen konnte.

Die ständig anwachsende Menge vor der Kirche St. Frideswide johlte, als einer der ihren die Bühne betrat. Der Laienschauspieler im Engelskostüm errötete und stolperte, zur allgemeinen Erheiterung, über den Saum seines Gewandes. Irgend jemand grölte ihm ein paar spöttische Worte zu, wurde aber von den anderen um ihn herum rasch zum Schweigen gebracht, da in diesem Moment Gott und Luzifer auftraten, um ihren Kampf auszufechten. Das waren die richtigen Troubadoure, und diese waren in der Lage, eine magische Atmosphäre zu schaffen. Die Mittagssonne, die jetzt durch die Wolken brach und die Szene erhellte, ließ den etwas schäbigen blauen Vorhang im Hintergrund wie von Sternen übersät funkeln.

Gott, in ein weißes Gewand mit einer breiten, farbenprächtigen, goldgesprenkelten Borte gehüllt, trat in die Mitte der Bühne und wandte der Menge sein goldenes Antlitz zu. Den Menschen stockte der Atem, als die göttlichen Gesichtszüge glitzernd im Sonnenlicht erstrahlten. Es war nur eine Maske, doch als der Schauspieler zu sprechen anhob, schien sie zum Leben erweckt und fast das wahre Geheimnis Gottes zu enthüllen.

»Luzifer, wodurch brachte ich dich auf?
Du, einst mein Freund, bist nun mein Feind.
Unter allen Engel war keiner, wie du weißt,
So nahe meiner Herrlichkeit.

Nun sage ich ›falle‹,
Hinab in die Schlünde der Hölle
Von nun an bis in Ewigkeit.«

Luzifer, hinter der schwarzen Maske mit den langen Zähnen und gebogenen Hörnern, stieß einen Fluch aus und hob dann flehend die Hände zum Himmel. Die Menge, die erwartet hatte, den Teufel wie in den Vorjahren von der Bühne schleichen zu sehen, schrie auf, als sich die Erde auftat und Luzifer verschluckte. Einige besonders abergläubische Seelen ganz vorn bekreuzigten sich und drängten zurück. De Askeles, der trotz der Kälte unter der Gottesmaske schwitzte, grinste zufrieden. Diese Falltür verfehlte selten ihre Wirkung. Der Prior und die ganze Oxforder Bevölkerung würden sich an diese Vorführung und den Mann, der sie erdacht hatte, noch lange erinnern. Zu schade, daß der König noch nicht da war. Er verließ die Bühne und bedeutete John Peper mit einer herrischen Geste, das nächste Bühnenbild herunterzulassen. Es stellte den Garten Eden dar, einen Wald mit guten englischen Eichen.

Ein dürrer Mann mit einem vernarbten Gesicht bahnte sich einen Weg durchs Publikum nach vorn in die erste Reihe, wo die angesehensten Zuschauer standen, die, wie er wußte, auch die reichsten waren. Alle Blicke waren auf die Bühne und die Versuchung von Adam und Eva gerichtet, begierig, noch mehr Wunder wie das Abtauchen Luzifers in die Hölle zu erleben. John Stockwell, ein Silberschmied von einigem Ansehen, wandte sich zu seinem Nebenmann um, um einen spöttischen Kommentar zu der eckigen Figur des Mannes, der Eva spielte, abzugeben, und bemerkte dabei nicht, wie ein anderer Mann mit vernarbtem Gesicht zu seiner Linken aus dem Schutz der Menge vortrat. Im Nu war Stockwell um seine gutgefüllte Börse erleichtert, und der narbige Mann schlich unauffällig davon. Ein Stückchen weiter erwiderte kurz darauf der Fischhändler Peter Inge das Lächeln eines dürren Mannes mit einem entstellten Gesicht, der gerade in dem Moment neben ihm aufgetaucht war, als auch die Schlange vor Eva erschien. Als er wieder hinsah, war der Neuankömmling verschwunden – und mit ihm, wie der Fischhändler erst später feststellen sollte, der Beutel mit seinem schwer verdienten Geld.

Einige geleerte Geldbörsen später entschied Cuthbert Gledd, seinen zweifelhaften Freunden ebenso wie seinen unerbittlichen Feinden als »Beutelmarder« bekannt, daß er genug verdient hatte, und begann sich aus der Menge drängelnder braver Oxforder Bürger zurückzuziehen. Er lächelte übers ganze Gesicht, weil sich die lange Reise von London, wo sein Gesicht allmählich zu bekannt wurde, schließlich doch gelohnt hatte. Es hatte eine Zeit gegeben, da er ein vollkommen unbeschriebenes Blatt gewesen war und seinem gewählten Beruf unauffällig hatte nachgehen können, indem er einfach mit der Menge verschmolz. Doch dann hatte er einen Waffenmeister zu bestehlen versucht und es bitter bereut. Gerade als er die Hand zum Geldbeutel des Soldaten ausstreckte, stieß ihn jemand an, und das verriet ihn. Dieser Rohling von Waffenmeister legte eine mächtige Pranke auf Cuthberts Hand, merkte so, was da gespielt wurde, und benutzte die andere dazu, um das Gesicht des Taschendiebes in eine andere Form zu hämmern. Dennoch konnte Cuthbert die Tätigkeit, auf die er sich am besten verstand, nicht aufgeben – es war nämlich die einzige. Worauf es jetzt für ihn ankam, war weiterzuziehen, wenn sein Gesicht zu bekannt wurde.

Doch als er einen besonders dumm ausschauenden Bauerntölpel mit einem prallen Beutel am Gürtel entdeckte, gewann die Gier die Oberhand über seine guten Vorsätze. Der alte Tor verlangte geradezu danach, bestohlen zu werden und Cutty gedachte diesem Wunsch zu entsprechen. Als er bei seinem Opfer war, geriet er vor dessen Füßen ins Stolpern und mußte sich an seinen Hüften festhalten. Eine Entschuldigung murmelnd, rappelte er sich hoch und wäre, die Geldbörse schon in der Hand, seines Weges gegangen. Doch der eiserne Griff in seinen Nacken hinderte ihn daran. Der alte Mann hielt ihn auf Armlänge wie eine Puppe hoch, und während ihm die Bilder vom letzten Mal, als er zusammengeschlagen worden war, durch den Kopf schossen, begann er zu wimmern und zu stöhnen. Vollends wich das Blut aus seinem Gesicht, als er sah, wie der Mann ein scharfes Schwert aus der Scheide zog, die zur Linken unter seinem Mantel verborgen war.

»Was soll das?« keuchte Cutty. »Was wollt Ihr von einem unschuldigen Bürger?«

»Unschuldig? Ich habe beobachtet, wie du sechs Geldbeutel stibitzt hast. Und jetzt bist du auch noch so dreist, dich an meinem eigenen zu schaffen zu machen. Gib sie her.«

Der alte Mann schüttelte den Dieb so heftig, daß das Diebesgut aus seinen Taschen auf der Straße landete. Doch trotz seiner mißlichen Lage versuchte Cuthbert, sich den Weg in die Freiheit zu ertricksen.

»Hilfe, Hilfe, ich werde ausgeraubt!« brüllte er. Einige Gesichter drehten sich zu dem ungleichen Kampf um, grinsten und wandten sich wieder der Vorstellung zu.

»Wenn ich mich vorstellen darf, Peter Bullock, Stadtwachtmeister. Zu Euren Diensten.«

Cuthbert Gledd stöhnte auf, überzeugt, daß ihm das Schicksal einen längeren Aufenthalt im Kerker dieses Bauerntölpels zugedacht hatte. Doch das Schicksal griff auf andere Weise ein, und zwar in Form eines grauhaarigen Regent Masters der Universität. Gerade als Bullock den Dieb zu seiner Zelle abführen wollte, trat Falconer zu ihnen. Sein normalerweise gelassenes Gesicht war von tiefen Falten durchzogen.

»Peter. Ich muß dringend mit dir sprechen. Laß den Mann hier laufen – egal was er getan hat, es kann nicht so wichtig sein wie das, was ich gerade erfahren habe.«

»Aber …«

»Wir müssen reden. Sofort!«

Bullock seufzte, ließ Gledd los und stieß ihn auf die Knie. Der Dieb lächelte erleichtert angesichts seiner Rettung, erbleichte dann jedoch, als er gewahr wurde, daß der Constable sein Schwert erhoben hatte und über seinen Kopf hielt. Auch Falconer stockte der Atem, als er sah, wie sein Freund offensichtlich im Schnellverfahren eine grausame Strafe zu vollstrecken gedachte. Gledd zuckte zusammen, als das Schwert herabfuhr, und kreischte dann vor Schmerz laut auf, weil die flache Seite der Waffe mit voller Wucht sein Hinterteil getroffen hatte. Zur Sicherheit folgte Bullocks Fuß dorthin, wo das Schwert gelandet war, und half dem Dieb auf den Weg.

»Wenn ich deine häßliche Visage noch mal sehe, wirst du auch mit der scharfen Seite Bekanntschaft machen.«

Er blickte dem gezüchtigten Dieb nach, der in Richtung der Fish Street und des Südtores davonrannte, den schnellsten Weg aus Oxford hinaus, und wandte sich dann Falconer zu.

»Nun sag schon. Was soll wichtiger sein als meine Genugtuung, einen Taschendieb einsperren zu können, und mein Spaß an dem Schauspiel hier?«

»Zerstören werde ich diese Erde
Und alles, was darauf lebt,
Bis auf Noah, sein Weib und seine drei Söhne,
Und auch ihre Weiber sollen sie führen mit sich,
Auf daß sie gerettet werden. So mein Wille geschehe.«

De Askeles donnerte die Worte Gottes hinaus und überließ dann John Peper, der nervös an seinem falschen Bart zupfte, in der Rolle des Noah die Bühne. Margaret Peper stand in den Kulissen und beobachtete ihren Mann. Sie hatte ihr Gewicht auf das vordere Bein verlagert, so daß sich ihr geschmeidiger Körper besonders vorteilhaft gegen den Stoff ihres Kostüms abzeichnete. Die lebhaften Farben dieses Kleides, das sie für ihre Kunststücke in gesitteterer Atmosphäre als der der örtlichen

Schenken trug, verstärkte in Stefanos Augen nur noch ihre sinnliche Ausstrahlung. Er nahm die goldene Maske ab und trank einen Schluck Wein aus dem Pokal, den er immer neben der Bühne stehen hatte. Dann ging er zu ihr hinüber, umfaßte sie von hinten und drückte sich fest an sie. Erschrocken wand sie sich aus seinen Armen und bat ihn, sie in Ruhe zu lassen. Doch de Askeles war nicht in der Stimmung, eine Zurückweisung hinzunehmen. Die Vorstellung hatte vielversprechend begonnen, und er hatte das Gefühl, daß ihm nichts versagt werden könne. Am wenigstens das, was er sich zuvor schon viele Male genommen hatte.

Er packte die Frau am Arm und zog sie unsanft zu sich heran. »Ich bekomme dich, wann immer ich es will, oder du und dein blutleerer Ehemann könnt in der Gosse betteln gehen.«

In Margarets Augen loderte der Haß auf de Askeles und die Zwangslage, in die er sie brachte. Doch sie gab nach und dachte nur daran, wie sie ihn endgültig loswerden könnte. Es war verhängnisvoll, daß sich John Peper im gleichen Moment zu ihnen umdrehte, um als Noah seine Verse an sein widerstrebendes Bühnenweib, Robert Kemp, zu richten.

»Gutes Weib, tu, um was ich dich bitte.«
»Himmel, nein! Ich kann keine Gefahr erblicken,
Auch wenn du den ganzen Tag dastehst
Und hinaufstarrst zum Himmel.«

Peper konnte seine Augen kaum von dem Bild abwenden, das sich ihm über Robert Kemps Schulter hinweg bot: seine Frau, die ergeben in Stefano de Askeles' Arme sank.

Dreizehntes Kapitel

Lucifer: And therefore I shall for his sake
Show mankind great envy
As soon as He can him make
I shall at once him destroy.

The Fall of Lucifer

In den fünfzig Jahren auf dem Thron hatte Henry die geradezu unheimliche Fähigkeit entwickelt, zur richtigen Zeit am richtigen Ort zu sein. Sein Eintreffen bei der Kirche St. Frideswide fiel mit dem Auftritt der drei Weisen aus dem Morgenland zusammen. Drei rechtschaffene Oxforder Kaufleute hatten de Askeles gut bezahlt, um die drei Könige spielen zu dürfen, und trugen nun mit Inbrunst ihre Verse vor. Kniend beteten sie um ein Zeichen, und in diesem Moment entzündete Agnes einen kleinen Block Harz, der wie ein Stern am Himmel entflammte, so daß es den Zuschauern erneut, wie schon bei der Falltür, den Atem verschlug. Sie waren noch geblendet von dem grellen Licht, als Simon Godrich im Engelskostüm die Bühne betrat. Es schien, als sei er wie von Zauberhand aus dem Nichts aufgetaucht, und seine getragene Stimme war darin geübt, die Heiligen Drei Könige auf effektvolle Weise zu begrüßen.

»Oh, erhebt Euch, Ihr drei Könige,
Und folget mir
In das Land Judäa.«

In diesem Augenblick erklang Hufgetrappel auf der festgestampften Erde des Platzes, und im Rücken der Menge erhob sich lautes Gemurmel. Erbost blickte Godrich in die sich verdunkelnden Ecken des Hofes, um zu sehen, was die Störung verursacht hatte. Wie in einer Woge, die von ganz hinten bis nach vorne zum Bühnenrand lief, fielen die Leute auf die Knie. Hinter ihnen hievte ein alter Mann mit stumpfem grauem Haar und einem ebenfalls grauen Spitzbart seine steifen Glieder von einem mächtigen Roß herunter. Eine Anzahl Soldaten huschte um ihn herum und schirmte ihn von den am Boden Knienden ab. In dem Kreis, den die Bewaffneten bildeten, war ein zweites Pferd, von dem jetzt jemand mit jugendlicher Leichtigkeit absprang. Das Gemurmel, das sich durch die Menge fortpflanzte, erreichte schließlich auch die Bühne – der König! Sogleich fielen jene, die auf den Brettern im Blickfeld aller standen, ebenfalls auf die Knie.

Obwohl er den Kopf geneigt hatte, konnte Simon von seinem erhöhten Standpunkt aus den König genau erkennen und nahm mit Erstaunen die Aufmerksamkeit wahr, die Henry dem jungen Mann in seiner Begleitung zuteil werden ließ. Der Monarch reichte dem Burschen den Arm und geleitete ihn zur Tribüne – wo sich der Prior von St. Frideswide erhoben hatte –, so als wäre nicht er, Henry, sondern der junge Mann der König. Aber er war zu jung, um Prinz Edward zu sein, der inzwischen ein Mann mittleren Alters war. Henry erlaubte dem Jüngling, ihm auf den Stufen voranzuschreiten, hinauf zu den Plätzen, die für den Prior und sein Gefolge reserviert waren, und verneigte sich, als er auf dem Kissen Platz nahm, das der Geistliche eigentlich zu seiner eigenen Bequemlichkeit auf der Bank niedergelegt hatte.

Falconer stand unter den Leuten und grinste breit, als er sah, wie der König Thomas Symon hofierte und den eitlen Prior in Verlegenheit brachte. Sein Plan schien aufzugehen. Doch hatte der Lord of Misrule schon eine Gelegenheit gefunden, die Freilassung der Gefangenen zu verlangen? Eine Stimme neben ihm beantwortete seine unausgesprochene Frage.

»Sie sind frei. Doch laßt mich in Zukunft mit solch verrückten Spielchen in Ruhe. Den ganzen Tag habe ich um meinen Hals gefürchtet.«

Es war die Stimme de Cantilupes, der erhitzt und erschöpft wirkte, nachdem er vom Kerker, wo ihm die freigelassenen Bürger aus Dankbarkeit buchstäblich zu Füßen gefallen waren, zur Kirche geeilt war, um sich dem Gefolge des Königs anzuschließen. Mit einem leinenen Taschentuch tupfte er sich den Schweiß von der Stirn und starrte seinen alten Gegenspieler zornig an, wobei er sich schwor, daß dieser Mann nie wieder Gelegenheit haben sollte, seine Stellung zu gefährden. Er fröstelte, da die Kälte des heraufziehenden Winterabends seinen Schweiß abkühlte, und stapfte davon, um sich zum König zu gesellen. Falconer sah ihm nach, und dabei fiel sein Blick auf das königliche Gefolge auf der Tribüne, gerade rechtzeitig, um zu bemerken, wie Thomas Symon ihm aufgeregt zuwinkte. Der junge Mann wedelte mit dem Arm in der Luft herum, doch erst nachdem der König neben ihm beiläufig genickt hatte, erhob sich die Menge und richtete ihre Aufmerksamkeit wieder auf die Vorgänge auf der Bühne. Simon setzte noch einmal an:

»Oh, erhebt Euch, Ihr drei Könige ...«

Bullock konnte immer noch nicht glauben, was Falconer ihm erzählt hatte – daß in der Stadt ein Mord geschehen war, von dem er überhaupt nichts mitbekommen hatte. Wie Falconer von Jehozadok erfahren hatte, waren die Leute an der Leiche des alten Salomon achtlos vorübergegangen. Wie ein zusammengeknüllter Haufen Lumpen hatte er stundenlang in einer Ecke der Gasse gelegen, wo ihn sein Schicksal ereilt hatte, bis jemand aus seiner Gemeinde zufällig auf ihn aufmerksam geworden war. Zweifellos würden die Christen, wenn man sie danach fragte, behaupten, sie hätten geglaubt, daß der zerlumpte Mann lediglich betrunken sei. Aber nicht einmal Bullock fiel es leicht, ihre Gefühllosigkeit gegenüber anderen menschlichen Wesen, seien es nun Juden oder Christen, zu verdauen. Die Leiche war fortgeschafft und den jüdischen Bräuchen gemäß bestattet worden. Jetzt verstand Bullock allmählich auch den Hintergrund des Tumults bei Petysance Prozession – und was der junge Jude mit seiner Drohung gemeint hatte. Er hoffte nur, daß es jetzt nicht durch irgendeinen Racheakt zu weiteren Opfern kommen würde. Mit der Aufklärung des Mordes sah es natürlich schlecht aus. Die Leiche konnte nicht mehr untersucht werden, und die Juden kapselten sich immer weiter ab, so daß er nicht mehr tun konnte, als die Ohren offen zu halten.

Falconer hingegen dachte über das Gespräch nach, das Salomon nicht lange vor seinem Tod mit Jehozadok geführt hatte. War dort der Schlüssel zur Aufklärung des Mordes zu finden? Und standen sein Tod und der des Mönchs auf der Bühne in irgendeinem Zusammenhang? Schließlich hatte sich Salomon am Tag des zu frühen Todes von Bruder Adam im Hof von St. Frideswide aufgehalten. So viele Fakten es gab, so wenig paßten sie zusammen. Doch zunächst hatte Falconer seiner Verpflichtung gegenüber seinem Freund Bacon nachzukommen. Er wußte, daß unter den Gefangenen, für deren Freilassung Lord Thomas gesorgt hatte, auch Zerach de Alemmania sein mußte. Der geheime Brief Bacons brannte plötzlich wieder in seiner Gürteltasche. Und zwar nicht nur deshalb, weil er ihn so schnell wie möglich aushändigen wollte, sondern auch, weil er nur zu gerne wissen wollte, was darin stand. Er nahm sich vor, Zerach irgendwie dazu zu bringen, ihn in seinem Beisein zu öffnen. Eine Entschuldigung murmelnd, verabschiedete er sich von Bullock und ließ sich, hinter einigen anderen Zuschauern her, von dem Schauspiel wegtreiben. Bevor er unter dem Bogen hindurch in die Fish Street einbog, warf er noch einmal einen Blick zurück und sah, wie Robert Kemp in der Rolle des Herodes die Bühne betrat und damit drohte, alle neugeborenen Kinder töten zu lassen.

Das Grau des schweren wolkenverhangenen Himmels ging rasch in die abendliche Dunkelheit über, und Falconer kreuzte die Arme über der Brust, um sich ein wenig gegen die Kälte zu schützen. Die Marktstände waren abgebaut, doch Jongleure, Puppenspieler und Tanzbären unterhielten immer noch im Schein der Fackeln die hin und her wogende Menge. Tiefe Schatten lagen auf den von den Flammen etwas entfernten Ecken, und Falconer versuchte die Augen offen zu halten, wegen des Gesindels, das mit Vorliebe unachtsame abendliche Spaziergänger überfiel. Die Gasse zu Zerachs Haus war fast finster und leer, und Falconer fand den Gedanken unbehaglich, sich länger in dieser Totenstille aufhalten zu müssen. Jedermann schien bei den Mysterienspielen zu sein.

Sein drängendes Klopfen bewirkte nur, daß sich nach längerer Zeit eine unsichere Stimme hinter der Tür aus schwerem Eichenholz bemerkbar machte.

»Wer ist da?«

»Mein Name ist Falconer. Ich bin Regent Master an der Universität und ein Freund von Roger Bacon.«

»Ich kenne weder Euch noch ihn.«

Falconer zögerte. War das vielleicht doch der falsche Mann? Nein, die Hinweise trafen genau auf ihn zu. Das Spiel mit der Bedeutung seines Nachnamens, Alemmania, Deutschland, und den Anfangsbuchstaben seines Namens, Z und A, Omega und Alpha, wiesen ihn als den Gesuchten aus. Sicher war der Mann nur verängstigt und mißtrauisch, was ihm angesichts seiner Erfahrung mit der Einkerkerung und dem drohenden Schafott wohl niemand verdenken konnte. Er mußte Zerach de Alemmania davon überzeugen, daß er tatsächlich der Mann war, als der er sich ausgab.

»Roger hat eine These entwickelt – *possunt fieri instrumenta volandi*. Sicher hat er Euch auch davon erzählt.«

Die Stimme klang noch nicht überzeugt. »Er hat vielen Leuten von der Möglichkeit erzählt, eine Flugmaschine zu konstruieren.«

»Ja, aber nur seinen engsten Freunden und Kollegen hat er

davon berichtet, daß jemand damit beschäftigt ist, seine Theorie in die Tat umzusetzen.«

Falconer betete, daß Zerach dem Mönch nahe genug gestanden hatte, um in dieses Geheimnis eingeweiht zu werden. Man vernahm das Geräusch eines Riegels, der zurückgeschoben wurde, die Tür öffnete sich ein wenig, und ein blasses, abgespanntes Gesicht erschien in dem schmalen Spalt. Dem Mann lag offensichtlich eine Frage auf den Lippen, und Falconer beantwortete sie mit einem verlegenen Grinsen.

»Ja, ich bin der Narr, der Roger beim Wort genommen hat.«

»Rasch, kommt herein.«

Zerach ergriff Falconers Arm und zog ihn durch die halbgeöffnete Tür, die er schnell hinter ihm zuschlug. Mit zitternder Hand schob er den Riegel vor. Erst jetzt wirkte er ein wenig entspannter und erlaubte sich gar den Anflug eines Lächelns. Er führte Falconer in den großen Raum, wo der Regent Master schon Zerachs Schriften durchgesehen hatte, und bat ihn, Platz zu nehmen. Falconer entfernte einen Stapel Bücher von einem Stuhl und setzte sich. Der Jude blieb stehen, beziehungsweise schritt vor der erloschenen Asche im Kamin nervös auf und ab. Es hatte den Eindruck, als sei er noch hin und her gerissen zwischen dem beklemmenden Gedanken an das, was ihm hätte passieren können, und der Wut auf diejenigen, die ihn in diese Lage gebracht hatten. Falconer konnte es ihm nicht verübeln und versuchte zunächst, den Mann mit einem eher oberflächlichen Gespräch über seine Experimente mit Fluggeräten auf andere Gedanken zu bringen. Dabei mußte er einräumen, daß es sich bis jetzt noch nicht um mehr als Kinderspielzeuge handelte, die, wenn er sie von einem erhöhten Punkt, wie zum Beispiel einen Turm der Stadtmauer, abwarf, langsam zur Erde glitten. Schließlich hatte sich Zerach so weit gefangen, daß er selbst auf Falconers eigentliches Anliegen zu sprechen kam.

Der Regent Master stand auf und nahm einen versiegelten

Umschlag aus den Falten seines Gewandes, den er Zerach reichte: »Das ist von unserem gemeinsamen Freund.«

»Tatsächlich?« Zerach zögerte einen Moment, griff dann begierig nach dem Umschlag und erbrach das Siegel. Wie versteinert stand er da und las die erste, mit krakeliger Handschrift vollgeschriebene Seite, wobei sich seine Miene zunehmend verdüsterte.

»Was schreibt er?« fragte Falconer freundlich.

»Nun, zunächst empfiehlt er mir den Überbringer dieses Briefs, um mich gleich darauf zu bedrängen, meine Zeit nicht länger mit dem, was er nun spekulative Alchimie nennt, zu vergeuden. Er scheint keine Vorstellung davon zu haben, daß ich seit seiner Verbannung auf seine Anregung hin jede freie Minute damit zugebracht habe, nach dem Elixier zu forschen.«

Zerach klang ein wenig verbittert. Doch Falconer wußte, wie rasch das Interesse des genialen Roger Bacon von einem Konzept zum nächsten wechselte, womit er die Sterblichen, die ihn umgaben, weit überforderte. Es war absolut normal für ihn, daß er das, was ihn einmal am stärksten in seinen Bann gezogen hatte, mit wachsendem Verständnis vom Universum plötzlich verächtlich abtat. Zerach las weiter.

»Er rät mir, mich der sogenannten praktischen Alchimie zuzuwenden, und berichtet, er habe ein reines Metall, für das er keinen Namen angibt, mit Eisen verschmolzen und so einen Werkstoff von außerordentlicher Härte erhalten, der sich besonders zur Anfertigung von Rüstungen eigne. Außerdem liefert er hier ein Rezept für ein schwarzes Pulver, das explodiert, wenn es entzündet wird, und bittet mich, seine diesbezüglichen Versuche zu wiederholen. Hmm ...«

Falconer bemerkte, wie Zerachs Augen zu leuchten begannen. Er schien seine Verärgerung über Bacons Bemerkung zur spekulativen Alchimie vergessen zu haben und brannte offensichtlich darauf, diese neuen Experimente selbst durchzuführen. Im Moment waren Zerachs Gedanken an jene, die ihn denunziert hatten, und an das Gesicht aus der Vergangenheit, das ihm an dem Tag begegnet war, als die Gaukler in der Stadt eingetroffen waren, von seiner wissenschaftlichen Neugier verdrängt worden.

Zufrieden, dem Wunsch Bacons endlich entsprochen und auch etwas vom Inhalt seines Briefes erfahren zu haben, überließ Falconer den Mann beruhigt seinen wissenschaftlichen Forschungen. Mit dem Versprechen, wiederzukommen und sich nach dem Fortgang der Experimente zu erkundigen, ließ er den zerstreuten Alchimisten allein und trat in die Kälte der Pennyfarthing Street. Obwohl ihm eigentlich der Sinn danach stand, in die warme Behausung der Aristotle's Hall zurückzukehren, ging ihm der verpfuschte Mordanschlag auf de Askeles nicht aus dem Kopf. Und ebensowenig der, wie er glaubte, damit in Zusammenhang stehende Tod des Juden Salomon. Nun hatte er ja Zeit, sich allein auf diese Fälle zu konzentrieren, und obwohl er fast überzeugt war, daß sich der Mörder in Gestalt von Ralph, dem Zimmermann, irgendwo versteckte, kam er mit sich überein, daß es nicht schaden könne, auch die Mitglieder der Gauklertruppe weiter im Auge zu behalten. Aus diesem Grund lenkte er seine Schritte erneut in Richtung der Prioratskirche St. Frideswide.

Will Plome hatte die in wohlüberlegter Anordnung neben der Bühne plazierten Fackeln entzündet. Das Schauspiel würde bis in den späten Abend hinein dauern, und de Askeles legte großen Wert darauf, daß jede einzelne Geste von der Menge zu erkennen war – und mehr noch vom König und seinen Edlen, die von der Tribüne aus zuschauten. Stefano hätte es zwar nie zugegeben, aber er war nervös. Während sich Robert Kemp als Herodes arglistig bei den drei Weisen nach dem kleinen Jesus erkundigte, beobachtete er vom Bühnenrand den König von England. Henrys ergrautes Haupt mit dem spitzen, ebenfalls grauen Bart ragte über die anderen hinaus. Der Schein der

Fackeln entlang der Bühne überzog die Vertiefungen seiner Augenhöhlen mit tiefen Schatten und ließ sein ohnehin schon hageres Gesicht noch eckiger wirken. So alt und immer noch so mächtig. De Askeles fragte sich, ob sein Sohn, Prinz Edward, darauf brannte, König zu werden, und vom Königsmord träumte, um das hartnäckige Hindernis auf dem Weg dorthin endlich loszuwerden. Er selbst würde sich, wäre er in dieser Lage, mit Sicherheit Gedanken darüber machen. Doch bis dahin mußte es ihm noch darum zu tun sein, diesen alten Mann dort zu beeindrucken, damit der ihm den Weg zu den gut gefüllten Fleischtöpfen der Reichen ebnete, nach denen es ihn so brennend verlangte. Als er seinen Blick über die Zuschauer schweifen ließ, entdeckte er Pfarrer Petysance in der ersten Reihe. Er nahm noch einen tiefen Schluck aus der Weinflasche, die neben ihm stand.

Die unförmige Gestalt des kahlrasierten Will Plome stapfte die Stufen neben der Bühne hinauf und ging zu dem Affenkäfig hinüber. Er steckte seine Finger durch das Gitter, und das Tier reagierte auf die Begrüßung mit einem glücklichen Geschnatter, drückte seinen Kopf gegen die Stäbe und erlaubte Will, es zu kraulen. In diesem Moment schoß dem angetrunkenen de Askeles ein gemeiner Gedanke durch den Kopf, und er ging, in sein langes Teufelsgewand gekleidet und mit der großen Hörnermaske unter dem Arm, zu Will hinüber und zischte ihm ins Ohr: »Gib mir den Affen.«

Erschrocken starrte Will in de Askeles' funkelnde Augen. Er wußte, daß dieser Mann die Zuneigung, die er dem Affen entgegenbrachte, verabscheute und hielt ihn jeder Gemeinheit für fähig. Und die Tatsache, daß er jetzt wie der Teufel aussah, bestätigte ihn nur in diesem Gefühl. Aber was hatte er jetzt mit dem Affen vor? Die Sorgenfalten in Wills häßlichem Gesicht trieben de Askeles nur weiter an.

»Mach schon – gib mir endlich den Affen!«

»Wozu?« Will hatte sich die Frage nicht verkneifen können,

obwohl er die Antwort eigentlich gar nicht wissen wollte. De Askeles lachte.

»In der nächsten Szene werden die unschuldigen Kinder ermordet, und ich bin es leid, mit dem Messer immer auf die Lumpenpuppe einzustechen, die wir fürs nächste Mal wieder zusammenflicken müssen. Heute spielt der Affe das unschuldige Kind, und die Zuschauer werden echtes Blut zu sehen bekommen.«

In Will Plomes Entsetzensschrei mischte sich eine barsche Frauenstimme.

»Laß das!«

Agnes Cheke trat aus der Dunkelheit und drängte sich zwischen Will Plome und seinen Peiniger. Sie drückte den verschreckten Tölpel wie ein groteskes Riesenbaby fest an ihre Brust und dämpfte sein Schluchzen in den weichen Falten ihres Kleides. De Askeles erhob die Hand gegen sie, doch bevor er sie schlagen konnte, wurde er von einem eindringlichen Flüstern vom Bühnenrand her abgelenkt. Es kam von Simon Godrich im Frauenkostüm, der die Mutter eines unschuldigen Kindes spielte.

»Stefano, dein Auftritt!«

De Askeles ließ den Arm sinken. »Ihr seid wirklich ein feines Paar. Ich werde euch für eine besondere Vorstellung einplanen – die häßlichste Frau der Welt mit ihrem Riesenbaby.«

Mit diesen Worten setzte er die Teufelsmaske auf und schritt davon, auf die Falltür zu, von der aus sein Auftritt erfolgen würde. Die schwelenden Rachegelüste in den Seelen von Agnes und Will hatte er zu einem lodernden Feuer entfacht.

»Dämonen in großen Schwärmen sehe ich
Aufsteigen aus der Hölle zu mir.
Zuviel Leid geschah durch meinen Befehl,
Erblicke nun meinen großen Feind,
der mich hinabstoßen wird in ewige Finsternis.

Verlassen muß ich diesen Ort,
Meine Seele gehört dem Satan nun.
Ich sterbe, ich sterbe, weh mir, weh mir!«

Herodes, mit seinem sarazenischen Spitzbart, fiel zu Boden, während der Satan in einer dichten Rauchwolke aus der Falltür aufstieg. De Askeles breitete seine Arme aus, so daß die weiten Ärmel seines Gewandes König Herodes den Blicken der erstarrten Menge entzogen. Spontaner Beifall brandete auf, als sich der Rauch verzog. Die Bühne war leer. Herodes war mit dem Satan zur Hölle hinabgefahren.

»Komm«, flüsterte Falconer, faßte Bullock am Arm und zog ihn von den Zuschauern fort. Der Constable protestierte.

»Was soll das? Die Vorstellung ist noch gar nicht aus.«

»Ich will ja auch nicht gehen. Ich will mir nur ansehen, wie ihre Tricks funktionieren. Vielleicht können wir von der Seite mehr erkennen.«

Er wolle gar nicht wissen, wie diese Dinge funktionierten, erwiderte Bullock grummelnd – das würde ihm nur den Spaß daran verderben. Doch Falconer ließ nicht locker, und der Constable folgte ihm zur rechten Bühnenseite, von wo der Regent Master einen neugierigen Blick unter die Bretter warf. Belohnt wurde er mit dem Anblick von de Askeles und Robert Kemp, die gebückt zur anderen Bühnenseite hinüberschlichen, wo Agnes Cheke mit einer Kerze in der Hand stand, um den beiden den Weg aus dem Labyrinth von Stützen und Balken zu erleichtern. Über ihren Köpfen hatte die Leidensgeschichte Christi begonnen, mit Simon Godrichs wohltönender Stimme, die die Worte Jesu beim Letzten Abendmahl vortrug.

»Denn wisset, die Stunde ist gekommen,
Da sich erfüllet Gottes Wille.
Ein großes Opfer werde ich nun beginnen,
Um die Menschen zu erlösen von ihren Sünden.«

Hingerissen verfolgte Bullock den Verrat des Apostels Judas, doch Falconers Blick wurde von einer Gestalt am Bühnenrand angezogen. Er kramte in seiner Gürteltasche und zog seine Augenlinsen hervor, hielt sie vor die Augen und erkannte jetzt John Peper, der jemandem unter den Zuschauern zuwinkte, aber es war unmöglich, in diesem Meer aus Gesichtern zu erkennen, wer es war. Der Regent Master bückte sich, um unter der Bühne hindurchzuschauen, in der Hoffnung, auf diese Weise einen besseren Blick zu haben. Die Kerze, die Agnes direkt neben der Bühne hatte stehenlassen, erhellte zwar diese »untere« Welt besser als die darüber, bot seinen Augen aber nur das eigenartige Bild sich bewegender, in der Taille abgeschnittener Körper, deren Identität er nur erraten konnte.

Zuerst sah er den schlichten Leinenrock einer Frau, wahrscheinlich Agnes, von der er wußte, daß sie sich auf jener Seite der Bühne aufhielt. Dennoch hätte es auch, wie er sich etwas ratlos eingestehen mußte, Margaret sein können oder einer der Männer, die Frauenrollen spielten. Doch wie auch immer: Sie bewegte sich jedenfalls zum hinteren Rand der Bühne. Dann rückten zwei weitere Gestalten in sein Blickfeld, die aus der Richtung der Zuschauer kamen. Der eine trug schlichte Strumpfhosen, die sich um stämmige Beine spannten: Will Plome. Der andere trug ein schwarzes Gewand, das bis zum Boden fiel und fast die Stiefel aus weichem Leder an seinen Füßen verdeckte. Es hätte zu einem Mönch, einem Priester oder Juden passen können, aber auch zu einem Schauspieler in geistlichen Gewändern, der einen Engel spielte. An der Treppe auf der entfernten Bühnenseite blieben die beiden Männer stehen.

Falconer richtete sich auf und hielt die Linsen in wechselnder Entfernung vor seine Augen. Doch sosehr er sich auch bemühte, die Umrisse der beiden Männer verschwammen in der Dunkelheit. Auf der Bühne erhob jetzt de Askeles, in der Rolle des Petrus, und sein Schwert schien tatsächlich einem der Laienschauspieler, der den Malchus spielte, ein Ohr abzuschlagen. Die Leute hielten den Atem an, als Simon Godrich als Jesus niederkniete, das Ohr aufhob und dem armen Malchus wieder ansetzte. Von seinem Standpunkt aus konnte Falconer erkennen, wie Simon dem Laienschauspieler das falsche Ohr zunächst an den Kopf rieb und es dann unauffällig in einer Tasche seines Gewandes verschwinden ließ. Sich bückend kehrte Falconer zu der unteren Halbwelt zurück. Die Beine von Will Plome waren verschwunden, und der andere Mann schritt nervös neben der Bühne auf und ab, bis plötzlich jemand das Treppchen von dort herunterkam. Er blieb stehen, und die beiden Männer standen sich eine Weile reglos gegenüber und blickten sich an. Dann stampfte einer der beiden ärgerlich mit dem Fuß auf und wandte sich ab.

Falconer richtete sich auf und ergriff Bullocks Arm.

»Wer hat als letzter die Bühne verlassen?«

»Judas. Warum?«

Falconer seufzte.

»Ja, aber wer hat ihn gespielt?«

»John Peper«, antwortete Bullock verwirrt.

Falconer ging im Kopf die Positionen der einzelnen Personen noch einmal durch. Agnes (oder war es doch Margaret?) war auf der rückwärtigen Seite der Bühne. Will war in die gleiche Richtung davongegangen. Jemand war aus dem Publikum gekommen und hatte mit John Peper gesprochen.

Doch wer war dieser Mann, und was hatten die beiden zu bereden?

In diesem Moment war die Szene zu Ende, und die Schauspieler hasteten hin und her, um sich rasch für die nächste Szene umzuziehen, wobei sich die weniger erfahrenen Statisten fast gegenseitig über den Haufen rannten. Manche von ihnen gesellten sich auch wieder zu ihren Freunden im Publikum, weil sie ihren Auftritt hinter sich hatten. Als Falconers Blick auf die gegenüberliegende Seite der Bühne wieder frei war, hatten sich John Peper und der andere Mann in dem Gewusel verloren. Der Fremde war vielleicht wieder im Publikum, und John Peper konnte überall sein.

Nun betraten einige Darsteller die Bühne, die dunkle Gewänder mit aufgenähten Abzeichen aus gelbem Stoff trugen, jene Kleidung also, die für die englischen Juden in den von Christen beherrschten Städten vorgeschrieben war. Dazu hatten sie groteske Parodien der langen Bärte an ihre Backen geheftet, wie sie für die Ältesten der jüdischen Gemeinden typisch waren. Unter den Pfiffen und Buhrufen der Menge begannen sie, die unrühmliche Rolle der Juden in der Leidensgeschichte Christi nachzuspielen, das heißt, sie schleiften erst einmal den Jesus Simon Godrich zu jener Stelle auf der Bühne, die als Palast des Pilatus hergerichtet war. Falconer hoffte nur, daß dadurch nicht erneut der Haß auf jene jungen jüdischen Hitzköpfe entfacht wurde, durch deren Schuld am Morgen das christliche Kreuz im Dreck gelandet war.

Währenddessen blickte er immer wieder angestrengt zur anderen Bühnenseite hinüber, und dabei fiel ihm auf, daß de Askeles nirgendwo zu sehen war. Doch dann wurde er gewahr, wie der Schein einer Fackel am Bühnenrand in einem Schopf langer blonder Locken spielte. De Askeles stand alleine dort, mit dem weiß-goldenen göttlichen Gewand in seiner linken Hand, den Kopf zurückgeneigt, während er mit der rechten etwas zu seinen Lippen führte. Offensichtlich spielte er in der aktuellen Szene nicht mit und bereitete sich auf seinen nächsten Auftritt in der folgenden Himmelfahrtsszene vor.

Plötzlich schien sich ein Schatten aus der tiefen Dunkelheit auf der gegenüberliegenden Bühnenseite zu lösen, und Falconer hatte den Eindruck, daß sich de Askeles ruckartig umdrehte. Dann sah er, wie der Schauspieler das Treppchen neben der Bühne hinuntertaumelte. Als er sich bückte, erkannte er gerade noch, wie ein gestiefelter Fuß die Kerze, die dort stand, umtrat und den Raum unter der Bühne in Finsternis versinken ließ.

»Hey! Wo willst du denn hin?« rief ein verwirrter Bullock, als Falconer kurz entschlossen in das Bühnenuntere hinabtauchte und sich tief gebückt, unter den Füßen der Darsteller, die nun mit der Auferstehungs- und Himmelfahrtsszene begonnen hatten, den Weg zur anderen Bühnenseite bahnte.

Vierzehntes Kapitel

> Lucifer: Some of my charge shall it be
> To make mankind all to do amiss.
> Ruffian, my friend, fair and free,
> Look that you keep man from bliss.
>
> *The Fall of Lucifer*

Nachdem er die andere Seite erreicht hatte und ihm dabei nichts Schlimmeres passiert war, als sich beim Aufrichten den Kopf anzustoßen, ließ Falconer den Blick angestrengt durch die Dunkelheit schweifen. Er war vollkommen überzeugt, hier eine Leiche zu entdecken und möglicherweise auch die sich davonstehlende Gestalt von Ralph, dem Zimmermann, nachdem dieser den einige Tage zuvor gescheiterten Mord endlich ausgeführt hatte. Doch bis auf ein paar Kostüme, die auf einer breiten Truhe lagen, war nichts zu sehen. Er durchwühlte den Kleiderhaufen, unter dem aber nur ein beißender Schweißgeruch zu finden war.

»Was habt Ihr hier zu suchen? Ihr gehört doch nicht zu den Statisten!«

Agnes Cheke trat mit gerötetem Gesicht aus der Dunkelheit auf ihn zu und machte sich an den Kostümen zu schaffen, die Falconer bei seiner ergebnislosen Suche durcheinandergeworfen hatte. Während sie sie zu einem Stapel zusammenlegte, blickte sie ihn forschend an.

»Ihr seid doch dieser Master, der bei dem Wachtmeister war und immerzu neugierige Fragen gestellt hat. Hier gibt's nichts zu entdecken. Ihr solltet Euch hier gar nicht aufhalten.«

Doch sie schickte ihn nicht fort, sondern wuselte, Ordnung schaffend, wie eine Glucke um ihn herum, während sie mit einem Auge verfolgte, was sich auf der Bühne tat. Plötzlich schreckte sie auf, lauschte genauer auf die Worte, die Simon Godrich vortrug, und murmelte dann den Text mit.

»Mein Blut gebe ich hin
dem Vater in der reinsten Absicht …«

Sie wandte den Kopf, um hinter das Bühnenbild zu blicken, und erschrak.

»Er ist nicht da!«

»Wer?« fragte Falconer neugierig.

»Stefano. Er spielt doch Gott, und in wenigen Augenblicken wird Jesus – Simon – die Leiter hinauf in seine Arme klettern. Stefano müßte schon lange oben sitzen.«

Falconer folgte Agnes' Blick und sah eine erhöhte Plattform, die über eine Leiter hinter dem Bühnenbild zu erreichen war. Jetzt war er erst recht sicher, daß de Askeles nicht mehr in der Lage war, irgendeine Rolle zu spielen, und fragte sich, wie der König und das sonstige Publikum auf die Abwesenheit Gottes reagieren würden. Doch in diesem Moment tauchte de Askeles' Gestalt, in sein goldenes Kostüm gewandet und mit dem Antlitz Gottes vor dem Gesicht, aus der Dunkelheit hinter der Bühne auf. Er brummte kurz irgend etwas, zum Zeichen, daß er sie gesehen hatte, und stieg dann rasch die Leiter hinauf.

Agnes atmete erleichtert auf.

»Er muß sich vertan haben. Er kommt von der falschen Seite, von dort, wo der Thron Gottes für das Jüngste Gericht steht. Diese verfluchte Sauferei. Er kann's einfach nicht lassen.«

Falconer, der kurz zuvor noch überzeugt gewesen war, daß man de Askeles niedergestochen hatte und der Mann im Sterben liegen müsse, hatte sich damit abzufinden, daß der Schauspieler bloß betrunken war. Ein Mord ohne Leiche wäre immerhin denkbar gewesen, aber nicht, wenn die Leiche munter umherlief und eine Vorstellung gab. Er bemerkte, daß Agnes einen Moment etwas verwirrt dreinblickte, aber dann schüttelte sie den Kopf und wandte sich erneut den verschwitzten Kostümen zu. Auf der Bühne sang Simon »Ascendo at Patrem Meum« und sank in die Arme Gottes.

Henry beugte das Haupt und murmelte ein leises Gebet, als das Antlitz Gottes über den Köpfen der Schauspieler erschien. Sicher, er war der König von England, aber dennoch ein frommer Mann, der die Anfertigung eines goldenen Schreins für die Gebeine des heiligen Edward angeregt und der Westminster-Abtei ein Gefäß mit dem Blut Christi gestiftet hatte. Um ihn herum beugten Roger Mortimer, Thomas de Cantilupe und die anderen Edlen in seinem Gefolge, stets darauf bedacht, es ihrem Herrn gleichzutun, ebenfalls das Haupt. Auf dem königlichen Thron saß Thomas Symon, der Lord of Misrule, und nahm keine Notiz von den frommen Gesten. Zu sehr faszinierten ihn die Vorgänge auf der Bühne, eine Vorstellung, wie er sie im Leben noch nicht gesehen hatte. Bevor er nach Oxford gekommen war, hatte sich sein Leben ganz innerhalb der engen Grenzen des väterlichen Hofes abgespielt. Noch nicht einmal das Haus des Gutsherrn hatte zu seiner Welt gehört. Und die Weihnachtsunterhaltung hatte bestenfalls aus dem derben Humor eines Mummenschanzes bestanden. Aber auch in seinen ersten Studienjahren in Oxford war ihm kein solches Spektakel geboten worden. Und nun durfte er es sogar vom besten Platz aus verfolgen.

Ungeduldig rutschte er auf seinem Sitz hin und her, während er auf den Höhepunkt der Vorstellung wartete. Der Abend war kalt, aber in seinen Adern zirkulierte das Blut so heftig, daß er fast ins Schwitzen kam. Nach der Himmelfahrt Christi blieben jetzt noch die Überwältigung des Antichrists und das Jüngste Gericht, doch die Pause, in der die Bühne umgebaut wurde, schien kein Ende nehmen zu wollen. Aus dem Innenraum der Kirche waren die Stimmen der Mönche zu vernehmen, die das »*Quem queritis?*« intonierten. Die ewige Frage – wen sucht ihr in der Krippe, o Hirten? – durchdrang kaum das Stimmengewirr der wartenden Zuschauer auf dem Platz. Doch plötzlich legte sich über diesen Lärm eine einzelne Stimme. Ein Priester, den Thomas sogleich als Edward Petysance von St. Aldate erkannte, war tatsächlich so kühn, sich der Tribüne zu nähern, auf der der König mit seinem Hofstaat saß.

»Eure Majestät, hört mich an. Versäumt nicht, die Kirche St. Aldate zu besuchen, während Ihr in Oxford weilt. Der Arm des heiligen Eldad ruht seit kurzem in diesem Gotteshaus und hat bereits Wunder vollbracht.«

Petysance' Stimme übertönte die anderen Gespräche auf dem Kirchplatz, und die Zuschauer, die in der Nähe des Königs saßen, waren verstummt und starrten den dreisten Kerl staunend an. Es war höchst ungewöhnlich, daß man den Monarchen auf diese Weise belästigte, und alle, die es mitbekamen, dachten, der Mann müsse den Verstand verloren haben. Vielleicht hatte ihm der Besitz der Reliquie die Sinne verwirrt. Der König, erstaunt über die Störung, bedachte den Pfarrer mit einer unverbindlichen Handbewegung und lehnte sich zur Seite, um mit de Cantilupe zu sprechen. Thomas Symon konnte nicht verstehen, was er sagte, und dachte schon daran, dem früheren Kanzler zu befehlen, ihn einzuweihen, als die Vorstellung weiterging. Der Lord of Misrule wandte seinen Blick wieder der Bühne zu und bemerkte dabei, daß sein Master, William Falconer, am Bühnenrand stand und irgendwie niedergeschlagen wirkte. Er hatte wohl noch nicht mitbekommen, daß sein Plan funktioniert hatte und die Gefangenen mittlerweile frei waren. Thomas freute sich schon darauf, ihn gleich nach der Vorstellung mit der guten Nachricht aufheitern zu können. Außerdem mußte er ihm unbedingt von seinen unglaublichen Erlebnissen als »König von England« erzählen.

Als sich Petysance, offensichtlich wenig beeindruckt vom königlichen Desinteresse, zurückgezogen hatte, wandten sich alle Augen wieder den Schauspielern zu. Die Niederschlagung des Antichrists durch die Hand des Erzengels Michael spielte sich auf der linken Seite der breiten Bühne ab, wo die Hölle errichtet war. John Peper, der den Engel spielte, kämpfte sich holprig durch seinen Text und schien etwas ganz anderes im Kopf zu haben. Dennoch schwang er machtvoll mit heiligem Zorn sein Schwert, und der Antichrist in Gestalt Robert Kemps schien geradezu glücklich, durch die Falltür in der Unterwelt verschwinden zu können, die, als mahnendes Zeichen für alle Sünder in der Menge, offenblieb.

Ein Vorhang auf der äußersten rechten Seite der Bühne wurde zurückgezogen, und vor den Blicken der staunenden Menge tat sich der Himmel auf. Auf dem Bühnenbild prangten blühende Kirsch-, Apfel- und Pfirsichbäume und verbreiteten eine paradiesische Atmosphäre. Davor stand Gottes Thron, an dem zwei starke Seile befestigt waren, mit denen man Gott zu Ende der Szene in den Himmel hinaufziehen würde. Am anderen Ende der Seile standen einige kräftige Männer, die darauf warteten, diese Aufgabe zu erledigen. Auf dem Thron saß de Askeles in recht steifer Haltung, als Gott gekleidet und mit der großen, glitzernden Maske über dem Kopf.

In dieser letzten Szene sollte der Erzengel Michael Enoch und Elias von den Abgründen der Hölle hinauf zum göttlichen Thron führen. Die Komparsen, die diese Rollen übernommen hatten, zwei Silberschmiede, die den Rest des Jahres in ihren Werkstätten in der High Street arbeiteten, blickten John Peper erwartungsvoll an, bereit, ihm zum Himmel zu folgen. Doch der stand nur versteinert da, so als habe er jetzt seinen Text vollkommen vergessen. Dann besann er sich und begann:

»Nun zum Himmel, wo der Herr weilt,
Will ich Euch …«

Nur die beiden Männer auf der Bühne sahen ganz deutlich die Qual in Pepers Augen und dachten zunächst, er ärgere sich wegen seines Aussetzers. Doch dann stieß Peper einen unmenschlichen Schrei aus, der den Zuschauern das Blut in den Adern gefrieren ließ, und raste mit dem Schwert in der Hand über die Bühne. Später meinten einige, er habe Gott ohne ein weiteres Wort niedergestochen, andere wollten gehört haben, wie er noch so etwas wie »Frauenschänder« rief. Alle aber konnten bezeugen, daß John Peper weit ausholte und Stefano de Askeles mit einem einzigen Schwertstreich auf seinem Thron durchbohrte.

Fünfzehntes Kapitel

Lucifer: Alas! for all our woe and wickedness!
I am bound so fast in this plight and cheer,
And never away from hence may pass
But lie in Hell with all for ever still.

The Fall of Lucifer

Im Nu verwandelte sich der Hof in ein Tollhaus. Die Zuschauer schrien auf, und jene, die der Bühne am nächsten standen, drängten in panischem Schrecken zurück, um das Weite zu suchen. Scharenweise stürzten die Leute übereinander, und bald schon war der Platz ein einziges Gewusel ineinander verflochtener Glieder. Wer noch auf den Beinen war, floh zum nächsten Ausgang, ohne sich darum zu kümmern, wen er dabei niedertrampelte. Die Soldaten vor dem König waren aufgesprungen und umringten schützend ihren Herrn, um so zu verhindern, daß sich der Mord zum Königsmord ausweitete. Thomas Symon wurde in dem wilden Durcheinander unsanft vom Thron gestoßen und fand sich auf den harten Brettern wieder, verheddert in dem zu großen Gewand, das ihm der König geliehen hatte.

Peter Bullock war der erste, der seine Fassung wiederfand, und rief den beiden Silberschmieden auf der Bühne zu, John Peper festzuhalten. Sie warfen einen Blick auf den rasenden Schauspieler, und obwohl dieser sich noch damit abmühte, das Schwert aus dem Körper von de Askeles zu ziehen, stürmten sie Hals über Kopf über die Stufen von der Bühne hinunter. Bullock fluchte und versuchte, seinen massigen Leib auf die Bühne zu hieven. Das war für Peper das Zeichen, seinen Kampf mit dem Schwert aufzugeben und ebenfalls, den beiden Handwerkern hinterdrein, über die Bühnenbretter zu rasen. Doch bevor er die Stufen erreicht hatte, erblickte er Falconer, der ihm den Weg versperrte. Der Master erweckte den Eindruck, daß er sich sehr gut zu verteidigen wisse, und Peper wich zur anderen Seite aus und tauchte durch die Falltür in die Hölle ab.

Gleichzeitig erreichten Falconer und Bullock den Rand der Falltür und blickten hinab in den Rauch, der immer noch von dort aufstieg.

»Laß mich vor«, sagte Falconer, »ich bin etwas gelenkiger als du.«

Bullock grummelte irgendwas, ließ aber seinem Freund den Vortritt, der nun ohne zu zögern hinabsprang. Dann setzte er sich am Rand nieder und ließ sich die wenigen Fuß hinunterplumpsen. Falconer machte einen Schritt über das Gefäß mit den schwelenden Holzspänen, die den Rauch verursachten, und blickte sich um, konnte John Peper aber nirgends entdecken.

»Geh du da rüber, ich gehe hier lang.« Falconer deutete auf den vorderen Bereich der Unterbühne und verschwand in die andere Richtung. Gebückt kroch Bullock vorwärts. Der Höllenrauch hing schwer unter der Bühne, und der Constable begann zu husten, als er in seine Lunge drang. Er hörte, wie sich Falconer keuchend zu seiner Linken bewegte, konnte ihn aber in der Dunkelheit nicht sehen. Die unzähligen Pfosten, die die Bühne trugen, machten den Bereich zu einem Labyrinth, in dem sich Bullock bald ziemlich verloren vorkam. Er stellte sich vor, daß Peper nur wenige Fuß von ihm entfernt durch die Finsternis hätte kriechen können, ohne daß er ihn bemerkt hätte. Nach und nach paßten sich seine Augen ein wenig den Lichtverhältnissen an, und er erblickte vor sich ein großes, auf der Seite liegendes Faß. Doch er hatte Pech: John Peper hatte sich nicht darin versteckt. Es war voller Steine, und während Bullock sich noch fragte, was ein Fuß unter der Bühne zu suchen hatte, ging ihm plötzlich auf, wodurch das Getöse des Erdbebens in der Kreuzigungsszene entstanden war. Er hatte nun fast das andere Ende der Bühne und den schwachen Lichtschein erreicht, der dort die Dunkelheit durchbrach, als er Falconer plötzlich zu seiner Rechten etwas rufen hörte. Seine Stimme klang eigenartig gedämpft, fast körperlos. Bullock erschauderte, bewegte sich dann aber in die Richtung, aus der die Stimme zu kommen schien. Als er Falconer fand, sah er ihn den schweren Stoff betasten, der die Rückseite der Unterbühne von der Gasse trennte, die an der Kirche entlangführte. Eine Ecke des Stoffes war mit Gewalt heruntergerissen worden – kein Zweifel, der Mann war entwischt.

Sie krochen zurück zur Falltür und steckten die Köpfe aus dem Loch, hinein in das schwindende Licht der Fackeln um die Bühne herum. Die meisten Zuschauer waren gegangen, bis auf jene, für die der Anblick des Todes eine Attraktion war. Sie gehörten zu jener Sorte von Leuten, die sich auch am Bild der denunzierten Oxforder Kaufleute am Galgen ergötzt hätten. Besser noch, sie wären gestreckt und gevierteilt worden. Falconer war froh, daß er sie um dieses Vergnügen gebracht hatte. Der König und sein Hofstaat waren schon lange fort, und sicher hatten seine Soldaten einigen Leuten den Schädel eingeschlagen, um ihrem Monarchen eine rasche und sichere Flucht zu ermöglichen. Nur ein verlassener Thomas Symon hockte am Rand der Ehrentribüne. Sein purpurnes Gewand hatte er ebenso abgelegt wie seinen Titel. Mehrere Leute, unter ihnen auch die Schauspieler in Engelskostümen, umstanden den Toten, in dessen Leib noch immer die Mordwaffe steckte.

Falconer setzte seine kräftigen Arme ein, um sich aus der Falltür hochzustemmen, und kniete dann nieder, um auch Bullock heraufzuhelfen.

»Ich glaube, ich nehme lieber den einfacheren Weg über die Vorderseite. Schließlich bin ich kein Akrobat.«

Falconer nickte, stand auf und ging zur Leiche von de Askeles hinüber. Als Bullock das Treppchen heraufkam, war Falconer schon dabei, mit einigen anderen das Schwert aus der Leiche zu ziehen und dem toten Schauspieler die Maske abzunehmen. Es war fast eine Erleichterung, als dabei tatsächlich die blonden Locken von de Askeles zum Vorschein kamen – zumindest handelte es sich bei diesem Mord um keine Verwechslung. Die Augen in dem wachsfarbenen Gesicht waren geschlossen, und seine Miene wirkte, anders als zu Lebzeiten, fast friedlich. Als sie ihn auf der Bühne niederlegten, entglitt einem der Männer ein Arm des Toten und knallte auf die Bretter. Die Helfer waren so erschrocken, daß sie den Toten fast fallen ließen. Robert Kemp und Simon Godrich gingen los, um eine Leiter oder etwas Ähnliches zu holen, womit sie de Askeles forttragen konnten. Währenddessen beugte sich Falconer über die Leiche und begann mit der Untersuchung.

»Wenigstens kannst du mir jetzt nicht wieder erzählen, daß das der Zimmermann war«, bemerkte der Constable. »Alle haben gesehen, daß Peper ihn getötet hat – einschließlich des Königs. Und damit steht für mich auch fest, daß der erste Mordversuch, bei dem der Mönch dran glauben mußte, sein Werk war. Hätte ich doch nur nicht auf dich gehört und ihn freigelassen! Dann wäre das hier nicht passiert.«

Zu Bullocks Verzweiflung schenkte Falconer seinen Worten jedoch keinerlei Beachtung. Mit starren Augen blickte der Regent Master ins Leere, ein untrügliches Zeichen für den Constable, daß im Kopf seines Freundes eine umwälzende Idee Gestalt annahm. Nur konnte sich Bullock nicht erklären, was an diesem Mord hier unklar sein sollte – jedermann hatte Peper den tödlichen Stoß ausführen sehen. Um diese einfache Tatsache würde sogar William Falconer nicht herumkommen. Erst als Falconer etwas erwiderte, wurde Bullock bewußt, daß er wohl laut gedacht hatte. »Natürlich, du hast recht. Wie könnte ich bezweifeln, daß Peper das Schwert in de Askeles' Leib gestoßen hat? Die Frage ist nur, ob er es auch war, der ihn tötete.«

In der königlichen Residenz in Beaumont herrschte einmal mehr hektische Betriebsamkeit. Henry schritt ruhelos, beflissene Diener aufscheuchend, zwischen seinen Gemächern auf und ab. Schließlich gelang es der Königin, ihn etwas zu beruhigen. Doch die Abreise aus Oxford am nächsten Morgen war bereits beschlossene Sache. Er gab Anweisung, alles für die Rückfahrt nach London vorzubereiten, und ließ dann Thomas de Cantilupe kommen. Der verängstigte Ex-Kanzler hatte wieder einmal das Gefühl, daß die Welt um ihn herum zusammenbrach, und machte innerlich Regent Master Falconer für das ganze Unglück verantwortlich. War die Sache mit dem Lord of Misrule noch relativ glimpflich abgegangen, so hatte der Mord, der sich vor den königlichen Augen ereignet hatte, aufs höchste den Unmut seines Monarchen erregt. Und das war Falconers Schuld – er schien den Tod anzuziehen, wie ein hoher Baum den Blitz. Nur schade, daß er bis jetzt noch nicht selbst, wie der Baum, mit einem Schlag dabei ausgelöscht worden war.

Ungeduldig winkte der König de Cantilupe herbei. Das Gesicht des Monarchen war vom Alter gezeichnet, und wenn de Cantilupe nicht gewußt hätte, daß sein hängendes Augenlid in der Familie lag, hätte er angenommen, Henry leide an einer schweren Krankheit. Doch seine Arme hatte der König unter Kontrolle, und er fuchtelte damit erregt in der Luft herum.

»Die Ordnung der Welt ist aus den Fugen geraten, de Cantilupe. Und dazu war kein Lord of Misrule mehr nötig.«

De Cantilupe setzte an, eine Entschuldigung für diese dumme Idee vorzubringen, doch der König schnitt ihm das Wort ab.

»Was soll noch werden? Berkeley, Bassett und die Söhne de Montforts ziehen plündernd durchs Land, Banditen haben nicht einmal mehr vor ihrem König Respekt und dann auch noch dieser Mord vor meinen Augen. Nein, nein, wir brauchen wieder mehr Disziplin in unserem Königreich.«

»Majestät, Eure Einschätzung könnte nicht treffender sein.«

De Cantilupe würde seine wiedererlangte Stellung mit Zähnen und Klauen verteidigen. Zum Teufel mit William Falconer! Er würde nie wieder auf ihn hören. Der König drückte ihm Papier und Feder in die Hand. »Schreibt!«

De Cantilupe hielt den Atem an – wollte der König seine Unterwürfigkeit auf die Probe stellen? Gut, wenn Henry ihn als Schreiber wünschte, würde er ihm eben als Schreiber dienen. Er ging zu dem Tisch hinüber, auf dem ein Tintenfaß stand, und rollte den Pergamentbogen vor sich aus. Hin und her wandernd begann der König zu diktieren.

»Wir ordnen an: Daß alle Wachen in den Städten, die sich Nachlässigkeiten erlaubt haben, durch ehrliche und fähige Männer ersetzt werden. Wir ordnen an: Daß dem ›Hue and Cry‹* überall nach altem Brauch Folge geleistet wird ... Was war eigentlich mit dem ›Hue and Cry‹ heute abend? Das würde ich doch zu gerne wissen. Schreibt das nicht nieder ... Schreibt folgendes: All jene, die dem Aufruf zum ›Hue and Cry‹ nicht Folge leisten, sollen in Gewahrsam genommen werden, wegen Begünstigung der Verbrecher. Wir ordnen an: Daß vier oder sechs Mann – je nach Größe der Stadt – als Häscher auszuwählen und auf Kosten der Städte mit Pfeil und Bogen oder anderen leichten Waffen auszurüsten sind. Laßt mich überlegen ... Wir ordnen an: Daß die Stadtherren und Bürger aller Städte Befehl erhalten, für sicheres Geleit jener reisenden Kaufleute zu sorgen, die ihnen ihr mitgeführtes Geld vorzeigen. Und sollte dennoch ein solcher Kaufmann beraubt werden, ist er berechtigt, von besagten Bürgern Schadenersatz zu verlangen. Das war's. Ich gedenke zwar auch, die Hauptstraßen zwischen den Marktstädten von allem zwielichtigen Gesindel säubern zu lassen, doch im Moment muß das reichen.«

De Cantilupe nickte beifällig zu den weisen Entscheidungen seines Königs und betete innerlich, daß der flüchtige Troubadour bald gefunden und seine gerechte Strafe erhalten würde.

* Im Mittelalter genereller Aufruf zur sofortigen Verfolgung von Verbrechen nach der Tat, d. Übers.

Es war mitten in der Nacht und empfindlich kalt, doch Falconer schien davon nichts zu spüren. Er interessierte sich einzig und allein für die Leiche von de Askeles, die nun vor ihm lag. Er hatte Peter Bullock dazu überredet, sie zu ihm in die Aristotle's Hall bringen zu lassen, wo sie nun auf dem langen Gemeinschaftstisch lag, an dem seine Studenten gewöhnlich ihre Mahlzeiten einnahmen. Zunächst hatte er Krümel, Weinflecken und andere Reste des Abendessens beseitigen lassen müssen, bevor man den Leichnam dort niederlegen konnte. Als er die sterblichen Überreste von de Askeles auf dem Tisch ausgebreitet hatte, stiegen gotteslästerliche Gedanken an das Letzte Abendmahl und den Leib und das Blut Jesu Christi in ihm auf. Er schüttelte den Kopf, um ihn frei zu bekommen, und machte sich an die Arbeit. Zunächst löschte er die restliche Glut im Kamin, damit die Wärme ihn nicht bei den Untersuchungen, die er nun vorzunehmen gedachte, störte.

Dann begann er, de Askeles behutsam zu entkleiden, was sich als recht schwierig erwies, da die Totenstarre bereits eingesetzt hatte. Unter dem weißen Gewand mit den goldenen Borten war ein weiteres, das weit mehr mit Blut durchtränkt war und das er jetzt ebenfalls vorsichtig entfernte. Schließlich war der Körper vollkommen entkleidet und zeigte sich so gelb wie die Kerzen, die ihn erhellten. Von den neugierigen Gesichtern oben an der Treppe, die zu den Kammern der Studenten führte, nahm Falconer keinerlei Notiz. Die Anlieferung einer Leiche war keine Sache, die sich klammheimlich bewerkstelligen ließ. Also waren die Studenten allesamt aufgewacht und starrten nun auf diese unglaubliche Szene, obwohl sie von ihrem Master ja schon einiges gewohnt waren. Auf dem Tisch, an dem sie in Kürze ihr Weihnachtsmahl einnehmen wollten, lag eine entblößte Leiche, die Falconer betastete, so als suche er irgendeine verborgene Bedeutung. Der Master hielt inne, um seine Studenten wissen zu lassen, daß er sich sehr wohl ihrer Anwesenheit bewußt war.

»Meinetwegen, schaut zu, wenn euch das interessiert – aber ich will keinen Kommentar hören.«

Die Haustür ging auf, und Bullock trat ein, in Begleitung eines grauhaarigen, unauffällig wirkenden Mannes, mit einer kahlen Stelle am Hinterkopf, die an eine Mönchstonsur erinnerte. Er hatte ein Bündel dabei, das er fest unter den Arm geklemmt hatte. Falconer ging ihnen entgegen.

»Ah, Bonham, danke, daß Ihr zu solch ungewöhnlicher Stunde gekommen seid. Ich brauche Eure fachkundige Hilfe.«

Richard Bonham war ebenfalls Regent Master der Universität und unterrichtete normalerweise Rhetorik. Er war einige Jahre jünger als Falconer, doch seine kahle Stelle am Schädel und sein steifes Gehabe ließen ihn um einiges älter wirken. Falconer konnte seine wissenschaftlichen Ansichten häufig nicht teilen, respektierte ihn aber wegen seiner Kenntnisse in seinem speziellen Fachgebiet, einem Gebiet, das unter allen Umständen ein Geheimnis bleiben mußte. Verschiedene Päpste hatten anatomische Studien am menschlichen Körper ausdrücklich verboten, und nur wenige Gelehrte fanden noch den Mut, gegen diese Anordnung zu verstoßen. Vielleicht eine Handvoll Universitätslehrer brüstete sich im trauten Kreis damit, bisher schon ein oder zwei Leichen seziert zu haben. Doch Falconer wußte, daß Bonham mindestens vier Leichen in ebenso vielen Jahren anatomisch zerlegt hatte.

Nach Falconers Begrüßung ließ Bonham seinen Blick zunächst fast gierig zu der Leiche auf dem Tisch wandern, dann eher ängstlich zu den Studenten an der Treppe.

»Hier kann ich nicht arbeiten. Bei den vielen Zuschauern.«

Er wandte sich zum Gehen, doch Falconer hielt ihn zurück, indem er seinen Arm ergriff. »Die sind alle genauso wißbegierig wie wir beide. Außerdem bin ich gar nicht so sicher, ob Ihr überhaupt Eure ... Gerätschaften braucht.«

Falconer deutete auf das sorgfältig verschnürte Lederbündel in Bonhams nervöser Hand. Er wußte, daß es eine Reihe beängstigend scharfer Messer enthielt, die Bonham dazu benutzte, präzise Schnitte im Fleisch der Leichen vorzunehmen, die er untersuchte. Falconer hatte einmal in Bonhams Keller eine gehäutete und in ihre Einzelteile zerlegte Leiche gesehen, die wie die Auslage in einem Metzgerladen ausgesehen hatte. Das entsetzliche Bild war durch seine wissenschaftliche Neugier bald in den Hintergrund gedrängt worden. Andere Augenzeugen würden jedoch mit Sicherheit bei solch einem Anblick weniger souverän reagieren. Bonham und seine Kollegen mußten auf der Hut sein. »Eine oberflächliche Untersuchung könnte ausreichen.«

Auf diese Weise beruhigt, wandte der kleine Master seinen Blick wieder dem Leichnam zu. Er durchquerte den Raum, trat an den Tisch und ließ seine feinfühligen Hände zunächst über den Körper und dann über das Gesicht des Toten gleiten.

»Hm. Die Gesichtsmuskeln sind fast steif, die Glieder weniger. Er kann also noch nicht lange tot sein. Vielleicht der Zeitraum zwischen Sext und None. Er ist noch nicht so kalt wie die Luft, also ist er weniger als einen halben Tat lang tot.«

Bullock begann zu protestieren. »Was soll das alles, William? Wir wissen doch ganz genau, wann er gestorben ist – wir haben es alle mit eigenen Augen gesehen. Und ebenso, wer ihn getötet hat. Auch du kannst nicht leugnen, daß es John Peper war.«

»Geduld, Peter, dich mag es nicht interessieren, was uns Bonham zu sagen hat. Aber dulde doch bitte, daß ich meinen Spleen ein wenig auslebe.«

Bullock blähte verzweifelt die Backen auf und stieß den Atem aus, der sich in der Kälte des Raumes sofort zu einer Wolke formte. Ungeachtet des Wortwechsels hatte Bonham die Leiche weiter untersucht.

»Seht hier, die typisch wächserne Haut.« Er hielt inne und legte seinen Finger in die Wunde im Unterleib, wo John Peper das Schwert hineingestoßen hatte. »Ich nehme an, Ihr habt ihm die Augen geschlossen und den Körper gewaschen.«

Falconer schüttelte den Kopf, und Bonham blickte ihn überrascht an.

»Dann verstehe ich nicht, wo das ganze Blut geblieben ist. Zeigt mir seine Kleider.«

»Die sind hier.« Falconer ging hinüber zu der Stelle, wo er die Gewänder achtlos auf den Boden geworfen hatte, und reichte Bonham zunächst das weiße Gewand. Um den Riß, den das Schwert verursacht hatte, waren nur wenige Blutflecken zu erkennen, ganz im Gegensatz zum Saum, der durch das getrocknete Blut in zerknautschten Falten zusammenklebte. Und auch das Gewand, das de Askeles darunter getragen hatte, war, wie sie jetzt feststellten, voller Blut. Bonham drehte dieses Untergewand aufmerksam in seinen Händen hin und her. Plötzlich warf er es zu Boden, eilte zu der Leiche zurück und machte sich an ihr zu schaffen.

»Helft mir doch, ihn umzudrehen«, forderte er Falconer ungeduldig auf.

Falconer trat heran, und gemeinsam drehten sie de Askeles auf die andere Seite. »Was sind denn das für Blutergüsse?« fragte Falconer erregt, während er auf de Askeles' Hinterbacken deutete.

Bonham lächelte. »Das sind keine Blutergüsse. Ihr müßt wissen, solange wir leben, wird unser Blut gleichmäßig durch den ganzen Körper gepumpt. Hört das Herz auf zu schlagen, sackt das Blut zum niedrigsten Punkt unseres Körpers ab. Und hier an diesen dunklen Stellen hat sich das Blut gesammelt.«

»Ist es dann nicht seltsam, daß auf seinem Rücken solche Merkmale fast nicht zu sehen sind? Er hat doch praktisch seit dem Eintritt des Todes flach dagelegen.«

Bonham nickte und setzte zu einer Erwiderung an, als er plötzlich etwas anderes entdeckte. »Schaut mal hier. Danach habe ich gesucht.«

Falconer ging ganz nah an die Stelle heran, auf die der Anatom deutete. Im Rücken des toten Schauspielers war nicht nur ein Einstich zu sehen – sondern zwei. Er drehte den Leichnam auf die Seite und betrachtete zunächst die Wunde am Rücken und dann die in der Brust; danach zeigte er auf die untere Verletzung im Rücken.

»Dieser Schnitt hier stimmt mit dem auf der Brust überein. Und ebenso mit der Tatsache, daß John Peper über de Askeles gebeugt war, als er ihn mit dem Schwert durchbohrte.«

Bullock konnte sich eines spöttischen Kommentars nicht enthalten. »Ach, wie schön! Dann glaubst du also auch, daß John Peper das Schwert führte und nicht irgendein Dämon.«

Falconer ging nicht darauf ein und fuhr fort, während er auf die tiefere Wunde im Rücken deutete. »Aber diese hier ist kleiner und blutiger.«

»Sehr richtig!« rief Bonham triumphierend, so als sei Falconer ein etwas begriffsstutziger Student, den man durch eine logische Beweisführung zum vollen Verständnis der behandelten Frage herangeführt hatte. »Kommen wir noch einmal auf das zweite Gewand zurück, das Ihr mir gezeigt habt. Vielleicht ist Euch aufgefallen, daß nur die Rückseite voller Blut war. Und das bedeutet ...«

Er hielt inne, um seinem »Studenten« Gelegenheit zu geben, selbst zu der unvermeidlichen Schlußfolgerung zu kommen. Falconer spielte mit. »Daß de Askeles zuerst einen Stich in den Rücken erhalten hat.«

Bullock war immer noch verwirrt. »Aber der Hieb von John Peper, könnte der nicht beide Wunden verursacht haben?«

Falconer und Bonham tauschten einen komplizenhaften Blick aus, doch es war Falconer, der zuerst das Wort ergriff: »Das ist sehr unwahrscheinlich. Das Schwert durchbohrte ihn ohne Widerstand und nagelte ihn am Thron fest. Ich habe es dort ja selbst herausgezogen. Es kann ihm also nicht zwei Wunden im Rücken beigebracht haben. Nein, nein, die Schlußfolgerung ist eindeutig – de Askeles wurde zweimal getötet.«

Sechzehntes Kapitel

God: Ay! wicked pride shall ever work thee woe
My joy thou hast made amiss.
I may well suffer: my will is not so
That they should part thus from my bliss.

The Fall of Lucifer

»Dank für Eure fachkundige Hilfe, Master. Obwohl mir selbst an der Leiche einiges merkwürdig vorkam, weiß ich nicht, ob ich die zweite Wunde entdeckt hätte.«

Falconer begleitete Bonham vom Tisch mit der Leiche zur Tür und ergriff die Talglampe, die der kleine Regent Master mit sich führte, um sich im Labyrinth der Oxforder Gassen zurechtzufinden. Draußen war es stockdunkel, und Bonham schauderte in der Kälte, als er sich zum Gehen wandte. Einen Moment blieb er aber noch zögernd auf der Schwelle stehen, so als habe er noch etwas auf dem Herzen. Er wandte den Kopf erneut der Leiche zu, atmete tief durch und sagte dann:

»Das ist doch dieser Schauspieler, de Askeles, oder?«

»Ja, das ist richtig.«

»Vollkommen sicher bin ich mir nicht, dazu ist es schon zu lange her, aber ich glaube zu wissen ...« Er zögerte wieder, und Falconer drängte ihn weiterzusprechen – er spürte, daß ihm der grauhaarige Mann etwas Wichtiges mitzuteilen hatte. Bonham fuhr fort: »Und im Tod werden Gesichter fast zu Masken, was die Identifizierung sicher nicht erleichtert.«

Falconers stechende blaue Augen durchbohrten die von Master Bonham, so als wolle er die Informationen rascher aus ihm herausholen, als dieser sie zu geben bereit war. »Dennoch ...?«

»Dennoch hieß dieser Mann auf Eurem Tisch nicht Stefano

de Askeles, als ich ihn das letzte Mal sah. Das war zu der Zeit der politischen Umwälzungen in London. Ihr werdet Euch erinnern: Der König ließ damals seine französischen Halbbrüder nach England kommen und machte den verhaßten Aethelmar, zur Empörung des englischen Klerus, sogar zum Erzbischof von Winchester. Was gab das damals für einen Aufruhr! Ich entsinne mich, daß das Parlament zusammengerufen ...«

Falconer unterbrach seinen Redefluß: »Ihr sprecht also von der Zeit vor rund zwanzig Jahren.« Er blickte auf die Leiche. »Er muß damals ungefähr so alt gewesen sein wie meine Studenten heute.«

Bonham senkte die Stimme, angesichts des diskreten Hinweises darauf, daß einige junge Leute, die sicher außerstande waren, ein Geheimnis zu wahren, ihn hören konnten. »Ganz richtig. Ich war damals Student.«

»Und was hatte ihn nach Oxford geführt?«

»Das gleiche wie uns alle.«

»De Askeles war Student?« Falconer war überrascht.

»Ja, und eine Zeitlang sogar ein sehr guter. Bis er sich dann mehr für die Tavernen der Stadt zu interessieren begann – und für die Reize einer bestimmten Sorte Frauen.«

Bei seinen letzten Worten verzog Bonham verächtlich das Gesicht. Der grauhaarige Mann war dafür bekannt, keinerlei Verständnis zu haben, wenn ein Regent Master an den Freuden des Fleisches Gefallen fand. Falconer war sich nicht sicher, ob Bonham von seinen eigenen kleinen Sünden auf diesem Gebiet wußte. Einmal hatte er das Thema ihm gegenüber angesprochen, aber der Mann hatte sich nicht in die Karten blicken lassen. Natürlich machte sich auch Falconer keine Illusionen darüber, daß Universitätslehrer nicht heiraten durften. Aber deswegen erwartete ja niemand von ihnen, daß sie ihr Leben lang keusch blieben. Bis auf Bonham.

»Und sein Name war damals nicht de Askeles. Er hieß einfach Stephen Askey aus Banbury.«

»Warum mußte er die Universität verlassen?«

»Das geschah aus freien Stücken. Er wurde immer fauler, und der Sinn stand ihm immer weniger danach, sich seinen Studien zu widmen. Das fahrende Leben reizte ihn mehr. Es überrascht mich nicht, daß er als Troubadour zurückkehrte – dieses Leben hat zu seinem unsteten Charakter gepaßt. Und ebensowenig überrascht es mich, daß er dieses Ende gefunden hat. Es gab damals schon einige Leute, die ihn lieber tot als lebendig gesehen hätten. Ich erinnere mich, daß er einmal sehr krank wurde – wahrscheinlich die Pocken – und einen Arzt aufsuchen mußte. Dem Mann gelang es, ihn zu heilen. Aber was war der Dank? Askey weigerte sich, ihm das vereinbarte Honorar zu zahlen und beschuldigte ihn sogar, Geisterbeschwörung zu betreiben. Wenn ich mich nicht irre, war der Arzt darüber so erbost, daß er damit drohte, Askey umzubringen.«

»Könnt Ihr Euch an den Namen dieses Doktors erinnern?«

»Ich glaube, das war einer dieser Juden. Zeno? Zero? Nein, Zerach, Zerach de Alemmania. So hieß er.«

Deulegard war wütend, daß man ihn zu Rabbi Jehozadok bestellt hatte. Die anderen in der Gemeinde mochten den alten Mann verehren, für ihn war er nichts weiter als das, wonach er aussah – ein gebrechlicher Alter, der längst außerstande war, sein Volk vor den christlichen Judenhassern, unter denen sie leben mußten, zu beschützen. Mit ausgefahrenen Ellbogen bahnte er sich einen Weg zwischen den Verkäufern in der Fish Street hindurch und konnte von Glück sagen, daß der spektakuläre Mord vom Vortag deren Gedanken und Zungen beherrschte. Normalerweise hätte man auf sein rücksichtsloses Verhalten mit Remplern oder weit Schlimmerem reagiert. Nun aber standen die Fischhändler in Grüppchen mit den Wollverkäufern zusammen, die Silberschmiede mit den Schneidern, und alle rätselten darüber, wo wohl der mörderische Schauspieler John Peper untergetaucht sein mochte.

Der junge Jude betrat die Scola und schlug, den Lärm draußen lassend, die Haustür hinter sich zu. Er nahm die Stufen zu Jehozadoks Privaträumen und stieß ungestüm die Tür auf, wild entschlossen, sich gleich einmal über diese Vorladung zu beschweren. Doch die Anwesenheit der vier Personen im Raum – drei Männer und ein Junge – überraschte ihn derart, daß er von seinem geplanten Wutausbruch absah. Jehozadok saß beim Feuer, hatte aber dennoch einen dicken Wollschal um den Hals geschlungen, so als wären die Flammen nicht in der Lage, die Kälte des englischen Winters aus seinen Gliedern zu vertreiben. Der Junge neben ihm war Cressant, und dieser wenigstens ließ sich dazu herab, bei Deulegards Eintreten etwas verlegen dreinzublicken und die Augen niederzuschlagen. Er hätte eigentlich damit rechnen müssen, Cressant hier vorzufinden – der schmächtige Junge hatte es sich ja in letzter Zeit angewöhnt, alle Entscheidungen anzuzweifeln, die er selbst für ihre Gruppe traf. Und es hätte ihn auch nicht überrascht, wenn er in dieser Angelegenheit die Rolle des Verräters übernommen hätte. Überrascht war Deulegard hingegen, auch Doktor Zerach de Alemmania zu sehen. Er war ein abgehärmter Kauz, mit dem Deulegard noch nie etwas zu tun gehabt hatte, ein Einzelgänger, der sich selten aus seinem Haus in der Pennyfarthing Street hinauswagte. Man erzählte sich, er pflege in seinem Keller Umgang mit dem Teufel, doch er, Deulegard, war nicht so kindisch, an solche Dinge zu glauben. Er fragte sich, was Zerach hier zu suchen hatte, und bezweifelte plötzlich, ob die Sache, um die es ging, überhaupt mit der leidigen Kreuzgeschichte zu tun hatte. Die Anwesenheit des vierten Mannes war aber eine noch größere Überraschung.

Er wußte, daß William Falconer ein Freund Jehozadoks war, aber er war auch ein Christ, und Christen konnte man unter keinen Umständen trauen. Wenn es hart auf hart kam, würde dieser Master wissen, zu welcher Seite er gehörte. Ganz sicher nicht zu jener der anderen Personen im Raum.

»Was hat dieser Christ hier zu suchen?« herrschte er Jehozadok an.

Der Rabbi lächelte nachsichtig, doch seine trüben Augen waren undurchdringlich. »Dieser Christ ist hier, weil er es war, der mich bat, diese Runde einzuberufen. Wenn du Fragen hast, solltest du sie ihm stellen.«

Vor Wut stotternd fragte Deulegard den alten Mann, wie er einem Christen gegenüber nur so unterwürfig sein könne, daß er seiner Bitte sogleich wie einem Befehl nachkam. Er wandte sich zum Gehen, wurde aber vom eisenharten Griff einer christlichen Hand an seinem Arm zurückgehalten. Bemüht, seinen jugendlichen Stolz zu wahren, hob er lächelnd den Blick zur Decke, so als belustige ihn die Entschlossenheit des alten Regent Masters, durchquerte aber dann den Raum und ließ sich auf den freien Stuhl gegenüber von Jehozadok fallen.

»Vielen Dank für deine freundliche Mithilfe.«

Falconers spöttischer Ton prallte an Deulegard ab. Mit einer lässigen Handbewegung gab er Falconer zu verstehen, daß er ihm ruhig alle Fragen, die er auf dem Herzen hatte, stellen könne. Er werde ohnehin nicht antworten. Doch Falconer gab ihm nicht die Gelegenheit, weiter Schwierigkeiten zu machen.

»Zu dir komme ich später. Zunächst möchte ich mich ein wenig mit deinem Freund unterhalten.« Er ging zu dem verwirrten Cressant hinüber und legte ihm freundlich die Hand auf die Schulter. »Erzähl mir mal, warum ihr die Prozession gestern gestört habt?«

Deulegard konnte nicht an sich halten, sprang auf und schrie, noch bevor der erschrockene Cressant antworten konnte: »Vergeltung! Vergeltung für die Ermordung eines Juden durch die Hand von Christen!«

»Wodurch ein weiterer Jude ums Leben kam.«

»Wir müssen bereit sein, unsere jüdische Gemeinde mit dem Leben zu verteidigen.« Die Worte waren offensichtlich an Cressant gerichtet, der sich errötend hinter die gebrechliche

Gestalt Jehozadoks duckte. Als ihm Falconer zu verstehen gab, daß er ihm im Moment keine weiteren Fragen zu stellen habe, ließ sich Deulegard auf seinen Stuhl zurückfallen. Falconer berührte den Rabbi an der Schulter.

»Rabbi, da es Salomons Tod war, der dieses Wespennest aufscheuchte, wäre es nett, wenn du allen hier erzählen würdest, was du mir gestern schon anvertraut hast.«

»Du meinst zu Salomons Besuch bei mir, kurz vor seinem Tod?«

Falconer nickte, und Jehozadoks Gedanken wanderten zurück zu jenem Morgen, als Salomon nach seiner nächtlichen Tätigkeit als Wache beim jüdischen Friedhof außerhalb des Osttores zu ihm kam. Der alte Mann war äußerst erregt. Irgend etwas hatte ihn erschreckt, und zwar so sehr, daß er direkt zum Rabbi gekommen und nicht wie gewohnt zum Essen und Ausruhen in die Hütte heimgekehrt war, die er mit seiner Schwester teilte. Jehozadok hatte als erster das Wort ergriffen.

»Was ist denn passiert?«

Der Mann schaffte es kaum, zwei Worte flüssig aneinander zu reihen, und Jehozadok brauchte einige Zeit, bis er ihn soweit beruhigt hatte, daß er mit seiner Geschichte herausrücken konnte. Der Rabbi erinnerte sich genau daran und gab Salomons Erzählung jetzt wortwörtlich wieder:

»Ich war wie immer in meiner Hütte – Ihr wißt, ich bin nachts da, um die Toten zu bewachen –, besonders, nachdem die Mönche uns dieses Stück Land abgenommen haben. Ihr wißt ja auch, daß ich dreißig Leichen auszugraben und jenseits der Straße wieder neu zu beerdigen hatte. Aber damit war ich schon fertig, kurz nachdem diese Schauspieler in der Stadt eingetroffen waren. Letzte Nacht nun hörte ich plötzlich ein Geräusch vom Friedhof her und stand auf, um nachzusehen. Man hört dort immer irgend etwas, aber meist sind es Füchse oder andere Tiere. Aber das war kein Fuchs. Die machen ein kratzendes Geräusch, ungefähr so …«

In Jehozadoks Gedanken zog Salomon wieder die Krallen, das heißt, seine rauhen Fingerkuppen, kratzend über die Tischplatte aus Eichenholz in dem Raum, in dem sie sich auch jetzt befanden. Deulegard kommentierte mit einem ungeduldigen Schnauben die Abschweifung des alten Rabbis, und Jehozadok riß sich zusammen und fuhr fort.

»Es sei also kein Tier gewesen, erzählte Salomon, und so habe er eine Kerze angezündet und sei nachschauen gegangen. Und er hat tatsächlich jemanden gesehen.«

Zerach hüstelte in offensichtlicher Verlegenheit. »Ich glaube, ich hätte mich wohl zu erkennen geben sollen – er muß nämlich mich gesehen haben. Ihr müßt wissen, ich brauchte Salpeter für ein Experiment, an dem ich gerade arbeitete. Und das findet man in reinster Form am besten bei einem Misthaufen oder auf einem Friedhof.«

Falconer bedachte Jehozadok mit einem komplizenhaften Lächeln. »Nein, das wart nicht Ihr, Master Zerach. Erzähl ihm, Rabbi, wen Salomon gesehen haben will.«

»Gott. Er sagte, er sah Gott, der jemanden wegtrug.«

Die Schauspieler waren ungewöhnlich niedergeschlagen und ließen von ihrer bekannten Abneigung gegen de Askeles nichts mehr erkennen. Bullock hätte erwartet, daß der Tod ihres Anführers zumindest Genugtuung, wenn nicht offene Freude auslösen würde. Statt dessen strichen sie mit gesenkten Köpfen über die leere Bühne und sammelten die Kostüme und Requisiten ein, die in der Konfusion des Vorabends achtlos zu Boden geworfen worden waren. Simon Godrich betastete die beschädigte Rückenlehne von Gottes Thron, eine breite Kerbe, in der das rohe Holz unter der goldenen Farbschicht zum Vorschein kam. Die Seile, die ihn zum Himmel hinauf hätten ziehen sollen, lagen schlaff daneben. Agnes mühte sich damit ab, ein Bühnenbild zusammenzurollen, doch die Sintflut zeigte sich widerspenstig und warf immer wieder Falten. Jetzt bei Tageslicht wirkten auch die blühenden Kirschbäume matt, und man sah, daß sie recht primitiv gemalt waren. Der Zauber des gestrigen Tages war vollkommen verflogen.

Während Bullock auf Falconer wartete, beobachtete er Robert Kemp, der sich bemühte, Margaret Peper ein wenig aufzuheitern, die am Bühnenrand saß. Kemp jonglierte mit drei verschrumpelten Äpfeln, die in betörenden Bögen, immer höher und höher werdend, durch die Luft flogen. Plötzlich vernahm er einen spitzen Schrei, und der Jongleur wandte den Blick von den Äpfeln ab. Sie fielen zu Boden, und er fluchte. Neben dem Wagen, von dem der Schrei gekommen war, hockte Will Plome und saugte an seinem Finger. Vor ihm der Affe, der aufgedreht an den Gitterstäben rüttelte.

»Er hat mich gebissen«, nuschelte der Narr, immer noch an seinem blutigen Finger herumsaugend. Sogar der Affe, dachte Bullock kopfschüttelnd, war heute nicht auf dem Damm.

Er war schon nahe dran aufzugeben, als Falconer in großen Schritten aus Richtung Fish Street über den Hof gelaufen kam. Seine Augen strahlten, so als habe er gerade eine umwerfende Neuigkeit erfahren. Doch als Bullock fragend eine Augenbraue hob, grinste Falconer nur geheimnisvoll und dankte ihm, daß er die Schauspieler zusammengetrommelt hatte.

»Doch bevor ich mit ihnen rede, will ich mich noch einmal an dieser Seite der Bühne umschauen.« Er deutete nach links, wo er am gestrigen Abend einen toten de Askeles zu finden glaubte, der dann aber sehr lebendig an ihm vorbeigerauscht war. Als sie dort waren, ließ Falconer den Blick über den Boden schweifen und besah sich ganz genau die Holzstufen, die zur Bühne hinaufführten. Zunächst schien er enttäuscht – bis er die Truhe genauer untersuchte, die auch am Vorabend an dieser Bühnenseite gestanden hatte. Über die Ober- und die Vorderseite zogen sich dunkelrote Flecken.

»Peter, sag doch Agnes bitte, sie soll mal rasch herkommen.«

»Was ist das? Blut?«

Falconer schwieg, bis Bullock Agnes herbeigebracht hatte, deutete dann auf die Spuren und fragte sie, für was sie das halte. Agnes lachte: »Für heiliges Blut.«

Als sie Falconers fragende Miene sah, wurde sie deutlicher: »Ihr müßt wissen, daß de Askeles eine lukrative Nebenbeschäftigung hatte. Er verkaufte Reliquien. Und zwar behauptete er, als Bastard irgendeines Papstes in Rom aufgewachsen zu sein und sie direkt von dort mitgebracht zu haben. Er war eben ein Betrüger, genauso falsch wie das Blut hier. John mixte es für ihn zusammen, aus rotem Farbstoff und Wasser. Ich kann mich sogar erinnern, daß er hier etwas davon verschüttet hat.«

Bullock hätte erwartet, daß Falconer enttäuscht sein würde, doch der Master zeigte ein breites Lächeln. Er dankte Agnes und trug dem Constable auf, die anderen Schauspieler zu bitten, sich im Hof zu versammeln. Er blieb zurück, um mit Agnes allein noch ein paar Worte zu wechseln. Bullock konnte nicht verstehen, worüber sie sprachen. Offensichtlich erfuhr Falconer jedoch etwas höchst Erfreuliches, denn er hüpfte förmlich gut gelaunt über den Hof. Mit einer ausladenden Geste versammelte er die Schauspieler um sich. Der Constable, der erwartet hatte, daß Falconer ihnen mit weiteren Fragen zusetzen würde, hörte erstaunt, wie der Regent Master sie alle in die Aristotle's Hall einlud.

»Wir veranstalten morgen eine Weihnachtsfeier, und ich würde mich freuen, wenn ihr mich bei der Aufführung eines Mummenschanzes unterstützen könntet. Die Auswahl des Stükkes überlasse ich euch. Damit kennt ihr euch ja aus.«

Mit einem Blick auf Margaret sprach Simon Godrich das aus, was wahrscheinlich alle in diesem Moment dachten.

»Das ist nicht so einfach. Stefano hat immer die Hauptrolle gespielt. Und außerdem sind wir wahrscheinlich nicht in der richtigen Stimmung. John ist auf der Flucht ...«

»Ich denke«, unterbrach ihn Falconer, »daß ich es schaffen würde, für die ... wie soll ich sagen?... abwesenden Schauspieler einzuspringen. Und bis dahin weiß ich vielleicht auch schon mehr über John.«

Margarets Augen leuchteten auf, doch Falconer ließ sich nicht mehr entlocken. Zögernd willigten die Schauspieler schließlich ein und versprachen, Falconer eine Abschrift des Textes, den er würde vortragen müssen, zukommen zu lassen. Als sie sich zusammen entfernt hatten, um sich sogleich an die Planung der Aufführung zu machen, ergriff Bullock Falconers Arm.

»Was hast du mit der Andeutung zu John Peper gemeint? Wenn du weißt, wo er sich aufhält, mußt du es mir sagen.«

Doch zu Bullocks Leidwesen tat Falconer wieder einmal furchtbar geheimnisvoll. »Das hat bis morgen Zeit. Zunächst muß ich mich noch mit einer unglücklichen Ehefrau und Mutter in einer Hütte vor dem Südtor unterhalten.«

Siebzehntes Kapitel

God: And though they have broken my Commandment
I rue it full sore and sufferingly;
Nevertheless I will have mine intent;
What first I thought shall still come to be.

The Fall of Lucifer

Der Gemeinschaftssaal in der Aristotle's Hall war umgeräumt worden. Normalerweise handelte es sich um einen düsteren, gedrängt wirkenden Raum mit einem alles beherrschenden Tisch in der Mitte. Dieser Tisch legte beredtes Zeugnis von den vielen Studentengenerationen ab, die an ihm gegessen hatten. Jeder Fleck, jeder Kratzer erinnerte an einen unachtsamen Studenten oder einen hitzigen Gedankenaustausch während eines kärglichen Mahls. Andere Zeichen waren absichtlich ins Holz geritzt worden, von Jungen, die sich dort mit ihren Initialen und dem Datum zu verewigen gedachten. Aber auch an diesen nagte der Zahn der Zeit, beziehungsweise das Schrubben und Wischen späterer Studenten, die die Tischplatte zu säubern hatten, bis schließlich von jeglichem studentischen Verlangen nach Unsterblichkeit nur noch unleserliche Kratzer, vermengt mit Bemühungen späteren Datums, übriggeblieben waren.

Dieses Monument eines Tisches war nun jedenfalls auf eine Seite gerückt worden, wo es nur noch wie ein Schatten seiner selbst wirkte. Nur mit vereinten Kräften hatten Falconer und drei Studenten den Tisch bewegen können, und nun waren die jungen Leute dabei, unter Falconers anerkennendem Blick frische Binsen auszulegen. Der Saal wirkte ungewöhnlich breit und der Tisch wie eine Miniaturausgabe der Bühne, die auf dem Platz vor der Kirche St. Frideswide errichtet worden war.

Und zwar so sehr, daß Falconer kurz daran dachte, darauf den Mummenschanz aufführen zu lassen. Doch die niedrige Decke sprach dagegen. Nein, auf dem Boden war jetzt genügend Platz für die Vorstellung, zu der schließlich auch nicht viele Zuschauer erwartet wurden. Und außerdem hatte das Ganze ja auch noch einen anderen Zweck mit einem sehr viel ernsteren Hintergrund.

Plötzlich vernahm man von der Straße ein lautes Rumpeln, das Falconer an ein entferntes Donnergrollen erinnerte. Dann wurde die Haustür aufgestoßen, und Thomas kam mit hochrotem Kopf hereingestürmt, hinter einem kleinen Faß her, das geschwind auf Falconer zurollte. Der Regent Master stoppte es mit einem Fuß und ließ Thomas zunächst ein wenig zu Atem kommen, bevor er ihm ein paar passende Worte bezüglich des Schadens sagte, den diese grobe Behandlung dem guten Bier in dem Fäßchen zugefügt haben mochte. Der Junge erwiderte grummelnd, daß an Kepeharms Bier nichts mehr zu verderben sei und daß sie lieber ein paar Flaschen guten Rhein- oder Poitouwein hätten kaufen sollen, wie er ihn am Hofe des Königs getrunken hatte. Falconer verzog das Gesicht. »Von deinen Heldentaten als König von England werden wir wohl bis in alle Ewigkeit zu hören bekommen. Wie konnte ich mir nur so etwas Verrücktes einfallen lassen?«

Thomas hob einlenkend die Hände. »Ich verspreche hoch und heilig, kein Wort mehr darüber zu verlieren.«

Gemeinsam wuchteten sie das Fäßchen auf den Tisch, wobei sich Thomas nur mit Mühe eine Bemerkung darüber verkniff, wie angenehm es wäre, einen Diener des königlichen Hofes mit einer solchen Aufgabe betrauen zu können. Wahrscheinlich hätte Falconer diesen Scherz nicht besonders lustig gefunden. Vor Anstrengung schwitzend, bot sich der Junge uneigennützig an, das Faß zu öffnen, um den Inhalt zu prüfen. Falconer ließ ihn gewähren. Gekonnt schlug Thomas den Hahn ins Faß, und obwohl es, aus Protest gegen die vorherige Mißhandlung, mächtig schäumte, als er etwas Bier abzapfte, war das Resultat süß und braun. Er ließ es gierig die Kehle hinunterrinnen, und Falconer schlug vor, auch noch ein wenig für die Gäste übrigzulassen.

»Was für Gäste?«

»Das wirst du schon noch sehen«, antwortete Falconer mit gelassener Miene.

Ganz vorsichtig schnallte sich Bullock das Schwert um, damit der Stoff seines besten Gewandes darunter nicht beschädigt wurde. Sonst trug er dieses Kleidungsstück nur, wenn er den Bürgern, in deren Auftrag er für Ruhe und Ordnung in der Stadt sorgte, seinen Jahresbericht vortrug. Doch irgendwie hatte er das Gefühl, daß es auch zu diesem Anlaß paßte, und so hatte er es unten aus der Truhe genommen, in der es für den Rest des Jahres lag. Bullock war es immer noch ein Rätsel, was ihn bei diesem Fest erwartete. Er wußte nur, daß man ihn dazu eingeladen hatte, sich die Aufführung eines Mummenschanzes in der Aristotle's Hall anzusehen, daß er zur None dort sein sollte und daß die Troubadoure des toten de Askeles – oder sollte er Stephen Askey sagen? – das Stück spielen würden. Und gerade letzteres war nicht nach seinem Geschmack. Schließlich war ihr Leiter gerade ermordet worden und einer aus ihrer Mitte der Mörder. Wie sollte unter diesen Umständen eine gute Stimmung aufkommen? Nun wußte er aber, daß Regent Master Falconer, wenn er so etwas plante, irgendeinen undurchsichtigen Zweck verfolgte. Dieser Mann hatte noch für das harmloseste Tun tiefere Gründe. Das hatte er oft genug erlebt. Leider ließ er sich aber nie dazu herab, den Constable – Freund hin oder her – in seine Pläne einzuweihen. Vielleicht, so dachte Bullock spöttisch, lag das daran, daß Falconer anfangs selbst gar nicht wußte, was dabei herauskommen würde. Und später konnte er dann behaupten, von Anfang an Bescheid gewußt zu haben, ohne Gefahr zu laufen, sich in Widersprüche zu verwickeln. Allerdings konnte man nicht leugnen, daß der Master auf diese Weise viele Wahrheiten ans Licht gebracht und mehr als einen Mörder entlarvt hatte. Und Bullock war sich sicher, daß das so harmlos erscheinende kleine Fest eben solch eine Gelegenheit sein sollte. Das war auch der Grund, warum er sein bestes Gewand trug, sich das struppige graue Haar mit Wasser glättete und sich dann rasch zur Aristotle's Hall aufmachte.

Will Plome konnte nicht verstehen, warum die anderen Troubadoure so bedrückt waren. Schließlich war Stefano endlich beseitigt, so wie es alle gewollt hatten, jeder aus einem anderen Grund. Für ihn gab es nun niemanden mehr, der ihm bei Ham in die Quere kam. Endlich konnte er ihn mit dem besten Futter versorgen, das er kriegen konnte, und nicht mit diesem halb verfaulten Obst, wie es Stefano verlangt hatte. Und er würde ihn häufiger aus dem Käfig lassen können, obwohl auch Agnes ihm gesagt hatte, er müsse gut aufpassen, der Affe könnte weglaufen und nie mehr wiederkommen. Doch er hielt es für ausgeschlossen, daß Ham so etwas tun würde. Wie John Peper. Damit kam er immer noch nicht zurecht, und so ging er zu Margaret hinüber.

»Margaret, warum ist John denn weggelaufen?«

Margarets große Augen füllten sich mit Tränen, und Agnes führte Will schleunigst von der schluchzenden Frau fort. Robert und Simon schauten betroffen von dem Stapel Kostüme hoch, aus dem sie gerade jene für den Mummenschanz auswählten. Das Herodes-Kostüm ließ sich sicher für den Sarazenen verwenden. Der Erzähler konnte das Teufelsgewand überziehen, und für den heiligen Georg tat es jede beliebige Soldatenkleidung, und die Waffen …

Simon ging mit grimmiger Miene zum Wagen hinüber und tauchte mit zwei Holzschwertern, die er durch die Luft schwenkte, wieder auf.

»Die waren immer gut genug, bevor Stefano ... bevor wir ...«

Er mußte den Satz nicht zu Ende sprechen – jedermann wußte, daß sie auf de Askeles' Drängen hin echte Klingen benutzt hatten, durch die jetzt zwei Menschen umgekommen waren. Sie waren sich alle einig, nun wieder die Holzschwerter zu verwenden. Und was die Rollen anbelangte, sollte Agnes das Teufelskostüm überziehen, Robert den Sarazenen spielen und Simon den heiligen Georg. Zum Kampf würde es um Margaret kommen, die die Tochter des ägyptischen Königs spielen würde. Wieder würden also zwei Männer mit tödlichem Ausgang um ihre Gunst kämpfen, und Agnes hoffte, daß Margaret die tragische Ironie dieser Tatsache nicht bemerkte. Leider konnte man Stefano nicht wie in dem Stück wieder zum Leben erwecken. Die Rolle des Doktors, durch dessen Hand das geschah, hatten sie William Falconer zugedacht. Will hingegen würde wie stets einfach den Narren spielen.

»Jetzt kommt schon. Wir müssen los, wenn wir vor der None dort sein wollen.«

Zerach de Alemmania hatte keine Ahnung, warum Falconer ihn darum gebeten hatte, am Nachmittag in der Aristotle's Hall vorbeizuschauen. Die Einladung war von einem atemlosen Jungen überbracht worden, der ebenso heftig gegen seine Tür gepocht hatte wie einige Tage zuvor die Soldaten des Königs. Als er ängstlich durch die Fensterläden blickte, die das Innere seines Hauses gegen das Tageslicht von der Straße abschirmten, hatte er mit Erleichterung bloß einen schmächtigen Jungen ungeduldig vor der Tür warten sehen. Keine Soldaten weit und breit, und so zog Zerach den Riegel zurück und blinzelte durch den Türspalt, wobei er sich mit der Schulter von innen gegen die Tür lehnte, um gegen einen plötzlichen Angriff gewappnet zu sein. Der schmächtige Junge hatte ihm aber lediglich die Bitte von Falconer ausgerichtet, er möge gleich nach der

None in seine Hall kommen. Nachdem er die Zusage des verdutzten Juden, er werde kommen, erhalten hatte, drückte ihm der Junge noch einen Zettel in die Hand und verschwand dann die Gasse hinunter. Die Mitteilung, die ebenfalls von Falconer war, verwirrte Zerach sogar noch mehr, aber sie war so eindringlich – sich auf die gemeinsame Freundschaft zu Roger Bacon berufend und um strengste Geheimhaltung bittend – formuliert, daß Zerach eilig in seinen Keller hinunterstieg, um dem Wunsch des Regent Masters zu entsprechen.

Edward Petysance und der Prior von St. Frideswide gerieten in Verlegenheit, als sie sich am Anfang der Gasse, die zur Aristotle's Hall führte, über den Weg liefen. Seit ihrem ungemütlichen Zusammentreffen in der Fish Street einige Tage zuvor waren sie sich mit Vorbedacht aus dem Weg gegangen. Petysance' anmaßende Zurschaustellung seiner neuen Reliquie vor der Kirche St. Frideswide hatte den Prior mächtig geärgert, und um so mehr hatte er innerlich gejauchzt, als es zu dem Zusammenstoß mit den Juden kam. Petysance seinerseits genoß es, daß sich die Investition des Priors in das Mysterienspiel durch die Ermordung des Hauptdarstellers nicht ausgezahlt hatte. Keiner der beiden hatte nun Lust mit dem anderen zu reden, doch durch die Anwesenheit des Pförtners des Priors, der dem Geistlichen mit einer Laterne den Weg erhellte, war es unumgänglich, daß sie sich förmlich begrüßten und notgedrungen ihren Weg durch die finstere Gasse gemeinsam fortsetzen. Der Prior ergriff als erster das Wort.

»Regent Master Falconer ließ mir die Mitteilung zukommen, daß er mich in einer dringenden Angelegenheit zu sprechen wünsche, die mit dem ... hm ... bedauernswerten Zwischenfall zu Ende der Mysterienspiele in Zusammenhang stehe, und daß ich doch bitte kurz nach der None zu ihm kommen solle. Irgend so ein dürrer Bursche überbrachte mir die Nachricht und war schon wieder losgerannt, noch bevor ich eine nähere Erklärung verlangen konnte. Also sah ich selbst nach, was es mit der ganzen Sache auf sich hat.«

Auch Petysance fühlte sich zu einer Erklärung genötigt. »Wie es aussieht, hat derselbe schmächtige Junge auch mir die Nachricht überbracht. Kommt doch bitte nach der None zu mir – doch mir wurde gesagt, es habe mit den Ausschreitungen der Juden, deren Opfer ich wurde, zu tun. Obwohl ich mir nicht vorstellen kann, wie ein Regent Master die Sache zu bereinigen gedenkt. Solch ein Sakrileg! Unvorstellbar!«

Der Prior bekundete, ein paar förmliche Worte murmelnd, sein Verständnis für Petysance' Empörung über diese Gotteslästerung, und nachdem dieser pflichtschuldige Austausch von Höflichkeiten erledigt war, schritten sie in gespanntem Schweigen Seite an Seite zu Falconers Hall.

»Warum habt Ihr denn nicht Cressant kommen lassen? Er ist doch ganz wild darauf, Euch zu Diensten zu sein.«

Deulegard kochte innerlich, weil man ihn dazu verdonnert hatte, den alten Jehozadok zu seinem Freund Falconer zu begleiten. Und es hatte ihn erstaunt, daß der Alte überhaupt einen Fuß vor die Tür setzen wollte, noch dazu im Dunkeln. Jehozadok hatte sein Haus schon seit Monaten nicht mehr verlassen, und nun wollte er plötzlich unbedingt bei einem Studentenfest dabeisein. Eine Erklärung dafür war nicht über seine Lippen gekommen, lediglich, daß er da eben hinmüsse und Deulegard ihn begleiten solle. Der Weg, ein Katzensprung für einen jungen Mann, kam für den alten Rabbi einer beschwerlichen Reise gleich. Sich an Deulegards Arm festklammernd, kämpfte er sich durch den Schlamm, der ihn bei jedem Schritt von den Füßen zu reißen drohte. Und ebenso häufig blieben sie stehen, damit der Alte wieder zu Atem kommen konnte, und Deulegards Unmut wuchs mit jeder Verzögerung. Der Rabbi hätte um diese Zeit nicht mehr auf der Straße sein sollen. Ebensowenig wie er selbst. Doch Jehozadok zockelte halsstarrig weiter. Was Deulegard nicht wußte, war, daß der Rabbi sehr wohl hätte schneller gehen können, doch Falconer hatte darauf bestanden, daß sie als letzte eintreffen müßten, und er wollte sicherstellen, daß dem auch tatsächlich so sein würde.

Simon und Robert trugen die Truhe mit ihren Kostümen ins Hinterzimmer der Aristotle's Hall. Es hatte einmal als Küche gedient, doch die Pfannen, die dort noch standen, waren verstaubt, und auf dem kalten Herd hatte man Brennholz für den Kamin im Saal gestapelt. Falconer konnte sich die Anstellung eines Dieners nicht erlauben, und die Studenten hatten keine Neigung, selbst zu kochen. Wenn sie im Gemeinschaftsraum aßen, war die karge Kost kalt, aber wenn sie es sich leisten konnten, aßen sie ohnehin in den Tavernen, die sie abends besuchten. Anscheinend hatten sie sich bis jetzt auch wenig Gedanken über die Zubereitung des Schweinskopfs gemacht, den sie für Weihnachten gekauft hatten und der jetzt mit glasigen Augen in der kältesten Ecke des Raumes lag.

Für die Troubadoure allerdings war diese Küche ein recht praktischer Umkleideraum. Ihre Stimmung hatte sich ein wenig gehoben, da sie sich auf etwas konzentrieren konnten, das ihnen vertraut war und sie die Ereignisse der letzten Tage kurzzeitig vergessen ließ. Will hatte den kleinen Affen mitgebracht – die beiden waren mittlerweile ein unzertrennliches Paar –, und das Tier war ihm jetzt über die Schulter auf den kahlen Kopf geklettert und hockte dort wie orientalischer Potentat. Sogar Margaret bedachte Ham mit einem Lächeln, während sie sich das fließende Gewand mit den Halbmonden überzog, die ihre Rolle symbolisierten – die der ägyptischen Königstochter. Agnes zweifelte nicht daran, daß ihre akrobatischen Kunststücke die Zuschauer, Männer wie Jungen, in ihren Bann ziehen würden, auch wenn ihr wohlgeformter Leib züchtig unter dem Gewand versteckt war. In der Art, wie sie sprang und ihre Pirouetten drehte, lag einfach etwas, das lüsterne Blicke auf sich zog. Robert und Simon hatten auf einer Seite des Raumes Aufstellung bezogen und gingen noch einmal die Bewegungen ihres Schwertkampfes durch, den sie in Kürze vorführen sollten. Wie bei guten Troubadouren üblich, schien es auch ihnen zu gelingen, zumindest für kurze Zeit die alltäglichen Probleme aus ihren Gedanken zu verdrängen.

Agnes streifte das dicke schwarze Kostüm über, das sie für ihre Rolle als Teufel brauchte. Dabei handelte es sich jedoch nicht um den Teufel der Mysterienspiele, sondern um eine komische Figur, die aus einer älteren, entfernteren Tradition des bäuerlichen Lebens kam. Agnes hatte solche Schauspiele als Kind in ihrem Dorf gesehen und sich dabei nie vor dem Teufel gefürchtet. Auch sein Name lautete im Mummenschanz anders – Beelzebub. Eine Maske trug sie zwar auch, doch nicht jene mit den langen Hörnern und Zähnen, die die Menge vor der Kirche St. Frideswide in Schrecken versetzt hatte. Sie würde eine Maske tragen, die an einen Totenschädel erinnerte – eine passende Anspielung auf die Vergänglichkeit in diesen letzten Tagen des Jahres. Sie fragte sich, wo John Peper jetzt sein mochte und ob ihm wohl bewußt war, wie schlimm es um ihn stand. Und was würde mit ihm geschehen, wenn man ihn faßte? Dieser Master Falconer schien ein wirklich schlauer Mann zu sein, und wenn John immer noch irgendwo in Oxford steckte, würde er ihn, so dachte sie, sicher aufspüren. Als sie in seiner Hall eingetroffen waren, hatte der Master sie um ihr Einverständnis mit einigen Textänderungen gebeten und ihr dann das Buch, das sie ihm ausgehändigt hatte, mit einigen gekritzelten Anmerkungen am Rand zurückgegeben. Schließlich deutete er ihr noch an, daß es am Ende eine Überraschung geben könnte. Als sie gefragt hatte, was er damit meine, hatte er nur geheimnisvoll gelächelt und die Küche verlassen.

Als Peter Bullock eintraf, wunderte er sich über die Veränderungen im Saal und den Efeuschmuck, den man, auf Thomas' dringenden Wunsch hin, an den Deckenbalken befestigt hatte. Ein altes Sprichwort aus seiner Jugend kam ihm in den Sinn:

»*Zu Weihnacht wollen sie dieses Bacchuskraut haben,*
Um sich an des Becchus' Saft zu laben.«

Sein Blick fiel auf das Bierfäßchen, das gut sichtbar auf dem Tisch stand, und er seufzte, als Falconer ihm erklärte, daß sie zuvor noch eine ernste Angelegenheit zu erledigen hätten. Doch mit einem Augenzwinkern fügte er hinzu, er rechne fest damit, daß es danach etwas zu feiern gebe. Noch bevor der Constable nachfragen konnte, was er damit meine, pochte es an der Tür, und Falconer gab seinem Freund ein Zeichen und ging dann öffnen. Währenddessen schlenderte der Constable zu der Gruppe von Studenten, die unter der Leitung von Thomas Symon damit beschäftigt waren, ein Bühnenbild an den Deckenbalken aufzuhängen. Er kannte das Bild: Es waren die blühenden Bäume, die beim Mysterienspiel als Hintergrund für das Paradies gedient hatten. Die Leinwand wurde so angebracht, daß sie die Küche vom Gemeinschaftsraum trennte. Hinter der Tür erklang ein Geräusch, als ob Holz auf Holz geschlagen würde, doch als Bullock nachsehen wollte, was da los war, trat wieder Falconer auf ihn zu, in Begleitung eines neuen Gastes, eines schmächtigen, älteren Juden.

»Peter, darf ich dir den angesehenen Arzt und Wissenschaftler Zerach de Alemmania vorstellen. Wir haben einen gemeinsamen Freund, Bruder Bacon.«

Bullock nickte dem Juden zu und fragte sich dabei, ob mit der Bezeichnung Wissenschaftler nicht etwa Zauberer gemeint war, zumal der Mann ja wohl, genau wie Falconer, mit diesem Franziskaner Bacon Umgang pflegte. Zerachs Finger umklammerten eine Papierrolle, die an den Enden zugedreht war, so als enthalte sie etwas, das er nicht verschütten wollte. Zerach blickte Bullock nervös an, wohl wissend, um wen es sich bei

Falconers Freund handelte, und flüsterte dem Regent Master zu: »Ich habe Euch mitgebracht, worum Ihr mich batet. Ich hoffe nur, daß wir uns auf Bacons Angaben verlassen können.«

Er reichte Falconer die Rolle. Der nahm sie behutsam entgegen und verstaute sie vorsichtig hinter dem Bierfaß.

»Ich bin sicher, daß es Roger mit seinen Angaben sehr genau genommen hat. Aber Ihr wißt noch, wann Ihr einzugreifen habt?«

Der Jude nickte und schlurfte dann in eine Ecke des Raumes hinüber, wo er so verloren herumstand, als wäre er am liebsten unsichtbar. Und die nächsten Gäste, die nun eintrafen, bestärkten ihn nur in diesem Wunsch. Mit einem heftigen Pochen an der Tür machten sich die beiden Geistlichen bemerkbar, der Prior von St. Frideswide und Edward Petysance, der Pfarrer von St. Aldate. Von Falconer hereingebeten, bedachten sie den Juden, der sich in seine Ecke drückte, mit einem verächtlichen Blick und verlangten beide gleichzeitig von Falconer eine Erklärung, warum er sie in die Aristotle's Hall bestellt hatte.

»Ein wenig Geduld noch. Es wird sich alles klären. Ich habe jemanden eingeladen, mit dem Ihr unbedingt sprechen solltet. Und für danach ist eine kleine Weihnachtsunterhaltung geplant. Nicht so raffiniert wie Eure Mysterienspiele, Prior, doch von derselben Gruppe vorgetragen. Meine letzten Gäste werden gleich eintreffen.«

Wie bestellt, pochte es in diesem Moment erneut an der Tür.

»Wenn Ihr mich entschuldigen wollt.«

Falconer ging zur Tür, um die Neuankömmlinge zu begrüßen, und ließ Bullock, Zerach und die beiden Geistlichen in einem eisigen Schweigen zurück. Der Constable schickte ein Stoßgebet zum Himmel, daß das, was Falconer auch immer geplant haben mochte, möglichst schnell vorüber sein würde.

Die Vorbereitungen waren mittlerweile abgeschlossen. Als Falconer, gefolgt von dem alten Juden, den Bullock als Jehozadok kannte, und einem weiteren, ihm unbekannten, mürrisch dreinblickenden jungen Mann, in den Raum zurückkehrte, reagierten sowohl Petysance als auch der Prior zornig erregt und stolperten fast übereinander, bei dem Versuch, dieser Judenhöhle so rasch wie möglich zu entkommen. Einer allein war schon schlimm genug. Aber nun gedachte der Regent Master anscheinend, sie mit den Verfolgern Christi zu umstellen. Doch Falconer baute sich vor dem Ausgang auf und verhinderte ihre Flucht. Der strenge Blick seiner stechenden blauen Augen genügte, daß sie sich wie ungezogene Studenten fügten.

»Ich habe Jehozadok gebeten, einige Worte zu den unrühmlichen Vorgängen während der Prozession zu sagen.«

Petysance konnte nicht an sich halten und zeigte anklagend mit dem Finger auf Deulegard. »Das ist der Kerl, der meine heilige Reliquie entweihte. Und ausgerechnet diesem Juden soll ich zuhören? Was für eine Entschuldigung könnte es für solch eine Tat schon geben?«

Deulegard seinerseits deutete mit dem Finger auf den Pfarrer, doch bevor er etwas sagen konnte, hatte der Rabbi eine überraschend starke Hand auf seinen Arm gelegt und erklärte: »Viel Unrecht geschah durch eben jene, von denen ich glaubte, ich hätte sie besseres Verhalten gelehrt.«

Deulegards Gesicht lief tiefrot an, doch der Zorn hatte ihn so verwirrt, daß er kein Wort über die Lippen brachte. Jehozadok ließ ihn brodeln und fuhr munter mit seiner vorbereiteten Rede fort: »Doch wir wissen ja alle, wie unbelehrbar die Jugend sein kann, und ich bitte Euch, besinnt Euch auf Euer christliches Herz und verzeiht diese unüberlegte Tat. Es ist meine Schuld, daß sie vom rechten Weg abkamen. Es wird wohl an meinem hohen Alter liegen, daß ich nicht so streng mit ihnen war, wie ich es hätte sein müssen. Ich bin sicher, Ihr werdet ihnen vergeben, und als Wiedergutmachung für alle Schäden wird sich meine Gemeinde, auch da bin ich sicher, bei der Bereitstellung einer gewissen Summe nicht kleinlich zeigen.«

Bei der Erwähnung einer Zahlung von Seiten der Juden

hellte sich Petysance' Miene auf. Vielleicht würde es ihm jetzt endlich möglich sein, einen ebenso hohen oder gar noch höheren Kirchturm errichten zu lassen als jenen, der das Gotteshaus des Priors zierte. Dennoch schien es ihm unklug, dem Versöhnungsvorschlag des alten Juden einfach zuzustimmen, und so formulierte er seine Antwort so frostig wie möglich.

»Eine solch unerhörte Entweihung, wie sie geschehen ist, läßt sich natürlich nicht so einfach vergessen. Sollte dennoch von unserer Seite eine gewisse Summe akzeptiert werden, dann nur, um die Ehre Jesu Christi zu mehren.«

Jehozadok wußte, daß »eine gewisse Summe« ein sehr hoher Betrag sein würde, die in keinem Verhältnis zu dem verursachten Schaden stand. Doch er hatte sich bereits damit abgefunden, sie zu zahlen. So nickte er demütig und richtete seine trüben Augen auf Falconer. Er hatte getan, worum der Regent Master ihn gebeten hatte, und fragte sich nun, wie dessen Plan weiter aussehen würde. Anscheinend war dazu Deulegards Anwesenheit erforderlich, denn bei der Verhandlung mit dem christlichen Pfarrer hatte der junge Hitzkopf nur gestört. Mithin legte Falconer aus einem anderen, ganz bestimmten Grund auf Deulegards Anwesenheit wert. Und was in aller Welt hatte Zerach hier verloren?

»Ich danke euch allen, daß ihr gekommen seid. Nun erlaubt mir, euch die kleine Vorstellung zu präsentieren, die ich euch versprochen habe.«

Falconer hob den Arm, und noch bevor irgend jemand Einwände erheben konnte, trat Agnes Cheke im Teufelsgewand hinter dem Bühnenbild hervor. Bullock konnte nur den Kopf schütteln über die verrückte Idee seines Freundes, solch eine Gruppe zerstrittener Menschen gemeinsam unterhalten zu wollen. Einige von ihnen hätten sich mit den anderen am liebsten noch nicht einmal in derselben Stadt aufgehalten, geschweige denn im selben Raum. Dies würde die freudloseste Feier werden, die er je erlebt hatte.

ACHTZEHNTES KAPITEL

GOD: In my blessing here I begin
The first thing in my glory and right:
Lightness and darkness? I bid both be seen,
The night in its dark, the day in its light.

The Fall of Lucifer

»Mein Name ist Beelzebub,
eine Geschichte will ich erzählen,
von kühnen Rittern und holden Jungfrauen
und einem, der in die Hölle muß gehen.
Doch bevor ich beginne mit der alten Mär,
die euch erfreuen soll,
bitt ich euch alle, Platz zu nehmen
und aufmerksam zu sein.«

Der Aufforderung des Teufels wurde mürrisch entsprochen. Falconer setzte sich auf den Platz in der Mitte der Stuhlreihe, die die Studenten quer durch den Raum mit Blick auf das Bühnenbild aufgestellt hatten. Die Priester warteten, bis Jehozadok, Deulegard und Zerach ihre Plätze zu Falconers Rechten eingenommen hatten, und setzten sich dann auf die zwei äußeren Stühle zur Linken. Für Bullock blieb der Platz zwischen Falconer und dem Prior. Zwei Studenten brachten Kerzen, um den hinteren Teil des Raumes mit der provisorischen Bühne zu erhellen. Und plötzlich gewannen die Bäume ihr magisches Aussehen zurück. Im flackernden Kerzenlicht wirkten sie so, als tanzten sie in einem lauen Wind, der aus dem Nichts aufgekommen war. In dieses Licht trat nun Simon, als Kreuzritter gekleidet. Ein großes rotes Kreuz prangte auf seinem Gewand.

»Bin bekannt als der tapfere Sankt Georg,
Im Kampf erwarb ich Ruhm.
Ich bekämpfe die Sonne und den Mond,
Mache den Tag zur Nacht nun.«

Bullock spürte, wie der Prior neben ihm nervös auf seinem Stuhl herumzappelte, so als halte er es nicht aus, mit solch einer billigen Unterhaltung seine Zeit zu verschwenden. Der Constable legte seine starke Hand auf den Arm des Prälaten und schenkte ihm ein verbissenes Lächeln. Wenn Falconer auf die Anwesenheit des Priors Wert legte, würde er auch bleiben, wo er war. Ohne der Person Beachtung zu schenken, die jetzt in der Dunkelheit den Raum betrat, wandte Bullock seinen Blick wieder den Troubadouren zu. Denn allmählich begann ihm die ganze Inszenierung Spaß zu machen.

In dem Stück ging es um die bekannte Geschichte von Sankt Georg, der sich in die Tochter des ägyptischen Königs verliebt, die nun in Gestalt von Margaret Peper mit ihren geschmeidigen Bewegungen einen akrobatischen Tanz vollführte, der Bullocks Laune noch weiter anhob und die Studenten, die aus dem hinteren Teil des Saales zuschauten, zu dezenten Beifallsbekundungen hinriß. Falconer wandte sich zu ihnen um und brachte sie mit einem mißbilligenden Blick zum Schweigen, ein Blick, in dem Bullock aber, als Falconer sich wieder zu der schönen Frau umdrehte, ein freudiges Glitzern bemerkte. Dann trat der ganz in Schwarz gekleidete Sarazene auf, um Ansprüche auf die schöne Margaret geltend zu machen, und wiederum konnten sich die Studenten, diesmal mit Unmutsäußerungen, nicht zurückhalten. Sankt Georg und sein Rivale gedachten, die Sache mit der Waffe zu klären, und fielen vor den Augen der ägyptischen Königstochter übereinander her. Hin und her wogte der Kampf, bis der Sarazene immer mehr in die Dunkelheit der linken Bühnenseite zurückgedrängt wurde, während Sankt Georg unermüdlich mit seinem Holzschwert auf ihn eindrosch. Ein Körper ging zu Boden, und Sankt Georg feierte seinen Sieg. Doch ein Schrei von der rechten Seite des Bühnenbildes ließ ihn innehalten.

»Nicht so voreilig, kühner Georg,
Noch hast du mich nicht bezwungen.
Du mußt weiterkämpfen, Herr Ritter,
Willst du diese Maid gewinnen.«

Von der entgegengesetzten Seite jener Stelle, wo sein Körper für alle sichtbar immer noch lag, tauchte der Sarazene erneut auf und stürzte sich wieder in den Kampf. Verwundert und gleichzeitig amüsiert verfolgte Bullock, wie dieses ihm schon seit Kindertagen bekannte Stück eine völlig neue Wende nahm. Kein Zweifel, das war Falconers Idee. Aber was bezweckte er damit? Nach einiger Zeit fand der Kampf dann doch noch sein bekanntes Ende, und nach einem gut gezielten Schwertstreich Sankt Georgs fiel der Sarazene tot zu Boden. Der Teufel trat vor und fragte ins Publikum, ob ein Arzt anwesend sei, der den Sarazenen behandeln könne. Sogleich sprang Falconer auf und reihte sich in das Geschehen ein. Bullock hatte das Gefühl, daß alles, was bisher geschehen war, auf diesen Punkt ausgerichtet war.

Der Regent Master trat zu dem am Boden liegenden Robert Kemp und sprach:

»Medicus sum et qui quae quod,
In corpore hominis – er ist tot.«

Falconer mußte lächeln über das Unsinnslatein, das er da vorzutragen hatte, doch dann wich er von dem vorgegebenen Text ab und rezitierte in eigenen Worten:

»Zwar bin ich ein Doktor, aber ein Doktor, der sieht
Keinen Sarazenen, sondern de Askeles.

War sein Mörder John Peper, der nun geflohen?
Nein, keineswegs – de Askeles war tot schon.
Es ist ganz gleich, wo John sich versteckt,
Wir fragen lieber, wer den Mord ausgeheckt.«

Bei Falconers gequälten Reimen konnte sich Bullock ein Lächeln nicht verkneifen. Ein guter Lehrer und scharfer Denker mochte sein Freund sein, ein Poet aber sicher nicht. Zum Glück fuhr Falconer jetzt fort, ohne sich an weiteren Versen zu versuchen.

»Prior, in meiner Einladung ließ ich Euch ausrichten, daß ich heute das Rätsel um die Morde an Bruder Adam und de Askeles lösen würde. Und ich kann Euch sagen, daß die Person, die zumindest mit letzterem zu tun hat, hier im Raum ist.«

Empörte Reaktionen von allen Seiten wurden laut, und unbehagliche Blicke wanderten durch den Saal. Geistliche und Juden starrten einander mißtrauisch an, und auch die Troubadoure untereinander beäugten sich argwöhnisch. Der tote Sarazene Robert Kemp richtete sich auf, blieb aber am Boden, zu Falconers Füßen, sitzen.

»Immer noch die alten Tricks, Falconer.« Die donnernde Stimme ließ alle herumfahren, und Falconer beeilte sich, den verspäteten Gast vorzustellen.

»Und nun möchte ich Master Thomas de Cantilupe bei unserem kleinen Fest begrüßen. Etwas spät dran, aber dennoch willkommen.«

Der Ex-Kanzler reagierte mit einer matten Handbewegung, so als erteile er Falconer die Erlaubnis fortzufahren.

»Nun, warum sagte ich, daß de Askeles' Mörder unter uns ist? Schließlich waren wir alle Zeuge, wie John Peper ihm sein Schwert in den Leib rammte. Ganz einfach – weil de Askeles schon tot war, als John ihn durchbohrte. Denn aus der Wunde, die durch das Schwert entstand, war kaum Blut ausgetreten, und bei einem lebenden Menschen hätte ein solch tiefer Einschnitt sehr stark bluten müssen. Andererseits war der Rücken des Gewandes, das de Askeles unter seinem Kostüm trug, blutdurchtränkt. Und es fand sich auch die Wunde, aus der das Blut ausgetreten war, eine zweite Wunde nämlich, die durch einen Messerstich verursacht wurde. Daher hat sich John Peper keines Mordes, sondern höchstens einer Leichenschändung schuldig gemacht.«

Man hörte Margaret schluchzen, und Falconer trat ein paar Schritte auf sie zu.

»Also müssen wir uns fragen, wer de Askeles tatsächlich getötet und seine Leiche dann, um uns in die Irre zu führen, auf den Thron gesetzt hat. Wer hatte einen Grund, ihn zu ermorden?«

Sein stechender Blick wanderte von einem schwitzenden Gesicht zum anderen, bemüht, hinter jeder Fassade Anzeichen von Schuldbewußtsein auszumachen.

»Die Wahrheit ist, daß jeder seiner Kollegen einen guten Grund hatte, de Askeles lieber tot als lebendig zu sehen. Simon und Robert, ihr beiden gabt ihm die Schuld am Tod eures Kameraden in Winchester. Agnes, Ihr habt selbst gesagt, daß Ihr ihn am liebsten umbringen würdet, weil er Euch ständig verspottete. Und ihr habt alle Schwierigkeiten anzugeben, wo ihr zur fraglichen Zeit wart. Wobei ich zugeben muß, daß Simon und Robert beim ersten Mordversuch, dem Bruder Adam zu Opfer fiel, auf der Bühne standen. Tja.«

Er hielt inne, so als wolle er das bisher Gesagte wirken lassen. Dabei ließ er seinen Blick über die Zuhörer gleiten und schließlich auf dem ängstlichen Gesicht der schönen Tänzerin ruhen.

»Doch den gewichtigsten Grund hattet Ihr, Margaret. Ihr wolltet Euch aus seinen schmierigen Fängen befreien.«

Margaret erbleichte, doch bevor sie sich dagegen verwahren konnte, bedrängte Falconer sie weiter.

»Ihr haßtet ihn, wegen der Macht, die er über Euch hatte. Er zwang Euch, dem Mann, den Ihr liebt und mit dem Ihr verheiratet seid, Hörner aufzusetzen, weil er ihn sonst auf die Straße gesetzt hätte. Ein furchtbares Dilemma, aus dem es nur einen Ausweg gab: Mord.«

Die junge Frau verbarg schluchzend ihr Gesicht in den Händen. Falconer berührte sie sanft an der Schulter und sprach in freundlichem Ton weiter.

»Wo ist das Zimmermannswerkzeug?«

»Welches Werkzeug?« fragte sie, während sie mit ihren tränenunterlaufenen Augen zu ihm aufblickte.

»Das Werkzeug, das der Bandit in Eurem Wagen verloren hat, als ihr überfallen wurdet. Simon gab es Euch, als Ihr ihn um eine Waffe batet, um Euch gegen de Askeles zur Wehr setzen zu können.«

Margaret warf Simon einen vorwurfsvollen Blick zu. Der zuckte aber nur überrascht mit den Achseln, während Robert betreten die Augen niederschlug, in Erinnerung dessen, was er diesem hartnäckigen Regent Master erzählt hatte. Indem sie den Blick wieder Falconer zuwandte, stammelte sie: »Ich weiß es nicht. Ich muß es irgendwann bei den Proben verloren haben.«

»Oder Ihr habt es dem armen Bruder Adam in den Rücken gestoßen, weil Ihr ihn für de Askeles hieltet. Vielleicht wart Ihr es sogar, die die Tat schließlich doch noch erfolgreich ausführte.«

Entsetzen zeichnete sich auf Margarets Gesicht ab, das Falconer genau registrierte und in seine Überlegungen mit einbezog. Dann wandte er sich mit strenger Miene an den Tölpel Will Plome.

»Und auch du, Will, hast de Askeles gehaßt, weil er deinen Affen mißhandelte. Als Bruder Adam getötet wurde, warst du auf der Bühnenseite, wo die Tat geschah. Und bei der Ermordung von de Askeles ebenso. Außerdem verlierst du, wie man mir erzählte, leicht die Beherrschung. Hast du Stefano getötet?«

Wie bei einem Kind mit Magenkrämpfen verzerrte sich Wills Gesicht und lief tiefrot an. Die Antwort, die über seine Lippen kam, ließ keinen der Anwesenden kalt. »Neiiiin!«

Falconer klopfte ihm beruhigend auf die Schulter. »Ich glaube dir, Will. Denn hier im Raum ist jemand, der noch viel länger Zeit hatte, seinen Haß auf de Askeles zu nähren.« Er trat auf den schmächtigen Doktor, Zerach de Alemmania, zu. »Jemand, der de Askeles schon als Stephen Askey kannte, einen Studenten, der vor vielen Jahren einmal von einem Arzt dieser Stadt behandelt wurde. Als Askey sich weigerte, die Behandlung zu bezahlen, und sogar drohte, den Doktor wegen Geisterbeschwörung anzuzeigen, hatte er sich einen Todfeind geschaffen. Entsinnt Ihr Euch, Master Zerach?«

Zerach blickte Falconer nur entgeistert an, während der Pfarrer murmelnd ein paar Worte dazu verlor, daß es ihn nicht verwundere, nun doch einen Juden als Täter zu sehen.

»Ich kann nicht mit Sicherheit sagen, ob Ihr ihn gesehen habt. Aber Gelegenheit dazu hattet Ihr genug. Die Ankunft der Gauklertruppe sprach sich in der ganzen Stadt in Windeseile herum. Sicher weiß ich jedoch, daß de Askeles Euch erkannt hat.«

»Wie das?«

Falconer blickte zu dem verlegenen de Cantilupe hinüber. »Ihr könnt Master Thomas dort dankbar sein, daß er Eure Verhaftung durch die Soldaten des Königs veranlaßte.«

De Cantilupes Rechtfertigung ließ nicht auf sich warten. »Der Prior hat mir Euren Namen gegeben.«

Auch der Prior seinerseits wies jede Schuld von sich. »Und mir sagte man, Ihr wäret ein Geisterbeschwörer, der eine gerechte Strafe verdient.«

»Genauer. Wer sagte Euch das?« hakte Falconer nach.

Der Prior murmelte einen Namen, der nicht zu verstehen war. Auf Falconers Drängen hin stieß er ihn endlich deutlich hervor: »De Askeles.«

Zerach ließ den Kopf hängen. »Ja, es stimmt. Wir haben uns gesehen. Ich war in der Fish Street, als die Troubadoure ankamen. Askey – oder de Askeles – stand hinter dem Fahrer. Sein Gesicht war voller geworden, aber offensichtlich trank er immer noch. Ich hätte nicht gedacht, daß er mich erkannte. Aber das hat er wohl. Dennoch habe ich ihn nicht getötet.«

»Wenn es der eine Jude nicht war, dann eben ein anderer.«

Die Bemerkung kam von Edward Petysance. Falconer blickte ihn mit gelassener Miene an. »Rabbi Jehozadok könnt Ihr damit ja wohl nicht meinen.«

Er wandte seinen Blick dem alten Juden zu, der kaum seine Glieder von dem Stuhl, auf dem er saß, bewegen konnte, geschweige denn, daß er jemanden hätte erstechen können.

»Und was Deulegard betrifft, warum sollte er de Askeles ermorden?«

Der junge Jude warf Falconer einen erbosten Blick zu, so als wolle er ihn davon abhalten, selbst einen Grund zu nennen. Doch Petysance lieferte ihn, bevor der Regent Master weitersprechen konnte.

»Das kann Euch die ganze Stadt sagen. Jedermann konnte hören, womit er drohte, nachdem er meine Reliquie entweiht hatte. ›Ein Leben für ein Leben‹, so rief er. Und ganz offensichtlich hat er auch danach gehandelt.«

Mit wutverzerrter Miene sprang Deulegard auf und schrie den kleinen Pfarrer an: »Und wenn ich es getan hätte, würde es mir nicht leid tun. Salomon war zwar ein alter Narr, aber er war aus meinem Volk. Auge um Auge, Zahn um Zahn, das ist die Sprache, die sogar ihr Christen versteht.«

Petysance' Miene strahlte vor Genugtuung, und er gestikulierte wild in Richtung des Juden, wie um zu sagen, daß dieser soeben sein Geständnis abgelegt habe. Falconer drängte sich zwischen sie, den Rücken Deulegard zugewandt, und sprach direkt zu Petysance.

»Vielleicht liegt Ihr gar nicht so weit daneben. In der Tat

sollte Salomons Tod der Ausgangspunkt unserer Suche nach dem Mörder sein.«

Bullock war verwirrt.

»Wieso? Was soll denn sein Tod mit der Ermordung von de Askeles zu tun haben?«

»Vielleicht gar nichts. Doch aus Erfahrung weiß ich, daß Todesfälle, die sich in rascher Folge ereignen, in der Regel irgendwie miteinander in Verbindung stehen. Wir müssen uns doch fragen, warum Salomon, ein einsamer, harmloser Friedhofswärter, überhaupt getötet wurde.«

Jehozadoks pfeifende Stimme unterbrach ihn. »Erinnere dich, lieber Freund, daß er mir erzählte, er habe beobachtet, wie sich ein Einwohner der Stadt mit einem blutrünstig aussehenden Gesellen getroffen habe, der seiner Meinung nach zu den Banditen gehörte, die die Gegend unsicher machen. Vielleicht haben sie ihn bemerkt und wollten ihn für immer zum Schweigen bringen.«

»Möglich.« Falconer schien nicht sonderlich überzeugt. »Wir sollten das nicht völlig außer acht lassen. Aber dann stellt sich doch die Frage, warum er nicht schon früher zuschlug. Nein, ich glaube eher, daß Salomons Tod in Zusammenhang mit etwas steht, das er erst danach auf dem Friedhof beobachtete.«

Zerachs Gesicht wurde leichenblaß, und er erinnerte jetzt mehr denn je an das Skelett, als das er seiner hageren Gestalt wegen von den jungen Christen auf der Straße häufig verspottet wurde.

»Warum sollte ich ihn töten? Nur weil er gesehen hat, wie ich nach Salpeter grub? Ich schwöre Euch, ich habe noch nicht einmal bemerkt, daß er mich beobachtete.«

Falconer lächelte geheimnisvoll und verriet dann seine erstaunliche Schlußfolgerung: »Ich glaube, Salomon mußte sterben, weil er beobachtet hatte, wie de Askeles den Friedhof schändete.«

Die Gäste schnappten vor Überraschung nach Luft, und sogar Jehozadok blickte Falconer aus seinen fast blinden Augen verwundert an. Deulegard sprang erneut auf und kam mit seinem Gesicht ganz nah an den Regent Master heran.

»Was meint Ihr damit, er hat unseren Friedhof geschändet?«

»Als Jehozadok mir erzählte, Salomon habe ihm gegenüber behauptet, er habe beim jüdischen Friedhof Gott ins Antlitz geschaut, habe ich das zunächst, wie alle anderen wohl auch, als Traum oder Einbildung seiner Phantasie abgetan. Zu denken gab mir dann aber, daß es Salomon, wie Jehozadok mir versicherte, mit seinen Pflichten recht genau nahm, daß er auf Wache nicht schlief und im Grunde ein eher nüchterner Mensch ohne Hang zu Phantasiegebilden war.«

»Er war dumm«, schnaubte Deulegard.

»Mag sein. Dennoch konnte er sehr genau beschreiben, was er gesehen hatte«, erwiderte Jehozadok. »Mich würde interessieren, William, was er deiner Meinung nach tatsächlich gesehen hat.«

»Genau das, was er behauptete. Er erzählte, er habe beobachtet, wie Gott einen Leichnam fortschaffte. Wenn man bedenkt, daß er kurz zuvor bei der Probe zum Mysterienspiel zugeschaut und dabei de Askeles in der Rolle Gottes gesehen hatte, wird klar, was er sagen wollte: Er hat de Askeles auf dem Friedhof beobachtet.«

Eine leise, helle Stimme durchdrang die spöttischen oder ungläubigen Äußerungen der anderen. Margaret trat in den Lichtkegel der Kerzen.

»Ihr könntet recht haben. Jetzt verstehe ich auch, worüber John und Stefano gestritten haben, als ich sie nach dem Tod des Mönchs belauschte. Ihr wart dabei, Fragen zu diesem ersten Anschlag auf Stefanos Leben zu stellen, und John wollte Euch erzählen, wo er und Stefano waren, als die Tat geschah. Doch Stefano war strikt dagegen. Warum wohl? Wo mochten sie gewesen sein? Was konnte, wenn es herausgekommen wäre, fast ebenso verhängnisvoll für sie sein, wie des Mordes verdächtig zu werden? Ja, die beiden müssen auf dem Friedhof gewesen sein. Und John sprach auch davon, daß jemand sie beobachtet habe. Das muß dieser Salomon gewesen sein.«

Falconer spann ihren Gedanken weiter: »Und deshalb habe ich auch keinen Zweifel daran, daß de Askeles Salomon umgebracht hat, um ihn für immer zum Schweigen zu bringen. Er konnte ja nicht wissen, daß der alte Nachtwächter bereits mit dem Rabbi gesprochen hatte.«

Jehozadok seufzte schwer. »Immerhin ist dem alten Salomon nach seinem Tod noch ein wenig Gerechtigkeit widerfahren. Sein Mörder ist nicht entkommen. Doch was hatte de Askeles eigentlich auf dem Friedhof zu suchen?«

Falconer wußte, daß seine nächste Erklärung eine Welle der Empörung auslösen würde, doch er hielt sich nicht zurück. »Was er suchte? Ganz einfach: Knochen. Ich kam dahinter, als Agnes mir erzählte, daß de Askeles mit falschen Reliquien Geschäfte mache. Und diesmal hatte er Edward Petysance zu beliefern.«

Die Reaktion in beiden Lagern im Raum hätte nicht heftiger sein können. Während Jehozadok seinen Kopf in die Hände sinken ließ, erstarrte Deulegards Gesicht zu einer Maske. Der Prior, im ersten Moment schockiert, konnte nicht verhindern, daß ein süffisantes Lächeln über das, was man seinem Kollegen angetan hatte, seine Lippen verzog. Die heiligen Gebeine von St. Eldad waren nichts weiter als die Armknochen eines schon lange verstorbenen Juden – was für ein herrlicher Betrug! Edward Petysance saß mit blutleerem Gesicht nur reglos da.

Es war Bullock, der mit seiner Schlußfolgerung in den aufgewühlten Morast gegenseitiger Anschuldigungen und Verwahrungen hineinplatzte. »Dann ist ja alles klar. Wenn der Raub und Verkauf der Knochen vom Friedhof das Motiv für den Mord an de Askeles ist, müßt Ihr, Petysance, der Mörder sein.«

Alle hielten den Atem an, doch der Pfarrer hatte die Antwort schon parat: »Und wenn ich Euch, wie es auch der Wahrheit entspricht, entgegenhalte, daß ich bis zu diesem Augenblick nichts von dem hinterhältigen Betrug wußte, den dieses üble Gesindel hier zu meinem Schaden beging ...« Er warf Agnes, Simon und Robert einen feindseligen Blick zu, so als seien sie alle de Askeles' Komplizen. »... dann liegt es doch auf der Hand, daß ich überhaupt keinen Grund hatte, den Mann zu töten.«

Deulegard schnaubte verächtlich. »Das behauptet Ihr. Aber wer soll Euch das glauben?«

Ungewollt sah sich Bullock plötzlich in der Rolle, Petysance' Argumentation stützen zu müssen. »Es kommt nicht darauf an, ob wir dem Pfarer glauben oder nicht. Tatsache ist, daß er, als de Askeles getötet wurde, ganz vorne in der Menge stand und die Aufführung verfolgte.«

Nun schaltete sich auch de Cantilupe ein. Er fand diese Übung in deduktiver Logik höchst amüsant und begann zu verstehen, was Falconer daran so faszinierte.

»Laßt mich nachdenken. Wir sahen de Askeles in der Rolle Gottes zu Ende der Himmelfahrtsszene. Dann folgte das Jüngste Gericht, aber da hatte man ihn schon getötet und als Leiche auf den Thron gesetzt.«

»Doch zwischen den beiden Szenen ist eine lange Pause«, fügte Simon Godrich hinzu. »Wir müssen die Bühne vollständig umbauen.«

»Und die ganze Zeit über«, warf Petysance triumphierend ein, »war ich für alle Leute zu sehen. Halb Oxford war Zeuge, wie ich den König ersuchte, der heiligen Reliquie von St. Eldad die Ehre zu erweisen. Wie hätte ich da gleichzeitig de Askeles töten können? Und da wir schon einmal dabei sind, Anschuldigungen zu verteilen – wer gab sich denn in meiner Kirche als Jungfrau aus, als de Askeles mir die ›Wundertaten‹ seiner falschen Reliquie vorführte?« Er starrte Margaret an, die errötend den Blick senkte. »Wenn diese Vagabunden sich an solch gotteslästerlichem Tun beteiligen, würde es mich auch nicht wundern, wenn sie ihren eigenen Anführer umgebracht hätten. Dieses Pack schreckt doch vor nichts zurück.«

Wie ein Mann bewegte sich die kleine Gruppe der Schauspieler zornig auf den Pfarrer zu. Doch Falconer stellte sich ihnen mit weit ausgebreiteten Armen in den Weg. »Was der Pfarrer sagt, klingt einleuchtend. Er kann nicht gleichzeitig an zwei verschiedenen Orten gewesen sein.«

Doch Petysance gab sich damit nicht zufrieden und begann gegen seine Erzfeinde zu hetzen. »Dann wurden der Überfall auf mich und der Mord an de Askeles von derselben Hand ausgeführt. Von der dieses Juden nämlich.«

Falconer blickte hinunter auf die weichen Lederstiefel an Deulegards Füßen – waren es dieselben, die er zur Tatzeit an der mysteriösen Gestalt hinter der Bühne gesehen hatte? Und war das dunkle Gewand, das er ebenfalls gesehen hatte, die übliche Kleidung dieses jungen Juden? Er hatte damit gedroht, jemanden umzubringen, und könnte auch von de Askeles' nächtlichen Aktivitäten gewußt haben, obwohl er sich dumm gestellt und über Salomons Geschichte von der Erscheinung Gottes gespottet hatte. Alle im Raum, Studenten, Schauspieler, Priester und Juden, spürten Falconers Unsicherheit, und alle schienen die Luft anzuhalten, aus Angst, ihn in seiner Konzentration zu stören. Der Regent Master seufzte:

»Ach, das ist alles so verwirrend. Könnten wir doch de Askeles selbst dazu hören.«

Seine Worte waren kaum verklungen, da erhob sich ein seltsam zischendes Geräusch, und Bullock kam es so vor, als sehe er eine brennende Fackel durch den Raum fliegen. Doch ehe er sich noch darüber klar werden konnte, was er wahrgenommen hatte, blitzte es beängstigend, und ein mächtiger Donner ertönte, der von den Wänden widerhallte. Den Anwesenden, die dem Treiben erschrocken und vollkommen verwirrt zusahen, stieg jetzt ein höllischer Geruch nach Verbranntem und irgendein undefinierbarer, unnatürlicher Gestank in die Nase. Dann sahen sie, wie aus dem stinkenden Schwefelrauch ein unheimlicher Schatten auftauchte. Es war de Askeles, als Gott gekleidet, mit der goldenen Maske, die aus leeren Augenhöhlen die Versammelten anklagend anstarrte. Der Prior fiel auf die Knie und murmelte ein Gebet; die meisten anderen standen nur mit offenem Mund wie versteinert da.

Die offensichtlich der Hölle entstiegene Gestalt bewegte sich durch den Raum auf das Grüppchen der Schauspieler zu und hob dabei langsam den Arm. Wie im Chor seufzten sie erleichtert auf, als der furchtbare Schatten an ihnen vorbeihuschte. Ein langer Finger deutete anklagend auf Deulegard, der seinen Mund unwillkürlich zu einem stummen Schrei aufgerissen hatte. Eine Ewigkeit schienen sie sich so gegenüberzustehen, dann wandte sich die Erscheinung ab und zeigte direkt auf Edward Petysance. Der erbleichte Pfarrer drehte sich um und versuchte zur Tür zu kommen. Doch bevor er sie erreicht hatte, stieß Falconer seine entgeisterten Gäste wie Kegel zur Seite und packte den Fliehenden an den Schößen seines Gewandes. Er wirbelte Petysance herum und schrie ihm seine Anklage ins Gesicht:

»Ihr seid der Mörder! Ihr habt de Askeles umgebracht!«

Das Gesicht des Pfarrers war von Panik verzerrt, und seine Hände umklammerten schutzsuchend das Kreuz, das um seinen Hals baumelte. Kein Wort kam über seine zitternden Lippen. Er starrte nur über Falconers Schulter auf de Askeles' Geist, der ihm offensichtlich nach dem Leben trachtete.

»Ja, ja, ich habe es getan«, wimmerte er dann. »Bitte, haltet ihn mir vom Leib!«

Flehend reckte er die Arme zum Himmel, während die göttliche Gestalt immer näher kam. Schließlich beugte sie sich über den sich duckenden Mann, faßte sich dann mit beiden Händen an den goldenen Kopf, zog die Maske herunter und brachte das sehr menschliche Gesicht des grinsenden Thomas Symon zum Vorschein.

»Ihr habt mich reingelegt«, schluchzte der Pfarrer, um dann, sich an den Grund für seinen persönlichen Sündenfall erinnernd, murmelnd hinzuzufügen: »Er hat mich reingelegt. Versteht ihr? Er hat mich doch reingelegt.«

Neunzehntes Kapitel

God: As I have made all things of nought,
After my will and my wishing,
My first day now have I wrought,
I give it here fully my blessing.

The Fall of Lucifer

Der nächste Tag war bereits angebrochen, als Bullock endlich zu seinem ersten Krug Bier aus Falconers Fäßchen kam. Der gestrige Abend war mit der Einkerkerung von Edward Petysance und der Rückgabe der Gebeine aus der Kirche St. Aldate an Jehozadok vergangen, und er hatte keine Zeit mehr gefunden, zur Aristotle's Hall zurückzukehren. Doch heute war ein anderer Tag, und er war so fest entschlossen, sich nicht wieder um sein Trinkvergnügen bringen zu lassen, daß es ihm auch nichts ausmachte, als Falconer ihm gestand, daß das Bier aus Kepeharms Schenke sei. Egal – das Gebräu schmeckte angenehm süß. Mit dem Handrücken wischte er sich über den Mund und lehnte sich auf der Bank zurück. Er saß zusammen mit Falconer und den Troubadouren um den großen zerkratzten Tisch, den man mittlerweile wieder in die Mitte des Raumes gerückt hatte. Verführerische Düfte erreichten sie aus der Küche, ebenso wie erregtes Stimmengewirr, weil Falconers Studenten darüber stritten, wie nun das Weihnachtsessen zuzubereiten sei. Die Kochdüfte überdeckten fast, aber nicht ganz, den strengen Geruch, der noch von Zerachs Schwarzpulver-Explosion in der Luft lag. Der Donner war sehr viel lauter ausgefallen, als es Falconer und Zerach beabsichtigt hatten – offensichtlich war Bacons Mixtur um einiges stärker, als man erwarten konnte.

»Wußtest du eigentlich schon sicher, daß Petysance der Mörder ist, als du das Ganze geplant hast?«

Falconer lächelte geheimnisvoll. Er wollte seinen Freund nicht enttäuschen. Im Grunde hatte er nämlich bis zum gestrigen Abend keineswegs irgend etwas ganz genau gewußt. Und es war ihm ein wenig peinlich, zugeben zu müssen, daß er auf solche Taschenspielertricks hatte zurückgreifen müssen, um den Übeltäter festzunageln. Währenddessen bemühte sich Bullock immer noch verzweifelt, hinter des Rätsels Lösung zu kommen.

»Aber er hat mich wirklich überzeugt, daß er nicht der Täter sein konnte, als er auf den Zeitpunkt hinwies, zu dem de Askeles erstochen wurde. Und ich verstehe auch jetzt noch nicht, wie er auf der Tribüne mit dem König sprechen und gleichzeitig hinter der Bühne de Askeles umbringen und ihn tot auf den Thron setzen konnte.«

»Das konnte er auch nicht. De Askeles wurde nämlich nicht zu dem Zeitpunkt ermordet, den wir ursprünglich annahmen.«

Agnes beugte sich vor und fragte interessiert: »Wann denn dann?«

»Während der Aufführung der Leidensgeschichte Christi.« Falconer geriet wieder in Fahrt. »Ich wußte damals schon, daß ich, zum zweiten Mal nun, Zeuge eines Mordes geworden war. Nur fehlte mir in jenem Moment die Leiche. Die geheimnisvolle Gestalt, die, wie ich beobachtet hatte, aus der Menge hinter die Bühne getreten war, war niemand anders als Petysance. Und als wir beide, Agnes, miteinander sprachen, war de Askeles bereits tot.«

»Aber wir haben Stefano doch danach noch gesehen. Er hat sogar noch mit uns gesprochen, bevor er die Leiter hinaufstieg.«

»Nein. Irgend jemand im Gotteskostüm grummelte uns irgend etwas entgegen. Wir nahmen nur an, daß es de Askeles war, weil normalerweise er unter der Maske steckte. Denkt doch an meinen Trick mit dem Sarazenen gestern abend: Als er zu Boden fiel, dachten die Zuschauer, der heilige Georg habe ihn getötet. Doch dann tauchte er auf der anderen Bühnenseite wieder auf. Der Tote war nämlich Thomas in einem ähnlichen Kostüm, und die Zuschauer sahen nur das, was sie zu sehen erwarteten. Ebenso hatten wir beide erwartet, de Askeles zu sehen, und glaubten dann auch, ihn vor uns zu haben. Doch es war Petysance im Gewand Gottes. Und zu diesem Zeitpunkt hatte er de Askeles bereits ermordet. Ihr glaubtet damals, daß de Askeles in seinem betrunkenen Zustand irrtümlicherweise zum Thron Gottes gegangen sei. Und damit hattet Ihr teilweise recht. Petysance muß die Leiche von de Askeles hinter die Bühne gezogen, auf den Thron gesetzt und dann sein Gewand und seine Maske angelegt haben.«

Ins Leere blickend, versuchte Agnes, sich den verhängnisvollen Abend noch einmal genau in Erinnerung zu rufen.

»Ich weiß noch, daß ich einen kurzen Moment dachte, daß das nicht Stefano sei – sein Gang war irgendwie komisch, und außerdem schien er ein Stück kleiner zu sein. Doch dann habe ich nicht mehr daran gedacht, wohl aus Erleichterung, daß er noch rechtzeitig auf die Bühne kam. Aber ist es nicht seltsam, daß der Pfarrer überhaupt dieses enorme Risiko, entdeckt zu werden, einging?«

»Er wollte eben alle glauben machen, de Askeles lebe noch, und sich so, durch seinen öffentlichen Auftritt vor dem König, ein Alibi verschaffen. Ja, auf den Kopf gefallen ist er nicht, unser rachsüchtiger Pfarrer. Sicher, es war ein großes Risiko, de Askeles von den Toten zu erwecken, doch er ging es ein, um uns auf eine vollkommen falsche Fährte zu locken. John Pepers Tat kam ihm da natürlich nur zu gelegen. Und damit schien für ihn jede Gefahr, entlarvt zu werden, gebannt. Wäre da nicht der Zustand der Leiche gewesen. Stimmt's, Peter?«

Bullock hüstelte verlegen und nahm einen tiefen Schluck aus seinem Bierkrug. Er hatte nicht so richtig verstanden, was Falconers und Bonhams Untersuchung der Leiche eigentlich zu

Tage gefördert hatte – bis auf die Tatsache, daß es noch eine zweite Wunde gab. Aber das brauchte ja keiner zu wissen. Glücklicherweise fuhr Falconer jetzt eifrig in seinen Erklärungen fort.

»Wäre er, kurz bevor wir ihn vom Thron auf den Boden legten, also in der Pause zwischen der Himmelfahrtsszene und dem Jüngsten Gericht, getötet worden, egal ob von John Peper oder sonst jemandem, hätte sich das Blut in der kurzen Zeit nicht an den tiefsten Stellen sammeln können. Es wäre lediglich über den ganzen Rücken verteilt gewesen. So bewiesen uns die blutunterlaufenen Stellen am Hinterteil der Leiche, daß de Askeles schon eine ganze Weile tot auf dem Thron gesessen hatte. Sogleich nach der Tat spielte Petysance seine Gottesrolle und brauchte danach nur noch den toten de Askeles umzukleiden und ihm die Maske anzulegen. Zu seinem Glück hatte in diesem Moment sonst niemand etwas hinter der Bühne zu tun. Trotzdem geriet er jetzt in Schwierigkeiten. Er konnte nämlich dem Toten das Gewand nicht ganz überstreifen, weil schon die Leichenstarre eingesetzt hatte. Das erklärt, warum das Blut der tödlichen Wunde hauptsächlich am Saum des Gewandes zu finden war und der Stoff dort in blutigen Falten aneinanderklebte. Ach, und ihm unterlief noch ein anderer Fehler – die Augen von de Askeles waren geschlossen.«

»Und was konntet Ihr daraus schließen?« fragte Agnes neugierig nach.

»Da er eines gewaltsamen Todes starb, hätten seine Augen weit aufgerissen sein müssen. Also muß der Mörder sie ihm geschlossen haben. Und für einen Priester ist es eine selbstverständliche Geste, einem Verstorbenen die Augen zu schließen, bevor die Leichenstarre eintritt. Auch diese eher unscheinbare Tatsache wies auf Petysance als Täter hin.«

»Aber warum schlug er gerade zu diesem Zeitpunkt zu? Wenn er von Stefanos Betrügereien wußte, hätte er ihn doch schon vorher viel unauffälliger töten können.«

»Er wußte es aber nicht. Erst in dem Moment, als auf der Bühne der Verrat des Judas gespielt wurde, entschloß sich auch John Peper zum Verrat. Um sich an de Askeles zu rächen, erzählte er dem Pfarrer, was es mit der ›heiligen‹ Reliquie von St. Eldad auf sich hatte. In seiner maßlosen Empörung ließ sich Petysance dann zu der Tat hinreißen und nutzte kurz entschlossen das Chaos hinter der Bühne, um sich ein Alibi zu verschaffen. Es war kein geplanter Mord, sondern geschah aus der Situation heraus. Denn ich könnte mir denken, daß de Askeles den Pfarrer auch noch verhöhnte, als er von ihm zur Rede gestellt wurde.«

»Einen Moment mal, Master«, unterbrach ihn Margaret. »Woher wollt Ihr wissen, daß John dem Pfarrer alles erzählt hat?«

Falconer lächelte verlegen.

»Tja, weil ich mit ihm gesprochen habe.«

Margaret hielt die Luft an.

»Er ist hier?«

»Ja. Und das kam so. Einer meiner Studenten hörte gestern morgen seltsame Geräusche aus dem Nachbargarten. Sie kamen aus dem Schweinestall, und da der vorherige Bewohner dieser Unterkunft bald unsere Tafel zieren wird, war klar, daß sie nicht von dem Schwein kommen konnten. Ich ging der Sache nach und fand Euren Gatten verfroren und verängstigt in einer Ecke des Stalles. Nachdem ich ihm lange gut zugeredet und ihn davon überzeugt hatte, daß er kein Mörder ist, willigte er schließlich ein, meiner Einladung Folge zu leisten.«

In diesem Moment betrat ein ängstlich dreinblickender John Peper in geliehener, ziemlich schlecht sitzender Garderobe den Raum. Seine Sorge, wie ihn seine Frau und seine Kameraden empfangen würden, erwies sich rasch als unbegründet. Sie sprangen alle auf und umringten ihn jubelnd, während sich Will Plome ihm zu Ehren sogar an einem ungeschickten Purzelbaum versuchte. Seine Kollegen traten ein wenig zurück, als er nun zögernd die Hand nach Margaret ausstreckte. Sie ergriff sie, ohne zu zögern, und zog ihn mit sich an den großen Tisch.

Rasch wurde ein neuer Krug Bier gezapft, den die ausgelassenen Schauspieler am Tisch herumgehen ließen. Nur Bullock wirkte, wie Falconer überrascht feststellte, immer noch nachdenklich.

»Was hast du denn, Peter?«

»Was ich habe? Weißt du nicht, daß uns immer noch ein Mörder fehlt? Wenn Petysance erst während der Mysterienspiele überhaupt einen Grund bekam, de Askeles umzubringen, wer verübte dann den ersten Mordversuch, bei dem Bruder Adam sein Leben ließ? John Peper kann es jedenfalls nicht gewesen sein. Wir wissen ja alle, wo er zur Tatzeit war.«

Sein scharfer Blick durchbohrte förmlich den verlegenen Schauspieler, der gehofft hatte, daß die Sache mit der Grabräuberei vergessen sei. Falconer lehnte sich zurück und erklärte: »Du hast natürlich recht, Peter, aber laß mich von vorn beginnen. Zunächst dachten wir ja, daß beide Morde von ein und demselben Täter verübt worden seien. Aber das hat uns nur in die Irre geführt. Als mir endlich klar wurde, daß es so nicht gewesen sein konnte, fiel es mir wie Schuppen von den Augen. Du selbst, Peter, hast ja einmal zu mir gesagt, de Askeles habe mehr Feinde als Kaiser Friedrich persönlich.«

Bullock verzichtete darauf, Falconer daran zu erinnern, daß er selbst erst am letzten Abend davon gesprochen hatte, daß Morde, die so kurz hintereinander verübt wurden, in den meisten Fällen in Zusammenhang standen. Er wollte nicht schon wieder eine Lektion erteilt bekommen. Statt dessen schaute er sich vorsichtig im Raum um und flüsterte dann dem Freund ins Ohr, daß die anwesenden Schauspieler eigentlich immer noch als Verdächtige für den ersten Mord zu betrachten seien. Schließlich sei das Zimmermannswerkzeug, das Margaret von Godrich erhalten hatte, immer noch nicht wieder aufgetaucht, und sie könne nicht beweisen, daß es nicht der Beitel war, mit dem der Mönch umgebracht wurde.

Falconer lachte und entnahm etwas seiner Gürteltasche. »Du meinst wohl das hier?« Er öffnete seine Faust, und zum Vorschein kam eine lange Nähahle mit einem abgegriffenen Holzgriff. Bullock blickte sie entgeistert an.

»Wo hast du die gefunden?«

»Im Affenkäfig, zusammen mit vielem anderen Krimskrams. Ham ist anscheinend ein leidenschaftlicher Sammler von Gegenständen, die seine Phantasie anregen. Er muß sie Margaret gestohlen haben. Also können ihre Waffe und der todbringende Beitel nicht ein und derselbe Gegenstand sein. Ich habe die Ahle heute morgen gefunden. Ich wollte übrigens, genau wie du, die Sache mit Bruder Adam klären, die wir in der Aufregung gestern abend ganz vergessen zu haben schienen.«

»Damit kommen also weder John noch Margaret Peper als Täter in Frage. Aber wer dann?«

Bullock hoffte, daß Falconer jetzt nicht den Namen der sympathischen Agnes nennen würde. Er hatte Glück.

»Ich habe dir doch immer wieder gesagt, du sollst den Zimmermann überprüfen. Gestern habe ich noch mal mit seiner Gattin, dieser armen Frau, gesprochen. Sie gab zu, daß er einmal wutentbrannt nach Hause gekommen war und damit gedroht hatte, jemanden umzubringen, der ihn vor all seinen Kameraden bloßgestellt hatte. Das war an dem Tag, als Bruder Adam starb. Und der Mann, der ihn verspottet hatte, kann nur de Askeles gewesen sein. Dieser Ralph ist ein jähzorniger Trunkenbold, dem durchaus zuzutrauen ist, daß er seine Drohung wahrmachte. Auch wenn er den Falschen erwischt hat. Seine Frau zeigte mir sogar eine mit Blut besudelte Jacke. Und ich bin sicher, daß es sich dabei um das Blut des Mönchs handelt. Außerdem verdiente sich Ralph ein wenig Geld für seinen Suff, indem er die Banditen in unserer Gegend über die Wege und Ziele von Durchreisenden unterrichtete.«

Gelassen streckte Falconer die Hand aus, um seinen Freund, der aufgesprungen war, zurückzuhalten.

»Ruhig Blut, Peter. Ich habe schon alles in die Wege geleitet. Die Soldaten des Königs sind informiert. Man wird Ralph ergreifen und für seine Tat büßen lassen. Wenn die Banditen ihn nicht schon vorher aus dem Weg räumen – da er selbst auf der Flucht ist, hat er ja keinen Nutzen mehr für sie.«

Plötzlich flog die Tür zur Küche auf, und die Studenten, angeführt von Thomas Symon, zogen fröhlich singend in den Saal.

»Lordings, Christmas loves good drinking,
Wines of Gascoigne, France, Anjou,
English ale that drives out thinking,
Prince of liquors old and new.
All the sweets that love bestows,
Endless pleasures wait on those
Who, like vassals brave and true,
Give to Christmas homage due.«

Kaum war das Lied verklungen, da erschienen zwei weitere Studenten, schwitzend und mit geröteten Gesichtern, die einen zerbeulten Zinnteller hereintrugen, auf dem ein dampfender Schweinskopf lag, der etwas im Maul hatte. Sie brachten ihn zum Tischende, wo ihr Regent Master saß. Der nahm seine Linsen vor die Augen, um die vermeintliche Delikatesse zu betrachten, die das Schwein zwischen den Zähnen hielt. Es war ein Buch, und Falconer brach in schallendes Gelächter aus. Er wußte, um welchen Text es sich handelte, und hoffte, daß auch Aristoteles Humor hatte.

Epilog

In den Geschichtsbüchern findet sich kein Grund für den Angriff von Juden auf die christliche Prozession im Oxford des Jahres 1268. Verfolgt und gehaßt, wie sie damals in England waren, sollte es jedoch nicht überraschen, daß sie eines Tages für die ständigen Übergriffe der Christen auf ihre Gemeinde Vergeltung übten. Überliefert ist jedoch die Strafe, die den Juden als Wiedergutmachung auferlegt wurde. Die jüdische Gemeinde hatte die Kosten für die Errichtung eines großen marmornen Kreuzes in der Oxforder Innenstadt zu tragen und Ersatz für das während der Prozession zu Schaden gekommene silberne Kreuz zu leisten. Vom Arm des heiligen Eldad hat man hingegen nie wieder etwas gehört.

Wie befürchtet, hatte König Henry das Problem mit den enteigneten Baronen selbst zu lösen. Sein Sohn Edward ließ mit Planken und Bohlen eine provisorische Brücke zur Insel Ely legen und überwältigte die Rebellen.

Über die kleine Gauklertruppe, über Will Plome, Margaret und John Peper, Agnes Cheke, Simon Godrich und Robert Kemp, ist in den Quellen nichts verzeichnet. So ist das Schicksal kleiner Leute, die keinen Einfluß auf die große Politik haben, keinem Fürstentum, keinem bedeutenden Kloster oder Bistum vorstehen. Den Menschen in den Dörfern und Städten mögen sie wie Zauberer vorgekommen sein, die es ihnen ermöglichten, für kurze Zeit in eine magische Welt einzutauchen und ihren harten Alltag zu vergessen. Doch ihre Leistungen schienen es nicht wert, festgehalten zu werden.

Rabbi Jehozadok und Zerach de Alemmania starben beide vor der Ausweisung der englischen Juden durch König Edward im Jahre 1290. Sie wurden auf dem jüdischen Friedhof vor dem Osttor begraben. Von Deulegard, Cressant und den anderen Juden hat sich jede Spur verloren.

Thomas de Cantilupe schaffte es nicht ganz, seinen Rang als Kanzler von England, den er unter dem Rebellen Simon de Montfort genoß, wiederzuerlangen. Durch seine Verschlagenheit und sein diplomatisches Geschick gelang es ihm jedoch, zu einem engen Berater von de Montforts Widersachern – König Henry III. und seinem Sohn Edward I. – zu werden.

Richard Bonham bezahlte den Preis für seine geheime wissenschaftliche Neugier und starb kurz nach den hier beschriebenen Ereignissen am Fleckfieber. Er hatte sich an einer von ihm sezierten Leiche infiziert.

Thomas Symon blieb in Oxford und brachte es selbst zum Rang eines Regent Masters der Fakultät der Freien Künste – und das trotz weiterer Verwicklungen in die Fälle seines Masters William Falconer, die ihn immer wieder von seinen Studien abzubringen drohten. Später spielte er auch eine wichtige Rolle bei der Gründung des Oxforder University College.

Peter Bullock starb im Kampf, wie er es sich wahrscheinlich gewünscht hat. Einen kurzen Moment ließ ihn sein soldatischer Instinkt im Stich, und er lief in ein rostiges Schwert, das ein Student in einer Auseinandersetzung zwischen der walisischen und der nordenglischen Landsmannschaft gezückt hatte. Doch auch er konnte zuvor noch seinem Freund William Falconer bei der Lösung vieler weiterer Kriminalfälle zur Seite stehen.

William Falconer sollte noch viele weitere Abenteuer bestehen. Seine unstillbare Neugier trieb ihn sogar dazu, im hohen

Alter noch einmal auf Reisen zu gehen. Dabei soll er bis nach Kathai, das manche China nennen, gekommen sein. Auch seinen lebenslangen Freund und Mentor, Bruder Roger Bacon, soll er noch einmal getroffen haben. Ob er seine *Summa Philosophiae* fertigstellen konnte, ist nicht bekannt. Jedenfalls sind keine entsprechenden Schriften erhalten.